KV-511-100

Drws Du yn Nhonypandy

"Os oedd y pyllau glo yn lleoedd peryglus i'r dynion,
roedd y cartrefi yn aml yn lleoedd peryclach
i deuluoedd."

Myrddin ap Dafydd

Gwasg Carreg Gwalch

Argraffiad cyntaf: 2020

ⓗtestun: Myrddin ap Dafydd 2020

Cedwir pob hawl.
Ni chaniateir atgynhyrchu unrhyw ran o'r cyhoeddiad hwn,
na'i gadw mewn cyfundrefn adferadwy, na'i drosglwyddo
mewn unrhyw ddull na thrwy unrhyw gyfrwng, electronig, electrostatig,
tâp magnetig, mecanyddol, ffotogopïo, recordio, nac fel arall,
heb ganiatâd ymlaen llaw gan y cyhoeddwyr, Gwasg Carreg Gwalch,
12 Iard yr Orsaf, Llanrwst, Dyffryn Conwy, Cymru LL26 0EH.

Rhif Llyfr Safonol Rhyngwladol:
978-1-84527-730-7

CYNGOR LLYFRAU CYMRU

Cyhoeddwyd gyda chymorth Cyngor Llyfrau Cymru

Dylunio: Eleri Owen
Llun clawr a thu mewn: Chris Iliff
Mapiau: Alison Davies

Cyhoeddwyd gan Wasg Carreg Gwalch,
12 Iard yr Orsaf, Llanrwst, Dyffryn Conwy, Cymru LL26 0EH.

Llyfrgelloedd Sir Y Fflint
Flintshire Libraries
2132

1.cymru
h.cymru

Nghymru

SYS   £7.99

JWFIC   BR

Flintshire Library Services

C29 0000 1232 132

DRWS DU YN NHONYPANDY

Nofel am deuluoedd a
phyllau glo Cwm Rhondda

Mae'r nofel hon wedi'i hysbrydoli gan hanes y gymdeithas

a gododd yng Nghwm Rhondda

– ac ardaloedd glofäol eraill o Gymru –

wrth i'r byd alw am fwy a mwy o lo rhad, da.

Diolch i Christine James, a gafodd ei magu yn Nhonypandy, am rannu ei gwybodaeth leol werthfawr ac am lu o awgrymiadau ynglŷn â thafodiaith Cwm Rhondda.

Diolch hefyd i Alun Jones, Llio Elenid ac Anwen Pierce am sawl gwelliant arall.

Dychmygol yw holl gymeriadau Cwm Rhondda sy'n y nofel hon, ond cyfeirir at Mabon, perchnogion y pyllau, a Winston Churchill, oedd yn gymeriadau hanesyddol.

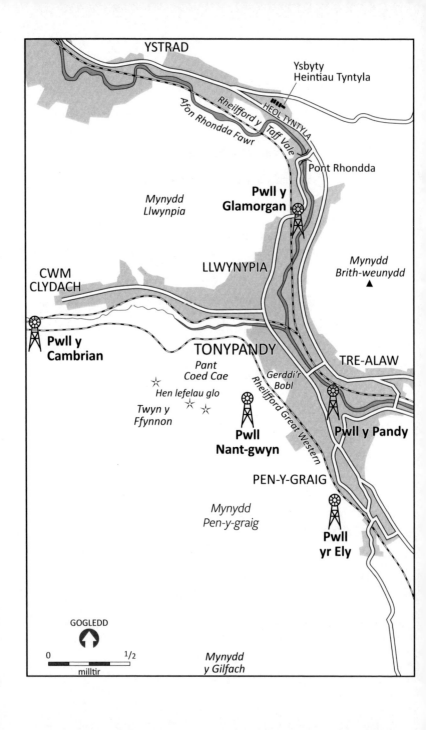

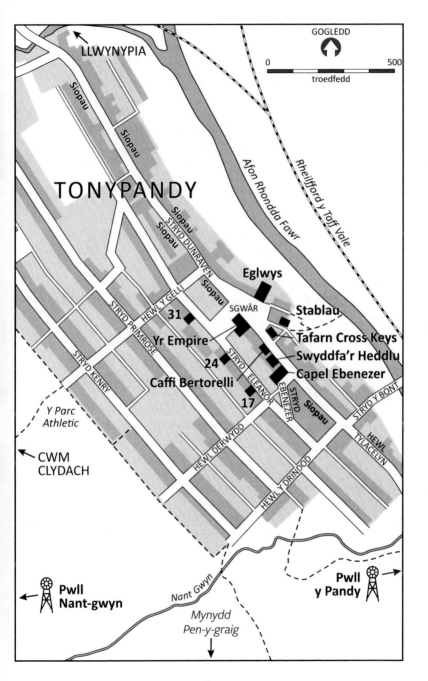

Y Prif Gymeriadau

Teulu Lewis, Rhif 17 Stryd Eleanor, Tonypandy

Guto Lewis — Mab; 14 oed. Yn gadael yr ysgol ac ar fin cael gwaith yn y pwll glo.

Beti Lewis — Mam; mae'n feichiog eto.

Moc Lewis — Tad; glöwr ym Mhwll y Glamorgan, Llwynypia.

Wiliam Lewis — Mab; 18 oed; glöwr ym Mhwll y Glamorgan, Llwynypia.

Eira Lewis — Merch; 17 oed; gweithio mewn siop ddillad/esgidiau yn Nhonypandy.

Llew Lewis — Mab; 3 oed. Bachgen gwantan a'i frest yn gaeth.

Dewi Lewis — Mab; 18 mis oed.

Alun Cwlffyn — Lojer yn Rhif 17; coediwr tua 30 oed ym Mhwll y Pandy; gŵr cryf a thal o gefn gwlad Tregaron.

Teulu Mainwaring, Rhif 24 Stryd Eleanor

Watcyn Mainwaring — Tad; glöwr ym Mhwll y Pandy.

Dilys Mainwaring — Mam.

Dicw Mainwaring — Mab; ffrind Guto Lewis.

Edward Mainwaring — Mab hynaf; glöwr gyda'i dad-cu ym Mhwll y Cambrian, Cwm Clydach.

Sarah Mainwaring — Merch, 12 oed.

Ann Mainwaring — Merch; 4 oed.

Emrys Mainwaring — Tad-cu yn byw yn Stryd Kenry; glöwr ym Mhwll y Cambrian, Cwm Clydach.

Teulu Caffi Bertorelli

Amadeo (Papa) Bertorelli — Tad-cu; perchennog y caffi.

Pietro Bertorelli — Tad; yn gweithio yn y caffi ac yn siarad Cymraeg yn dda.

Emilia Bertorelli — Mam; yn y gegin mae hi fwyaf a heb fedru siarad llawer o Gymraeg.

Nina Bertorelli — Merch Pietro ac Emilia; 13 oed.

Pennod 1

Awst 1910

Sŵn traed ar y grisiau oedd cloc larwm Guto Lewis. Yn Rhif 17, Stryd Eleanor, Tonypandy yng nghanol y Rhondda Fawr, roedd y traed hynny.

Traed fflat, yn cymryd camau bychain ond cyflym, a ddaeth yn gyntaf. Yr un oedd y drefn a'r un oedd yr amser bob bore. Am chwech o'r gloch, roedd y lamp olew yn llaw y boregodwr yn goleuo rhimyn o dan ddrws ei lofft wrth basio. Clywodd freichiau ei fam yn rhwbio yn erbyn ei ffedog fawr wrth iddi gerdded i lawr y grisiau. Chwim-chwam ... ffit-ffat ... Ysgafn ond yn llawn bwriad. Clywodd Guto wich drws y gegin fyw'n cael ei agor. Yna procer haearn yn cael ei daro yn y tân i godi cochni yn y grât. Cyn hir clywodd sŵn brigau sych yn clecian ac yna'i fam yn rhoi rhawiad o gnapiau bach o lo ar y fflamau er mwyn cael gwres dan y boelar dŵr. Clonc y tecyl haearn yn cael ei daro ar y tân a ddaeth nesaf.

Yn ei wely a'i lygaid ynghau, roedd Guto yn gweld ei fam yn prysuro o amgylch y gegin fyw. Hi oedd yr olaf i'w gwely a byddai eisoes wedi rhoi'r bath sinc ar ganol y llawr ar gyfer diwedd y shifft nos cyn noswylio. Byddai wedi rhoi dau fwcedaid o ddŵr oer yn ei waelod hefyd. Roedd pob mam yn y cwm wedi dysgu rhoi dŵr oer yn y bath yn gyntaf cyn rhoi dŵr berwedig ynddo o'r boelar wrth y tân agored. Roedd plentyn bychan wedi marw o'i losgiadau ar ôl disgyn i fath o ddŵr berw rai blynyddoedd yn ôl. Os oedd y pyllau glo yn lleoedd peryglus i'r dynion, roedd y cartrefi yn aml yn lleoedd peryclach i deuluoedd. Clywodd y bwced glo'n cael ei wagio ar y tân wrth i'r fflamau ddechrau cydio.

Clywodd ddrws y cefen yn agor a'i fam yn mynd mas i'r sied i ail-lenwi bwced glo. Cnapiau brasach o lo fyddai ganddi'r tro hwn, gwyddai Guto'n iawn. Y rhain fyddai'n dod â'r boelar a'r tecyl i'r berw. Daeth ei fam yn ôl, gyda'i bwced yn tolcio ffrâm y drws oherwydd y pwysau oedd ynddo. Clywodd ddrws y cefen yn cau eto.

Roedd pethau'n mynd yn hwylus, mae'n rhaid. Gallai glywed ei fam yn canu ei phwt o gân wrth estyn am y dorth a'i gosod ar y bwrdd. Clywodd y cwpanau – oedd ar y ford eisoes – yn cael eu troi â'u pennau i fyny yn y soseri. Sŵn arllwys dŵr – y tebot yn cael ei gynhesu'n barod.

Y tu fas, clywodd Guto sŵn sgidie hoelion yn rhygnu ar gerrig y stryd yn y pellter i gyfeiriad Ffordd Gilfach a Llwynypia. Y rhai cyntaf ar shifft y dydd yn gadael eu cartrefi. Y gweithwyr yn lefelau isaf y pwll oedd y rhain. Gwyddai'n iawn beth fyddai nesaf.

Plwmp! Y tŷ'n crynu. Roedd ei dad wedi rhoi naid o'i wely ac wedi glanio ar lawr ei lofft, y ddwy droed gyda'i gilydd. Sŵn y pot o dan y gwely'n cael ei lenwi. Sŵn stryffaglio a thuchan. Ei dad yn gwisgo'i drowser gwaith a'i sanau. Drws y llofft yn agor a … plwmp-plwmp! plwmp-plwmp! – ei dad yn drwm ei draed ar y grisiau, yn eu camu ddwy ris ar y tro. Drws y gegin fyw yn agor a chau a lleisiau yn y gegin. Doedd dim llawer o sgwrs ar yr awr honno. Geiriau nid brawddegau.

Clywodd Guto ei frawd, Llew bach, yn troi yn ei gwsg

wrth ei ochr. Roedd Llew wedi cael noswaith weddol dawel neithiwr. Dim hen bwl cas o beswch. Ond gallai ei glywed yn tynnu'n ddwfn ar ei anadl yn awr, fel pe bai awyr yn brin yn y stafell. Clywodd ei frest fach yn gwichian wrth ymladd am wynt ac yna'n ei ollwng mas, cyn ymdrechu i wneud yr un peth eto yn glou. Gwyddai Guto o brofiad fod dagrau o chwys ar ei dalcen wrth wneud hyn. Teimlodd y cwilt gwely'n cael ei droi ato wrth i Llew chwipio'i fraich yn sydyn i geisio oeri'i gorff. Gwyddai Guto ei fod yn mygu rhyngddo ef a'r wal. Dim ond diwedd Awst oedd hi, meddyliodd. Roedd hydref a gaeaf hir o'u blaenau.

Yn uwch i fyny'r cwm, torrodd sgrech aflafar Pwll y Glamorgan, Llwynypia, drwy awyr y bore. Hwter toc wedi chwech, gwyddai Guto. Hwnnw oedd y pwll cyntaf yng nghanol y cwm i alw shifft y dydd i'r lofa. Ymhen pum munud, clywodd hwter Pwll y Cambrian ym mhen draw Cwm Clydach. Roedd yn rhaid cael bore tawel i glywed hwnnw gan ei fod rai milltiroedd i fyny braich arall o gwm oedd yn fforchio o'r Rhondda Fawr.

Y Glamorgan a'r Cambrian, meddyliodd Guto. Dau bwll ond un perchennog. Roedd wedi clywed digon am hynny o amgylch y ford yn y gegin pan oedd ei dad, ei frawd ac Alun y Lojer yn trafod byd y glöwr. Udai hwterau'r pyllau fel bleiddiaid yn hela mewn pac o gwmpas terasau'r cwm. Pwll yr Ely, Pen-y-graig – un o byllau'r Naval fyddai nesaf i sgrechian, ond yr un perchennog oedd piau'r cwmni hwnnw hefyd. Wrth i'w gwsg gilio, cofiodd Guto yn sydyn na fyddai Pwll yr Ely yn seinio'i hwter cyn hir. Roedd y lofa honno ar fin cau ei giatiau ...

Roedd sŵn y sgidie hoelion yn drymach ar y stryd erbyn

hyn. Rhai'n mynd i'r gwaith a rhai'n cyrraedd gartref ar ôl shifft y nos. Ambell gyfarchiad ar y stryd. Yn gymysg â hynny gallai glywed jac diod – can metel oedd yn dal dŵr neu de – yn clecian wrth gadwyn ar wregys ambell löwr. A hefyd sŵn tuniau bwyd yn taro yn erbyn ei gilydd ym mhocedi cotiau. Clywai Guto y glowyr yn nesáu at eu tŷ yn y rhes ac yna'n ei basio i ddringo'r terasau serth i'w cartrefi eu hunain. Dychmygodd y twbiau bathio sinc ym mhob cartref yn eu croesawu. A'r gwragedd, neu y menywod tai lojins, a'u tebotiau te twym i'w cynhesu cyn ymolchi.

"Wiliam!"

Llais ei fam wrth droed y grisiau. Doedd dim byd yn wahanol y bore hwn eto. Ei frawd hynaf oedd Wiliam ac roedd y llanc deunaw oed yn gweithio yn nhalcen y glo ym Mhwll y Glamorgan. Ond roedd Wiliam yn hoff o'i wely yn y bore. Roedd ganddo lofft fechan iddo'i hun yn y cefen, ond ei fod yn ei rhannu gyda'r lojer. Rhannu'r gwely hefyd – roedd Wiliam yn cysgu ynddo yn y nos ac Alun y Lojer, oedd yn gweithio shifft nos, yn cysgu ynddo yn ystod oriau'r dydd. Doedd y gwely hwnnw ddim yn cael amser i oeri, meddyliodd Guto – roedd hynny'n mynd i fod yn braf yn nhwll y gaeaf.

"Wiliam! Ateb fi!"

"Ooo-aaa ..." oedd yr ymdrech o'r llofft gefen.

"Dere, bydd Alun moyn y gwely 'na whap!"

Plonc! Dwy droed Wiliam yn taro llawr y llofft. Doedd y glec ddim mor drwm â phan oedd ei dad yn codi, a doedd yr adeilad ddim yn crynu y tro hwn.

"Yyy ..." Sŵn llenni'n agor a sŵn ymbalfalu. Y pot dan y gwely'n cael tasgad. Mwy o duchan a chwilio – roedd Wiliam yng nghanol ei frwydr foreol i chwilio am ei ddillad gwaith. Waeth faint o bregethu a wnâi ei fam, meddyliodd Guto, doedd Wiliam ddim yn poeni am gael ei ddillad yn barod yn swp taclus iddo'i hun ar gyfer y bore.

Clywodd ei fam yn agor tap y boelar, yn llenwi'r bwced â dŵr berwedig ac yn arllwys hwnnw wedyn i'r twba ar ganol llawr y gegin. Yna'n gwneud yr un peth wedyn. Pan ddôi Alun i mewn drwy ddrws y stryd, byddai'n yfed ei de ac yna'n tynnu'i wasgod a'i grys ac yn molchi'r pwll oddi ar groen rhan uchaf ei gorff. Roedd llond y stryd o sŵn sgidiau hoelion erbyn hyn.

Llais bach gwan oedd i'w glywed nesaf yn y tŷ. Cri fach betrusgar i ddechrau. Tawelwch. Yna, cri gryfach, hirach. Gwyddai Guto fod Dewi, y babi deunaw mis oed, wedi dod yn ôl i fyd ei lofft, o ble bynnag y bu'n crwydro yn ei gwsg. Ni fyddai'n setlo'n ôl i gysgu bellach. Cri arall.

"Wyt ti'n mynd, Eira?" sibrydodd Guto ar draws y llofft.

"Y? Oes colled arnat ti?" Clywodd ei chwaer yn troi'i chefen arno yn ei gwely bach wrth y drws. Roedd hi'n rhy gynnar i honno ddangos gwên.

Daliai Dewi i lefen. Doedd Guto ddim wedi mentro mynd i lofft ei rieni i'w godi ers y gaeaf diwethaf. Tywyllwch mis Mawrth gafodd y bai ganddo bryd hynny. Wrth iddo frysio at grud Dewi, bachodd ei droed yn nolen y pot dan gwely, oedd wedi'i roi ychydig mas ac ar draws ei lwybr ...

Ar ôl iddo orffen sychu'r llawr, cafodd Guto ei siarsio i gadw draw o lofft ei rieni ar ôl hynny.

Ffit-ffat, ffit-ffat. Clywodd gamau ei fam ar y grisiau. Camau clou ac i bwrpas eto. Drws y llofft yn agor. Yna, llefen

Dewi'n peidio. Ei fam yn ei siglo a phwt o gân fach am fynd i brynu iâr yn Aberdâr. Y ddau'n gadael y llofft.

"Wiliam! Sa i'n gweud rhagor! Bydd Alun 'ma nawr ac mae'n amser i tithe'i siapio hi am y pwll!"

Sŵn drws llofft Wiliam yn agor.

Yr union eiliad honno, canodd hwter Pwll y Pandy a hwter Pwll Nant-gwyn yn union wedyn. Y rheiny oedd y sgrechfeydd gwaethaf un gan eu bod mor agos at Stryd Eleanor. Hanner awr wedi chwech. Doedd dim posib meddwl am fynd yn ôl i gysgu ar ôl i honno dorri ar dawelwch y bore.

Roedd sgidie hoelion yn cerdded i'r cyfeiriad arall yn y stryd erbyn hyn. Sŵn drysau'n agor a chau yn y teras. Roedd yn rhaid bod i lawr y siafft ac wrth wyneb y glo i ddechrau torri am saith o'r gloch. Clywodd ei fam yn mynd i lawr y grisiau dan hwian ganu.

Clywodd ei dad yn dod drwodd o'r gegin fyw ac yn eistedd ar ris isaf y grisiau i wisgo'i sgidie trwm am ei draed. Sŵn Wiliam yn mynd yn ei flaen i lawr y grisiau ac yn pasio'i dad ac yna'n oedi wrth gilagor drws y gegin. Yn sydyn mae'n stampio'i droed ar y gris.

"Ha! Un yn llai! Gas 'da fi'u gweld nhw, y cocrotjis yffarn yna!"

Mae'n rhuthro am ei got o'r cefen.

"Oes 'da fi amser am grystyn?" gofynnodd. Sŵn slochio dysglad o de a gwisgo cot yr un pryd.

"Ble ar y ddaear ma Alun 'te? Beth wyt ti'n 'i feddwl, Moc?" clywodd ei fam yn galw.

"Falle'i fod e'n gweitho shifft ddwbwl," atebodd yntau. "Dic Tic Toc yw 'i bartner e a ma rhyw gnec ar hwnnw o hyd."

Yn y lofa, roedd gan bob gweithiwr 'bartner' ar shifft arall. Os byddai'r partner yn rhy dost i ddod i'r gwaith, fyddai dim cyflog iddo ef na'i deulu. Y drefn ymysg y glowyr wedyn oedd bod y partner yn gweithio shifft ddwbwl a rhoi arian yr ail shifft i deulu'r claf.

"Lle ma'n sgidie i?" gwaeddodd Wiliam, oedd yn ôl wrth draed y grisiau erbyn hyn.

"Lle mae dy ben di, grwt!" oedd sylw ei dad.

Sŵn drysau eto a Wiliam, mae'n rhaid, wedi gadael ei sgidie y tu fas i ddrws y cefen.

"Ma'r rhain dal yn wlyb socan!" Wiliam oedd yn cwyno eto.

"Cwarter awr arall a bydd dy drwser a dy grys di'n socan 'fyd!"

Fowr o hwyl ar Dad, meddyliodd Guto.

Llais ei fam o'r gegin fyw glywodd e wedyn.

"Ma'r bath yma'n oeri! Ble ma fe?"

Clywodd ddrws y ffrynt yn agor. Yr unig ddrws du yn y stryd – 'Mae wedi'i beintio'n deidi, er nad y'ch chi'n gallu'i weld e yn y nos!' oedd sylw Alun y Lojer.

"Ry'n ni'n mynd 'te, Beti!" galwodd ei dad.

"O, cymerwch ofal!" Clywodd Guto ffit-ffatian traed ei fam yn y cyntedd. Dyna fyddai ei geiriau olaf wrthyn nhw bob bore. Sŵn cusan ar foch. "Bydd dithe'n garcus, Wiliam."

Caeodd y drws ffrynt. Collodd Guto afael ar sŵn sgidie ei dad a'i frawd wrth iddyn nhw ymuno â'r lli at Bwll y Glamorgan.

Mi fyddan ar ben y gwaith mewn pryd, meddyliodd Guto.

Clywodd sŵn ei fam yn symud crochan a'i roi ar y tân.

Cododd arogl swper o'r gegin. Ar ôl cael ei fath, byddai Alun angen ei swper cyn mynd am y gwely.

Yna'i fam yn dringo'r grisiau eto a Dewi bach yn gwneud rhyw sŵn hapus. Mae'n rhaid ei bod hi wedi'i lapio yn ei siôl, erbyn hyn, meddyliodd Guto. Gallai eu gweld drwy lygad ei ddychymyg – y siôl wedi'i lapio o dan un gesail a thros yr ysgwydd arall gan gynnal y babi'n dynn ym mynwes ei fam. Gyda'r bychan yn fodlon, gallai'r fam ddefnyddio'i dwylo i wneud ei gwaith.

Llofft Wiliam oedd yn ei chael hi ganddi yn awr. Sŵn ysgwyd cwilt a dyrnu gobennydd. Yna'i fam yn dod yn ei hôl. Gwyddai fod y pot yn ei llaw erbyn hyn. Nid oedd ei ffit-ffatian mor glou ag arfer.

Lawr y grisiau. Sŵn drws y cefen. Sblash. Ac yna'n ôl i fyny'r grisiau yn barod ar gyfer y lojer.

"Eira! Well i tithe feddwl am godi."

"Yyy!" A sŵn cic o dan y cwilt yn y gornel.

"Mae'n rhaid iti ga'l rhywbeth yn dy fola a rhaid iti edrych yn deidi cyn sefyll yn y siop yna drwy'r dydd!"

Dim sŵn pellach.

Roedd y sgidie hoelion bron â diflannu i'r pellter ar y strydoedd y tu fas bellach hefyd. Na, dyna un yn rhedeg heibio. Rhywun yn hwyr ...

Roedd Llew bach yn anadlu rhywfaint yn ysgafnach bellach ac Eira wedi mynd yn ôl i gysgu i bob pwrpas.

Cododd Guto a gwisgo amdano cyn camu i lawr y grisiau'n ysgafn a gofalus yn nhraed ei sanau. Gwthiodd ddrws y gegin fyw ar agor yn dawel fach. Gwelodd ei fam yn eistedd wrth y bwrdd a'i llaw o amgylch cwpan de. Daliai

Dewi gydag un fraich fel ei fod yn eistedd ar ben asgwrn ei chlun, ei lygaid yn hollol effro a'i gyrls yn dawnsio o amgylch ei wên wrth weld ei frawd.

"Wel, bore da, y mwnci mawr!" Gwnaeth Guto sŵn anifeilaidd a chymeryd arno gnoi clustiau'r bychan. "Wyt ti ise i fi roi brecwast i Dewi, Mam?"

Roedd meddwl Beti Lewis ymhell ar yr union foment honno. Neidiodd, gan roi'i llaw ar ei bol yn ei braw. Edrychodd Guto yn bryderus ar chwydd ei beichiogrwydd.

"Wyt ti'n iawn, Mam? Ydi'r babi'n iawn? Ydi e'n dechrau ...?"

"Na, na grwtyn, paid ffysan," atebodd ei fam. "Do's dim o'i le. Dyw e ddim yn barod i ddod am ddou fis arall."

"Dere â Dewi bach i fi!" Gwenodd Guto yn wyneb y bychan.

Ildiodd Beti Lewis, a rhoi'r un bach yn ei freichiau parod.

"Wyt ti am i fi redeg ar dy ôl, y bachgen mawr?" Rhoddodd Guto y bychan ar ei ddwy droed ar lawr a dechrau rhedeg ar ei ôl.

"Ddim o gwmpas y twba poeth!" gwaeddodd eu mam. "A phaid tithe â glwchu dy sane – mae dŵr ar y llawr ar bwys y twba."

Agorodd Guto y drws i'r cyntedd gan annog Dewi i'w basio er mwyn parhau â'r chwarae yn yr ardal honno.

Dyna pryd y clywsant ragor o sŵn sgidie hoelion. Cerdded yn griw o'r lofa ar hyd Stryd Eleanor roedden nhw. Cerdded yn araf a gofalus. Fel petaen nhw'n cario rhywbeth ... neu rywun ...

Cododd Beti Lewis o'r gadair gan adael ei chwpan ar y ford.

"Na!" meddai. "Mae rhywbeth wedi digwydd yn y pwll ..."

Pennod 2

Safodd Guto a'i fam, Beti Lewis, y tu ôl i'r drws caeedig i'r stryd heb glywed anadl y naill a'r llall. Clywsant y sgidie hoelion yn gorymdeithio'n araf, ac yn agosáu. Roedd ambell ben hoelen yn crafu'r cerrig ar wyneb y ffordd a sŵn y crafiad yn mynd drwyddynt.

Roedd y sgidie wedi cyrraedd drws Rhif 17 ... Ac yna, roedd y criw wedi pasio. Gollyngodd mam Guto ochenaid uchel o ryddhad.

"Nid 'yn tŷ ni y tro 'ma," meddai.

Edrychodd Guto arni, heb ddweud dim.

"Wy'n gwbod," meddai hithau gan agor y drws a chamu mas i ben y rhiniog. "Ma nhw mynd sha cartre rhywun arall. Gobeithio nad ydi e'n rhy ddrwg ..."

Wrth sefyll ar ben y grisiau oedd yn codi o'r stryd at y drws ffrynt, gallai'r ddau ohonynt weld cefnau'r glowyr yn mynd yn eu blaenau i fyny'r ffordd. Roedd chwech ohonyn nhw'n cario ffrâm gynfas rhyngddynt. Ar y gynfas, roedd siâp dyn gyda blanced drosto, ond nid oedd y flanced wedi'i chodi i guddio'i ben.

"Wedi'i anafu ma fe, bach," meddai Beti Lewis. "Rhy ddrwg iddo gerdded 'fyd, pŵr dab."

Edrychodd Guto yn ôl i lawr i gyfeiriad Pwll y Pandy. Roedd pob drws yn y rhes wedi'i agor a theuluoedd pryderus wedi crynhoi ar bob trothwy i glywed y newyddion drwg.

Trodd i edrych ar y fintai eto. Yn gafael yng nghefen y stretsier, gallai adnabod Alun, eu lojer, gan ei fod dair neu bedair modfedd yn dalach na'r un glöwr arall yn y stryd.

Sylwodd Guto eu bod wedi sefyll yn y stryd a bod un glöwr wedi camu i fyny'r grisiau at ddrws tŷ yn y rhes.

"Dilys Mainwaring, Rhif 24!" ebychodd Beti. "Watcyn yw e, druan!"

Cyn i'r glöwr guro ar y drws, agorodd hwnnw led y pen.

Gwelodd Guto fod Dilys yn sefyll yno – ei chefen yn syth a'i gên wedi sgwario. Roedd yn barod i glywed y newydd.

Erbyn hyn, roedd y gwragedd tai ac ambell blentyn wedi gadael rhiniogau eu tai eu hunain ac wedi closio o amgylch y glowyr, y clwyfedig a Rhif 24. Clywodd Guto y glöwr wrth y drws yn adrodd yr hanes wrth Dilys Mainwaring.

"Ddwyawr yn ôl digwyddodd e. Roedden ni bron â chwpla shifft y nos 'fyd. Ro'dd Watcyn man hyn, a Jeri bach y byti yn torri glo o'r ffas ... Jeri bach yn cwnnu'r clapie mawr i'r dram a Watcyn yn y wythïen gyda'r mandrel ... A wap o rywle, dyma graig i lawr o'r to ... Trwy'r coed fel taen nhw'n ddim byd ond papur ... Hanner tunnell o graig ar ben Jeri bach ac ynte Watcyn ... Ca'l ei fwrw yng nghefen ei ben ga'th e, Watcyn ... Do'dd dim gobaith 'da Jeri bach, druan."

Trodd y glöwr i nodio at yr un oedd yn gorwedd ar y stretsier. Nid oedd hwnnw wedi symud llaw eto.

"Dewch ag e lan y stâr, fechgyn. Gofalus, nawr ..."

"Shwd ... Shwd ma fe?" gofynnodd Dilys.

"Ma fe'n eitha cyfforddus, wy'n credu," atebodd un glöwr. "Fe ddath y doctor i ben y pwll. Ma fe wedi hala fe i gysgu. Isie gorffwys a chwsg ma fe nawr. Mae'i ben e wedi ca'l wad galed, 'twel."

Wrth i'r glowyr esgyn y grisiau, gallai Guto weld rhwymyn am ben Watcyn Mainwaring. O boptu cefen ei ben, roedd llif coch wedi ymledu gan staenio'r rhwymyn.

Aeth y fintai i mewn i'r tŷ gan adael y drws yn agored. Yn raddol, trodd y dyrfa fechan draw, pob un am ei gartref ei hun.

"Jeri bach – wy'n nabod 'i fam e."

"Mab bach brawd Watcyn, 'twel."

"Lan ar hewl Cwm Clydach ma nhw'n byw, 'tife?"

"Ie, dyna ti. Newydd ddechre yn y pwll Ionawr diwetha oedd e."

"O diar, diar ... Druan â nhw."

"A druan â'r Mainwarings 'fyd. Do's gyda nhw ddim lojer na dim i ddod ag arian miwn nawr ..."

"Mae rhywun yn 'i cha'l hi bob wythnos yn y cwm 'ma."

Yn ôl yn y gegin fyw, doedd fawr o sgwrs rhwng Guto a'i fam. Arllwysodd Beti Lewis fwcedaid arall o ddŵr twym i'r bath. Cyn iddi fynd mas i'r cefen, cymerodd Guto y bwced oddi arni i fynd mas at y tap cyhoeddus yn y gwli – y lôn fach gul – yng nghefen y rhes. Erbyn iddo ddod yn ôl i'r gegin, roedd Alun y Lojer yn eistedd yn ei gwrcwd ar ei sodlau wrth gornel y tân.

"Ma'r graig mor whit-what yn y Rhondda, 'twel," meddai. "Dyna'r cythrel sydd. Weithie mae hi'n gorwedd yn ei hyd. Wedyn mae hi ar ei phen. Mae 'da ti wythïen fach deidi o lo stêm gore'r byd – ac yna mae hi'n diflannu dan ryw lwmp o graig ddiwerth sy wedi gwthio ar ei thraws hi. Mae'n anodd gweitho 'ma. Ond yn waeth na hynny – mae mor beryglus."

Arllwysodd Guto y bwcedaid o ddŵr i mewn i'r boelar.

Byddai'i fam angen mwy o ddŵr at olchi dillad gyda hyn.

"Pa mor ddrwg yw Watcyn 'te?" holodd Beti.

"O, paid â holi. Mae wedi colli darn o asgwrn cefen ei ben. Ti'n gallu gweld 'i ..."

"Digon am nawr, Alun," meddai Beti, gan daflu cip sydyn at Guto. "Cer i'r pantri i mofyn wy oddi ar y shilff iti i'w ga'l i frecwast, gw'boi. Wyt tithe am ddechre wmolch, Alun?"

Cododd Alun o'i gwrcwd ond wrth wneud hynny, trawodd ei ben yn erbyn y silff uchel oedd yn rhedeg uwch ben y tân.

"Aw! Mi anghofies i am honna!" meddai.

Tynnodd Alun y mwffler oddi am ei wddw, yna'i siaced a'i wasgod a'u rhoi i sychu ar goed uwch y tân. Cyn hir, roedd stêm yn codi oddi arnynt gan greu cymylau llaith yn y gegin.

Tynnodd ei grys gwlanen a'i daflu'n swpyn gwlyb a brwnt i'r gornel. Aeth ar ei bedwar o flaen y twba, pwyso ar ei ddwy law a rhoi ei ben o'r golwg yn nŵr y bath.

"Odi e'n ddigon twym? Ma fe wedi bod yn sefyll tipyn," meddai Beti, pan gododd y pen o wallt golau o'r dŵr unwaith eto. Roedd Dewi'n chwerthin yn harti pan ysgydwodd Alun ei ben a thasgu diferion o ddŵr drosto.

"Odi, glei. Hen ddigon da i dynnu'r baw 'ma."

Treuliodd Alun y munudau nesaf yn golchi'i lygaid yn ofalus. Roedd pob un oedd yn gweithio dan ddaear yn rhoi pwyslais mawr ar wneud hynny. Yn aml iawn, byddai'u llygaid yn gochion wrth adael y lofa. Roedd llwch y glo yn eu llosgi ac roedd diffyg golau'r lampau gwan oedd ganddyn nhw wrth eu gwaith yn rhoi straen ar eu golwg.

Pan oedd wedi'i fodloni, pasiodd Beti y sebon coch iddo a dechreuodd rwbio'i freichiau a'i fola ac yna golchi'i wallt.

"Barod?" gofynnodd Beti, wedi i ddarnau go helaeth ohono ddangos cnawd glân unwaith eto.

Heb ateb, dyma Alun yn plygu yn ei flaen a phwyso ar ei ddwy law ym mhen pella'r twba fel bod ei ysgwyddau a'r rhan fwyaf o'i gefen uwch ben dŵr y bath. Yna, cymerodd Beti y bar sebon a dechrau rhwbio'r llwch glo oddi ar ei ysgwyddau a'i gefen.

Doedd Guto byth yn blino rhyfeddu at y broses hon. Roedd y pyllau glo ar lawr y cwm wedi gweithio siafftiau dwfn gannoedd o droedfeddi o dan ddaear. Yno roedd y gwythiennau glo ac roedd hi'n dipyn o sialens i fynd i mewn mor bell i'r ddaear er mwyn torri a chodi'r glo roedd peiriannau mawr llongau a threnau'r byd yn gweiddi amdano bryd hynny.

Gan eu bod nhw'n byllau mor ddwfn, roedd hi'n dwym ddychrynllyd yno yn aml a gweithiai'r glowyr yn hanner noeth. Rhwng y chwys a'r llwch roedd digon o waith golchi ar ôl pob shifft.

O dro i dro, byddai Alun yn gwingo uwch y bath.

"Cwt bach arall ife?" fyddai Beti yn ei ddweud wrth sylwi ar grafiad neu friw ar ei gnawd.

Erbyn glanhau'r düwch oddi ar ei gorff, byddai Guto yn gweld llinellau glas o greithiau'r gorffennol ac ambell farc coch yn dangos briwiau'r shifft ddiweddaraf. Doedd y briwiau ddim yn cael amser i wella'n iawn cyn dychwelyd i'r gwaith ac felly wrth iddyn nhw gau, byddai peth o lwch y glo yn cael ei gadw o dan y croen gan roi lliw arbennig i'r creithiau.

"Rhaid iti godi'r to 'chydig uwch yn y lefel 'na, Alun – mae dy gefen di'n rhychau i gyd fel cae tato!"

"Coliers y Rhondda sy mor fyr, achan!" atebodd yntau. "Dy'n nhw ddim ond isie rhyw ddwy droedfedd o dwnnel, myn yffarn i. Smo nhw'n codi'r to'n ddigon uchel i foi o'r wlad fel fi."

"Ti sy'n gwlffyn mawr o Gardi a ddim wedi arfer â bod yn wahadden," meddai Beti wedyn.

Un o Geredigion oedd Alun. Alun Jones oedd ei enw ar bapur ond Alun Cwlffyn oedd e yn Nhonypandy. Rhyw dueddu i fod yn fyr ac yn bryd tywyll oedd teuluoedd glowyr y cymoedd, ond roedd asgwrn a phryd gwahanol gan Alun, ac roedd newydd ddod 'nôl ar ôl chwe wythnos yn cynaeafu yn ei hen ardal.

"Beth ma nhw'n 'i roi i'w fyta ichi yng nghefen gwlad gwedwch? Ma graen bustach arnot ti!"

"Swper cynhaeaf bob dydd, 'twel!" meddai Alun. "A dim rhyw un wy i frecwast ond hanner mochyn!"

"Wel, paid dishgwl hynny man hyn ar yr arian lojer wy'n ei ga'l gyda ti!"

Sythodd Beti ei chorff a rhoi ochenaid fach wrth wasgu'i dwrn i waelod ei chefen.

"Dim llawer i fynd rhagor, Beti," meddai Alun gan godi oddi ar ei bedwar cyn tynnu'i drowsus a'i roi ar y giard o flaen y tân. Ymhen dim, roedd yn eistedd yn borcyn yn y bath yn golchi gweddill ei gorff.

"Ti'n gwybod, Guto," meddai gan droi ei ben at y bachgen. "Ma rhai o'r coliers yn gwrthod golchi'u cefne. Ma nhw'n gadel y glo arno ac yn gweud ei fod e'n gwneud eu cefne nhw'n gryfach!"

"Weles i nhw ar lan y môr ym Mhorthcawl y llynedd,"

meddai Guto. "Rhes o gefne duon!"

"Dychmyga fi'n mynd gatre a thynnu 'nghrys i gario gwair yn edrych fel hynny! Mi fydden nhw'n chwerthin am 'y mhen i fel tasen i'n eidion Cymreig." Gwnaeth stumiau cyrn tarw a sŵn rhuo ar Dewi oedd yn gafael yn dynn yn ymyl y bath a'i lygaid yn dawnsio.

Agorodd Beti y drws i'r cyntedd a rhoi gwaedd arall ar Eira cyn codi trowsus Alun i sychu uwch y tân. Cododd ei ddillad isaf a'i grys a mynd â nhw mas i'r twb golchi pren yn y cefen.

"Shwd oedd Llew bach y bore 'ma?" gofynnodd Alun i Guto.

"Dim gwell," atebodd yntau.

"Reit, dere â'r wy 'ma," meddai Beti pan ddaeth yn ei hôl. Arllwysodd rywfaint o ddŵr o'r boelar i sosban a rhoi'r wy ynddo ar y tân. Rhoddodd dro i'r crochan swper a rhoi dysglaid i Alun oedd yn dal i fwynhau cysur y bath. Cododd y babi oddi ar y llawr a'i ddal ar ei glin i'w fwydo gyda llwy ac yna'i roi ar lin Guto i fwyta ychydig o fara.

Roedd hi wedi wyth o'r gloch pan ddaeth Eira i lawr y grisiau.

"Wyt ti moyn peth o'r wy yma?" cynigiodd Guto i'r bychan, ond ysgwyd ei ben a throi ei wyneb i ffwrdd wnaeth hwnnw.

"Dere nawr, 'machgen gwyn i," meddai Alun o'r bath. " 'O din iâr i'th gadw'n iach', fel o'dd Wncwl Ned Ffair-rhos yn 'i weud."

Crychodd Eira ei thrwyn wrth edrych i mewn i'r sosban ar y bwrdd.

"Do's dim wy i fi 'te?" holodd yn swta.

"Mae'n rhy hwyr iti nawr," atebodd ei mam. "Rhaid iti siapo dy stwmps i fod yn y siop yna ar amser."

"Dim ond rownd y gornel mae hi, Mam!" protestiodd y ferch. "Ga i sosej rôl o'r Brachi lawr y stryd."

"Lle gest ti'r sgidie newydd yna?" ebychodd Beti.

"Gan Mr Davies! Shŵs i weitho yn y siop yw'r rhain. Wy wedi ca'l llond bola ar sgidie. Bargen arbennig ar hen stoc yr haf i'w staff. Ma fe'n mynd â thair ceiniog o fy nghyflog i bob wythnos."

"Mae'n syndod bod cyflog i ga'l gyda ti a thithe wedi ca'l cymaint ar y Never-Never," meddai'i mam yn sychlyd.

"Jiw-jiw, Mam, ma pawb ar y Never-Never yn y cwm y dyddie hyn."

"Mister Elias Davies, Ladies Outfitter and Draper, ife?" meddai Alun o'r bath. "Bydd e'n siŵr o fod yn rhwbo'i ddwylo yn erbyn ei gilydd yn edrych ymlaen at sêls yr hydref, nawr fod e wedi ca'l gwared ar y ffrogie haf."

"Ow, Alun," meddai Eira gan ffugio sioc yn ei llais. "Wydden i ddim fod 'da ti ddiddordeb miwn dillad merched!"

"Na, diddordeb yn Elias Davies sy 'da fi."

"Wrth gwrs!" atebodd y ferch. "Pobol Capel Ebenezer yn stico 'da'i gilydd! Ac ma fe'n Gardi a chwbwl, ond dyw e?"

"Na, mab i Gardi yw e," meddai Alun yn ysgafn gan godi o'r bath a chydio yn y tywel oedd ar gefen un o'r cadeiriau wrth y bwrdd.

Estynnodd am grys gwlanen sych a thrôns llaes oddi ar y pentwr uwch y lle tân.

"Dere at y ford iti ga'l dy swper," meddai Beti gan godi

llond powlen o stiw tatws a chig iddo. "Fe a' i gymoni'r llofft yn barod a dod â Llew i lawr iti ga'l llonydd wedyn."

Swper ac yna i'w wely am y dydd oedd patrwm Alun. Byddai'n rhaid iddo fod i lawr yn y lefel ac wrth ei waith fel coediwr erbyn deg y nos, felly byddai'n gadael y tŷ toc wedi naw y nos. Fel llawer o fois o'r gorllewin oedd yn y pyllau glo, roedd yn gallu trin bwyell, llif a gordd, ac roedd angen coedwyr da i osod pyst a thrawstiau i gynnal toeau'r twneli dan ddaear ym mhyllau glo'r Rhondda.

"Eira, alli di fynd â'r pot 'ma o jam mwyar i'r Mainwarings wrth basio?" gofynnodd ei mam gan estyn jar o'r pantri.

"Sdim amser 'da fi, Mam! Rhaid i fi fynd."

"Af i ag e ar y ffordd i'r ysgol," meddai Guto.

Aeth Beti Lewis i'r llofft i godi ac i wisgo Llew. Pan ddaethant yn ôl i'r gegin, roedd Guto wrthi gyda bwced yn codi'r dŵr o'r bath a'i gario mas i'r cefen.

Pennod 3

Erbyn hyn, Moc Lewis oedd yn eistedd yn y bath a Wiliam y mab oedd yn ei gwrcwd yng nghornel y tân. Roedd llaw fach Dewi yn sblasio yn nŵr y bath.

"Ych-a-fi, Dewi!" meddai'i fam wrth ei basio i roi tatws yn y crochan swper. "Dŵr brwnt yw hwn'na. Brwnt! Ti'n deall?"

Yn ôl y wên lydan oedd ar wyneb y bychan, doedd lliw'r llwch glo yn y dŵr ddim yn poeni dim arno.

"Moc achan, alli di gadw llygad ar yr un bach tra odw i mas y bac?" gofynnodd Beti.

"Be ti'n feddwl, fenyw? Wy'n borcyn ac yn y bath!"

"Fydd e Mabon yn y cyfarfod heno 'te, Dad?" gofynnodd Wiliam.

"Wy ddim yn gwbod all e'i gwneud hi, cofia," atebodd Moc. "Ma fe'n aelod yn y senedd sha Llunden yna 'twel. Ac ma pethe pwysig 'da fe i'w gwneud ..."

"Ma pethe pwysig yng Nghwm Rhondda 'fyd!"

"Wy'n gwbod hynny, 'machan i. Ond rhaid iti gofio bod pwyse ar 'i sgwydde fe ..."

"Ma pwyse yn ei fola fe 'fyd. Ma fe mor dew â pherchennog y pwll, myn yffarn i."

"Whare teg, nawr. Ma fe wedi neud diwrnod da o waith i'r Ffed. Oni bai am Mabon, fydde dim Ffed i ga'l gyda ni."

Distawodd y sgwrs am ennyd. Meddyliodd Moc am hynt a helynt y deuddeng mlynedd ers sefydlu Ffederasiwn Glowyr

De Cymru. Hwnnw oedd y Ffed – undeb y gweithwyr, a Mabon oedd ei arweinydd. Dyn corfforol, cryf oedd Mabon gyda llais fel tarw. Roedd hefyd yn gallu cael tyrfa i uno i ganu emynau yn bwerus pan fyddai rhai o gyfarfodydd y gweithwyr yn mynd yn rhy danllyd. Ef bellach oedd Aelod Seneddol Rhyddfrydol y Rhondda.

Daeth Beti yn ei hôl i'r gegin fyw.

"Moc, alli di lanw'r bwced glo i fi?"

"Alla i ddim nawr, fenyw! Wy'n borcyn a heb sychu'n hunan 'to!"

Meddai Moc wedyn, "Ie, 'mewn undeb mae nerth'. Ac mae Mabon wedi rhoi nerth i'r glowyr ers chwarter canrif."

"Falle bod yn rhaid edrych ymlaen at y chwarter canrif nesa nawr, Dad."

"Ro'dd gan berchnogion pyllau glo de Cymru eu hundeb nhw chwarter canrif o flaen y Ffed!" meddai Wiliam yn chwerw.

"Ma'r graig yn anodd yn y Rhondda, ond ma'r meistri moyn yr un faint o dunelli o lo o bob lefel ym mhob pwll," meddai Moc. "Dyw'r peth ddim yn bosib."

"Ac ma fe meistr mawr y glo – David Thomas – yn cynnig pris isel y dunnell inni 'fyd. Dyna asgwrn y gynnen yn yr Ely."

"Ie. Bob tro mae lefel newydd yn agor yn un o'r pylle, mae pris y dunnell ma nhw'n ei gynnig i ni yn cwmpo. Smo ni'n gwbod lle ry'n ni'n sefyll."

"Sefyll?" Agorodd y drws a daeth Alun i mewn, yn amlwg ei fod wedi bod mas am dro ar ôl ei gwsg. "Well iti beidio sefyll yn y bath, Moc, neu fe fydd Beti yn cwyno bod y dŵr yn tasgu hyd y llawr."

"Ond mae'n amser iti shiffto, Dad," meddai Wiliam, "neu bydd y dŵr yn rhy o'r i fi allu wmolch yn iawn."

Cododd Moc a dechrau sychu'i hun. Tynnodd Wiliam ei grys gwlanen a chyn hir roedd y ddau wedi cyfnewid lle.

"Olcha i 'i gefen e, Beti," meddai Alun wrth weld gwraig y tŷ yn prysuro i mewn o'r cefen. "Dal di mlân gyda beth sy 'da ti i neud."

"Mae dy grys gore di wedi'i stîlo ac ar y reilsen uwch y tân," meddai Beti wrth ei gŵr. "Fyddi di ei angen e ar gyfer y cyfarfod heno. Dere â'r trowser gwlyb 'na i fi, Wiliam. Roia i nhw i sychu ar y giard."

Gorffennodd Wiliam dynnu amdano ac aeth Beti â dillad y ddau löwr i'r twb golchi pren yn yr iard gefen. Toc roedd hi'n ôl i gario llond bwcedaid o ddŵr poeth o'r boelar yn y lle tân ar gyfer eu golchi ac i rwbio'r llwch glo ohonyn nhw.

"Sefyll gyda golwg ar gyflog oedd 'da fi gynne fach," esboniodd Moc wrth Alun wedi iddo setlo yn ei gadair. "Cyflog pendant ac orie pendant."

"Itha reit," meddai Alun. "Fydden i ddim wedi trafferthu dod o gefen gwlad Tregaron yr holl ffordd i Donypandy oni bai 'mod i'n gwbod faint o arian fydde 'da fi i'w gario adre."

"Ac wyth awr y dydd dan ddaear," ychwanegodd Moc. "Y Ffed dan Mabon gafodd hynny inni 'fyd. Pan oedd 'Nhad yn ifanc, ro'dd e'n gweitho deuddeg awr y dydd yn y pwll ym Merthyr."

"Mae llai o orie yn golygu llai o lo cofia, Moc," meddai Alun.

"Ond ma'r pylle 'ma'n codi mwy o lo nawr nag eriôd!"

mynnodd Wiliam wrth i Alun olchi'r sebon oddi ar ei gefen.

"Miwn â ti i'r bath 'na!" meddai Alun. "Odyn, odyn – ma'r byd yn gweiddi am lo'r Rhondda. Y glo stêm gore – dyna sy'n y creigie o'danon ni, bois. A ma'i hanner e yn y bath man hyn, alla i weud wrthoch chi!"

Plygodd Alun ac eistedd yn ei gwrcwd wrth y lle tân.

Wedi eistedd yn y twba, parhaodd Wiliam â'r drafodaeth.

"A dyna pam fod y cyfarfod heno mor bwysig. Yr hyn ma'r perchnogion yn 'i wneud nawr yw naddu darnau oddi ar 'yn cyflogau ni. O's, o's – ma gyda ni gyflog pendant. Ond ma nhw'n torri tameidie oddi arno fe pob whip-stitj."

"Ti'n iawn," atebodd Alun. "Mae 'da fi fwyell newydd ar gyfer naddu'r coed yn y twneli – ond fi sy wedi talu amdani."

"A ti fydd yn talu am roi awch arni 'fyd," ychwanegodd Moc. "Ni sy'n prynu pob twlsyn sydd 'da ni yn y ffas."

"Ac yn prynu'r powdwr i'w roi yn y tyllau tanio," meddai Wiliam. "A nawr ma nhw'n ceisio gostwng yr isafswm cyflog yn is fyth."

"Smo nhw'n trystio ni 'twel," meddai Moc. "Ma nhw'n meddwl bod rhoi cyflog shifft inni yn golygu y bydd y coliers yn gweitho'n arafach ac yn codi llai o lo."

"Dy'n nhw ddim yn deall y pylle," meddai Wiliam. "Ma'r graig yn anodd yn y Rhondda. Ma'n anodd ca'l gafel ar y wythïen lo – y'n ni'n gorfod shiffto llawer o gerrig weithie i'w chyrraedd hi a falle nad yw hi'n fawr iawn o beth hyd yn oed wedi hynny."

"Dyna pam fod Pwll yr Ely yn cyfarfod yn yr Empire heno 'te bois," meddai Alun. "Odych chi bois y Glamorgan am ddod yno 'te, i fod yn gefen i ni?"

"Wrth gwrs hynny, bachan. Wy'n mynd lan stâr i orffen gwisgo a phipo draw i weld y Mainwarings cyn swper," meddai Moc.

"Dim ond swllt a naw ceiniog y dydd am shifft torri glo!" wfftiodd Wiliam o ddyfroedd llugoer y bath. "Dyna i gyd ma nhw'n ei gynnig i goliers yr Ely! Wy'n gwbod mai cwmni'r Naval yw'r Ely ac mai'r Cambrian y'n ni – ond yr un peth yw ci a'i gynffon. Yr un meistri sydd ar y ddou gwmni. Y ceinioge yn yr Ely fydd yn ca'l eu cynnig i ninne cyn pen dim."

"A llai fyth i'r coedwyr sy'n cadw'r twneli'n saff," meddai Alun.

"Pawb â'i fys lle bo'i ddolur," meddai Beti, wrth gario mwy o lo at y tân. "O's rhaid iti ga'l cymaint o ddŵr ar y llawr, grwt?"

"Dad wnaeth y sblashys hyn!" meddai Wiliam. "Ma pawb yn ca'l cawod o law yma pan fydd e'n sychu'i hunan."

"A waeth i fi ofyn i'r bwced 'ma ddim na gofyn iddo fe lanhau ar 'i ôl." Aeth yn ôl i'r cefen fel corwynt.

"Faint fydd yn yr Empire heno 'te?" gofynnodd Alun.

"Ma'r lle'n dal dros bum cant, siŵr o fod," atebodd Wiliam. "Bydd mwy na'i llond hi yno, gei di weld."

Un o theatrau helaeth Tonypandy yn Stryd Dunraven – y stryd fawr – oedd yr Empire. Ar nosweithiau arbennig, byddai olwynion y ffilmiau'n llonyddu er mwyn i'r glowyr gynnal eu cyfarfodydd. Haen newydd o lo ym Mhwll yr Ely, Pen-y-graig, oedd testun y trafod y noson honno. Roedd y wythïen wedi cael ei hagor a'i thorri gan bedwar ugain o goliers am gyfnod prawf er mwyn i'r perchnogion gael mesur y cynnyrch a chynnig cyflog dyddiol i'r gweithwyr.

Roedd cyfanswm y cynnyrch yn siomedig.

Mae'r graig yn anodd iawn yno, oedd rheswm y glowyr.

Allwn ni ddim cynnig mwy na swllt a naw ceiniog y dydd ichi, meddai'r perchnogion.

Y cyflog isaf ym Mhrydain! wfftiodd glowyr yr Ely.

Eich bai chi yw e am weitho'n ara' bach yn fwriadol dros gyfnod y prawf, meddai'r perchnogion.

Rhaid inni gael hanner coron y dydd, dim llai, meddai'r gweithwyr. Dau swllt a chwe cheiniog y dydd, neu fydd neb yn torri glo yn yr Ely.

Itha reit, yna fydd neb yn torri glo yno, meddai'r perchnogion. Ry'n ni'n cau'r pwll. O ddydd Iau, Medi'r cynta, fydd neb yn gweitho – na neb yn cael cyflog – ym Mhwll yr Ely.

Locowt! meddai'r glowyr. Ry'ch chi'n cau'r giatie i'r gwaith a bydd wyth cant ohonon ni heb gyflog.

Swllt a naw y dydd neu ddim, meddai'r perchnogion.

Hanner coron y dydd neu ddim!

Ar hynny agorodd a chaeodd drws y ffrynt a daeth Guto i'r gegin fyw.

"Odi e'n wir, Wil?" gofynnodd i'w frawd, oedd erbyn hyn wedi codi o'r bath ac yn dechrau sychu'i hunan.

"Beth sy'n wir, yn enw'r mawredd?"

"Dicw oedd yn gweud wrtho i nawr."

"A beth oedd Dicw'n 'i weud?" Mab teulu'r Mainwarings oedd Dicw. Roedd yr un oedran ac yn yr un dosbarth â Guto.

"Bod un colier yn ca'l ei ladd wrth ei waith bob wythnos yng Nghwm Rhondda."

"Wel, odi ma'r cyfri'n uchel, rhaid 'i fod e. A shwd ma Watcyn Mainwaring?"

"Yn dal i gysgu. Ma hi Dilys wrth ei wely e, yn gwlychu'i wefuse fe â llien a bowlen o ddŵr drwy'r dydd. Ond dyw e ddim yn cyffro dim."

"Ddaeth Edward yn ôl o'i shifft?"

Yn wahanol i'r drefn arferol, doedd mab hynaf y Mainwarings ddim yn gweithio yn yr un pwll â'i dad. Codi glo i'w dad-cu, Emrys Mainwaring, yn nhalcen y gwaith ym Mhwll y Cambrian yng Nghwm Clydach roedd e. Y tad-cu yn ceibio cnapiau mawr o lo yn rhydd o'r wythïen, a'r ŵyr – y 'byti bach' – yn codi'r cnapiau i dram a fyddai'n cael ei thynnu ar hyd y reils i waelod y siafft ac oddi yno i fyny i wyneb y pwll.

"Do, fe ddaeth e fel arfer."

"Oedd e wedi clywed?"

"Ddim yn y gwaith, ond roedd Dicw a finne yn dishgwyl amdano pan ddaeth e lan yn y caetj o'r gwaelod."

"Shwd mae Ann fach a Sarah?" gofynnodd Alun o'i gornel.

"Mae Sarah'n gwneud swper ac roedd Ann yn dala'r llien i'w brawd tra oedd e'n ca'l bath."

"Faint y'n nhw nawr?"

"Mae Sarah ddwy flynedd yn iau na fi a Dicw. Deuddeg oed. Ac Ann – rhyw bedair yw hi."

"Fe gollon nhw ddou grwt bach rhwng y ddwy ohonyn nhw, yn dofe?"

"Wy wedi gweld eu carreg fedd nhw ym mynwent Trealaw," meddai Guto. "Es draw yno yn yr haf gyda Dicw a fuon ni'n casglu blode ar y mynydd iddyn nhw."

"Wyt ti wedi ca'l te, Guto?" holodd Beti, gan roi bwced gwag yn nŵr y bath.

"Mi wna i hynny, Mam," atebodd Guto gan gymryd braich y bwced o'i llaw. "Ges i fara jam 'da Sarah Mainwaring."

"Dwyt ti ddim i fyta yn eu tŷ nhw ar adeg fel hyn, ti'n deall?" dwrdiodd Beti.

"Ond 'yn jam mwyar ni o'dd e, Mam!"

"Iddyn nhw roies i'r jam – nid i ti fynd yno i stwffo dy fola."

Cymerodd bedair siwrnai o ddŵr i Guto wagio'r bath. Roedd tipyn mwy o byllau ar y llawr cerrig erbyn hyn ac roedd hynny wrth fodd Dewi oedd yn gafael yng nghefen cadair a stampio'i draed bach mewn pwll.

Daeth Moc Lewis yn ei ôl i mewn, yn gwisgo'i wasgod a'i drowsus du a watsh boced ar gadwyn ar draws ei wasgod. Eisteddodd yn y gadair esmwythaf yn yr ystafell a chodi'r papur newydd.

Wrth weld Dewi'n poetsian, cododd Beti y bachgen a'i roi ar lin ei dad. Dechreuodd hwnnw chwalu papur Moc.

"O's dim llonydd i ga'l, fenyw?"

"Alli di fynd â'r bath yma mas gyda Guto 'te?"

"Ond wy yn 'y nillad gore!"

"Edrychest ti fiwn i weld shwd o'dd Llew bach pan oet ti lan llofft?"

"Wyddwn i ddim 'i fod e'n 'i wely. Wel, ro'dd hi'n dawel yno."

"Mae wedi bod yn ei wely drwy'r dydd." Aeth Beti i'r cefen i lenwi dysglaid o ddŵr a'i chario am y grisiau.

Caeodd Moc ei bapur, codi a rhoi Dewi i sefyll yn ôl ar y llawr gwlyb.

"Wy'n mynd am y Stiwt cyn swper," meddai.

"Paid bod rhy hir yn browlan, nawr," gwaeddodd hithau, hanner y ffordd i fyny'r grisiau.

"Wy'n mynd mas i shafo cyn bwyd," meddai Alun. Clywodd y lleill y glec arferol wrth i'w ben daro styllen y silff nes bod honno'n dawnsio. "Aw! O's rhaid ca'l hon fan hyn?"

"Lle arall ro' i'r dillad ar ôl eu stîlo? A thra bo' ti mas cer i weud wrth y plant 'na sy'n whare pêl ar y stryd i gadw draw o Rif 24. Ma nhw angen dipyn o heddwch."

"Pam na ddoi dithe i'r Stiwt 'da fi bnawn Sadwrn?" cynigiodd Alun i Guto wrth ei chychwyn hi am y drws.

"Py!" wfftiodd Beti. "Lle i ddynion fynd o glyw eu gwragedd pan y'n ni moyn help yn y cartre yw'r Institiwt!"

"Mae mwy iddi na 'ny," meddai Alun. "Gelli di fynd i'r llyfrgell a benthyca llyfr. Mae e i gyd am ddim. Neu i'r ystafell bapurau newydd iti weld beth sy'n digwydd yn y byd mawr. Allen i ddysgu iti dric neu ddou ar y bwrdd snwcer."

Cofiodd Guto amdano'i hun yn mynd i'r Stiwt gydag Alun am y tro cyntaf. Roedd hi'n rhy wlyb i fynd mas a doedd fawr o ddim arall yn galw. Teimlai'n dipyn o foi yn mynd i sefydliad y dynion. Yn fuan ar ôl bod yno, sylwodd fod llawer ohonyn nhw'n hen iawn. Neu o leiaf yn edrych yn hen iawn. Roedd eu hwynebau'n esgyrniog a'u gwynt yn fyr. Gwelodd un â'i fraich mewn sling ac un arall ar faglau. Dynion na allen nhw weithio bellach oedd y rhain.

Roedd y stafell bapurau newydd yn lle difyr ganddo. Dangosodd Alun y gwahanol bapurau a chylchgronau gan egluro'r gwahaniaeth rhyngddynt. Darllenodd golofn ar ôl colofn o brint. Wedi hynny, byddai'n dychwelyd yn gyson i'r stafell hon yn y Stiwt.

Pennod 4

"Hei! Beth wyt ti'n neud â dy law yn y jwg?"

Daeth Guto i mewn i'r gegin fyw yn ddirybudd ar ôl clirio'r llestri swper. Roedd Alun wedi gwisgo'i ddillad gwaith yn barod ar gyfer ei shifft nos ac wedi mynd 'am wâc' i'r stryd fawr cyn mynd i'r cyfarfod yn yr Empire. Roedd Wil wedi mynd i far y Cross Keys ar y Stryd Fawr i wlychu'i lwnc at griw o'r glowyr ifanc cyn mynd i'r cyfarfod. I fyny yn y llofft gyda Llew a Dewi roedd Beti.

Anaml y byddai'r gegin fyw'n wag fel hyn. Safai Eira o flaen y tân. Roedd wedi estyn jwg wen i lawr o'r silff dan y nenfwd. Daliodd Guto hi â'i llaw yn y jwg.

"Arian Mam yw hwn'na. Beth wyt ti'n neud gydag e?"

Nid wnaeth Eira droi blewyn. Tynnodd ei llaw mas ac edrych ar y darnau arian.

"Dyma ni," meddai. "Ceiniog am y sosej rôl i frecwast a cheiniog a dimai am y ffrothi coffi a'r sandwij amser cinio."

Arllwysodd weddill yr arian yn ôl i'r jwg a'i rhoi'n ôl ar y silff.

"Wyt ti wedi ca'l caniatâd Mam i wneud hynny?"

"Arian bwyd y tŷ yw e, yntyfe? Wel, dyna 'mrecwast a nghino i. Gest ti wy i frecwast, geso inne frecwast a chino yn y Brachis."

"Ond allet ti fod wedi ca'l dy frecwast 'ma a mynd â chinio gyda ti 'taet ti wedi codi'n ddigon cynnar!"

"Beth ti'n wbod, gw'boi? Beth ti'n wbod am waith? Mas o'r ffordd. Dyw e ddim o dy fusnes di, ta beth."

Caeodd ddrws y ffrynt yn glep ar ei hôl a cherdded i'r stryd.

Dringodd Guto y grisiau ac aeth at ei fam i'r llofft.

"O, dishgwl, Llew bach," meddai Beti. "Mae Guto wedi dod i edrych shwd wyt ti."

Eisteddai Beti yng nghanol y gwely gyda Llew yn gorwedd arni ar y naill ochr, ei ben ar ei chôl a hithau yn dal ei llaw ar ei dalcen. Ar yr ochr arall roedd Dewi yn swatio. Roedd hwnnw wedi llonyddu bellach a'i lygaid wedi troi'n swrth yn ei ben.

"Ti'n peswch llai erbyn hyn, Llew," meddai Guto.

"Ma fe'n wa'th yn ystod y nos, ond dyw e, bach?" meddai'i fam. "Ond falle y bydd y winwnsyn yna yn gwneud gwahaniaeth iti heno. Ferwes i winwnsyn cyfan iddo fe, 'twel Guto. Oddi ar y rheffyn hwnnw ges i 'da'r Sioni Winwns pwy ddiwrnod. Ma'r rheiny'n winwns da. Arogl cryf arnyn nhw. A rhyw liw pinc yng nghnawd y winwnsyn. Am eu bod nhw'n rhoi gwymon o'r môr ar hyd y caeau, medden nhw. Ta p'un, ma nhw'n dda at y fogfa ac at glirio'r frest. Dyna o'dd Mam yn 'i weud wrthon ni'n blant. Berwi'r winwnsyn miwn lla'th a'i fyta fe gyda dipyn o finegr a siwgr coch. Joiest ti hwnnw, yn do fe, bach?"

Gwnaeth Llew ryw sŵn bach bodlon yn ei wddw a chau'i lygaid eto.

"Fuon ni'n canu yn yr ysgol heddi, Llew," meddai Guto. "Mae Miss Humphreys yn dda iawn am ddod o hyd i ganeuon newydd inni. Ro'dd ganddi ryw gylchgrawn clawr coch a tu miwn ro'dd y gân yma am y Goets Fawr ..."

"Gwed wrth Llew beth yw Coets Fawr, Guto."

"Wel, amser maith yn ôl cyn y trên stêm a'r tram a'r pethe modern sydd 'da ni i deithio ynddyn nhw heddi, ro'dd pobol yn mynd ar siwrneie miwn coets ar olwynion a rhyw bedwar neu chwech o geffyle yn 'i thynnu hi. Alli di gredu hynny? Dim peiriant, dim tân na glo – dim ond ceffyle! Ro'dd llun o'r goets a'r bobol miwn dillad yr oes o'r bla'n a'r ceffyle yn y cylchgrawn gan Miss Humphreys."

"Ti'n cofio'r gân 'te, Guto?"

"Fel hyn oedd y cytgan:

Yn Nyddiau'r Hen Goets Fawr, yn Nyddiau'r Hen Goets Fawr;
Mae hiraeth ar fy nghalon am Ddyddiau'r Hen Goets Fawr."

"O, da, Guto! Mae hwnna'n hawdd i'w gofio, yn dyw e, Llew bach? Cana di bennill, Guto, a ddown ni fiwn yn y cytgan, yntyfe, Llew?"

"Fel hyn o'dd y pennill cynta:

Mae'r oes yn rhuthro'n gyflym, nad ŵyr hi ddim i b'le,
Mewn brys a rhuthr ofnadwy, ar gefn mellt y ne'!
Yng nghanol twrf peiriannau, hiraethaf lawer awr
Am roddi llam, a disgyn yn Nyddiau'r Hen Goets Fawr."

Ymunodd Beti yn y cytgan, gan siglo'r ddau fachgen bach o ochr i ochr.

"Ti'n cofio pennill arall, Guto?"

"O, ro'dd dros ugien o benillion yn y gân! Ond wy'n cofio hwn:

Roedd ganddynt fwy o hamdden, er gweithio'n ddiwyd iawn,
I sylwi ac i feddwl o fore hyd brynhawn;
A chysgent a breuddwydient drwy'r nos hyd doriad gwawr
Yn llawer iawn mwy melys yn Nyddiau'r Hen Goets Fawr."

"O, eitha gwir!" meddai Beti.

"Yn Nyddiau'r Hen Goets Fawr, yn Nyddiau'r Hen Goets Fawr;
Mae hiraeth ar fy nghalon am Ddyddiau'r Hen Goets Fawr."

"Dyna gân dda, a da iawn ti am 'i chofio, Guto," meddai'i fam. "Mae hi'n mynd â ni yn ôl i'r oes o'r bla'n, on'd yw hi? Ac mae rhywbeth i'w ddweud am hynny yn lle'r cwrso yma am waith a chyflog a malu'r ddaear a chodi tipie ym mhobman. Ma'r cwm yma'n troi yr un lliw â'r glo – ond ro'dd e'n lân a llawn natur hanner can mlynedd yn ôl. Beth y'n ni'n gwneud, gwedwch y gwirionedd?"

Yn dawel, heb agor ei wefusau, roedd Llew yn mwmian y cytgan.

"Ti'n dechre'i dysgu hi, Llew!" meddai'i frawd. "Fyddi di'n ei gwbod hi'n nêt cyn dechre yn yr ysgol. Pryd fydd e'n ca'l mynd i'r ysgol fach, Mam?"

"Fydd e'n bedair fis Ionawr. Gaiff e fynd wedyn."

"Ma fe dros ddeng mlynedd yn iau na fi, yn dyw e, Mam?"

"Odi."

"Wedest ti unweth bod plant erill i fod rhyngo' fi a fe, yn do fe?"

"Ond do'dd hi ddim i fod fel'ny, Guto."

"Brawd neu whâr oedden nhw?"

"Un o bob un. Gollon ni un yn y groth. Merch fach o'dd hi. Fuodd hi farw cyn ca'l ei geni. Fydde hi'n ddeg oed bellach."

"O, fydden i wedi dwlu ca'l whâr fach, Mam."

"A wedyn fe ddaeth Bobi i'r byd. Ond fuodd e ddim gyda ni'n hir. Tri mis oed oedd e pan gath e'r dysentri. Do'dd dim yn aros ynddo fe. Y dŵr yfed yn frwnt, medde'r doctor."

"Pam nad odw i wedi gweld eu bedd nhw ym mynwent Trealaw, Mam?"

"Wel, mae bedd i'w ga'l yno. Ma'r ddou gyda'i gilydd yn y ddaear. Ond do's dim carreg arnyn nhw 'to. Mae carreg yn costi, 'twel. Ac mae mwy o angen arian ar y byw nag ar y meirw."

Edrychodd Guto yn hir ar Llew.

"Fydde hi ddim yn well inni ga'l y doctor i'w weld e, Mam?"

"Doctoried yn costi 'fyd, Guto. Gallen nhw godi dou swllt dim ond am ddod drwy'r drws yna. Ac mae isie talu am y feddyginieth wedyn."

"Ond Mam, mae digon o arian yn y jwg, ond do's e? Mae Dad yn rhoi arian ynddi hi, a Wil. Alun y Lojer, ma fe'n rhoi arian y rhent a'r bwyd yn y jwg."

"Odi, mae'n dda wrthyn nhw i gyd."

"Ac ma Eira'n rhoi arian yn y jwg, yn dyw hi?"

Bu tawelwch rhyngddynt eto.

"Reit," meddai'i fam, gan godi pen Llew a'i osod yn ofalus ar y gobennydd. "Ma'r bechgyn yma'n barod i fynd i gysgu."

Cododd Dewi yn ei breichiau a chododd oddi ar y gwely. Roedd Dewi yn sugno'i fawd ers tro ac yn barod i setlo am y noson. Aeth ei fam ag ef am eu llofft.

Yn y drws, trodd a gweld Guto ar fin rhoi sws nos da i Llew.

"Guto! Na, well iti beidio. Smo ti'n cofio fi'n gweud?"

"Beth?"

"Alli di roi haint drwg i Llew dim ond gydag un gusan. Ma fe'n rhy wan yn ei frest iti fentro."

"Ond do's dim haint arna i, Mam. Wy fel y gneuen."

"Fe allet ti gario haint heb iti fod yn gwbod hynny. Dyna shwd ma'r pethe afiach yma'n mynd o un i un mor glou, a ninne i gyd yn byw ar bennau'n gilydd yn y cwm 'ma."

Yn ôl i lawr yn y gegin, dywedodd ei fam wrth Guto,

"Pam nad ei di heibio Dicw Mainwaring? Fe all e wneud gyda tipyn bach o newidieth a mynd mas o'r tŷ. Y'ch chi am fynd i'r Empire? Mae gyda chi awr arall tan hynny."

"Fydd rhai ifanc fel ni yn ca'l mynd yno?"

"Chewch chi ddim pleidleisio, wrth gwrs – dim ond aelodau'r Ffed fydd yn ca'l gwneud hynny. Ond bydd llawer o blant y glowyr yno."

"O's rhywbeth arall angen ei wneud man hyn?"

"O, fydda i'n iawn. Dim ond estyn llestri brecwast."

"A llenwi'r boiler a chario'r glo miwn – o's isie i fi neud hynny?"

"Na, fydda i'n iawn. Gyda Dicw mae dy le di – a cofia fi atyn nhw."

Cyn hir roedd y ddau lanc wedi cerdded i lawr Stryd Eleanor tua Phwll y Pandy ac yn ôl wedyn ar hyd Stryd

Dunraven. Roedd tyrfa dda o bobl ar y stryd oherwydd bod cyfarfod mawr i fod. Lawr ei chanol, teithiai tram mawr yn dod i lawr o Ben-y-graig a hwnnw'n orlawn o lowyr mewn capiau fflat ac yn eu dillad gorau. Roedd amryw o siopau wedi aros yn agored yn hwyr i fanteisio ar y dyrfa.

Wrth gerdded linc-di-lonc ar hyd y stryd hir, roedd digon o ddanteithion a nwyddau deniadol i fynd â'u bryd.

"O! Edrych ar y siocled 'ma, Dicw! Allen i orwedd yn y ffenest hon drwy'r dydd yn byta'r bali lot!"

"Well 'da fi'r poteli pop sy 'da Morgans fan hyn. Dishgwl! Pop coch, pop brown a phop gwyrdd hyd yn oed! A ma fe i gyd yn ca'l ei weitho i lawr yn y Welsh Hills Mineral yn Porth, medden nhw! Ti wedi tasto peth?"

"Do, daeth Alun Cwlffyn y lojer â phop coch inni rhyw dro. O, ma fe'n mynd lan dy drwyn di ac yn whalu dy fola di – ond ma'i flas e'n arbennig!"

Aethant yn eu blaenau heibio i ffenest siop oedd â ffrwythau ynddi na wydden nhw ddim beth oedd enwau rhai ohonyn nhw. Siop gigydd, siop ddodrefn ... Mae'n rhaid bod pobl y cwm yn prynu'n dda ...

Croesodd y ddau y stryd gam oedd yn dringo heibio capel a festri Ebenezer, ac yna mynd heibio swyddfa'r heddlu – lle safai tri heddwas yn cadw llygad barcud ar y dyrfa – cyn dod at ragor o siopau.

"Fan hyn mae dy whâr di'n gweitho, ife, Guto?"

Roedden nhw wrth ffenest Elias Davies, Ladies Wear and Draper erbyn hyn.

"O! 'Na posh fydde Mam 'tae hi yn yr het 'co," meddai Dicw. "Dishgwl! Mae hanner llond mynwent o flodau arni hi!"

"A beth am y menyg lledr crand 'co?" meddai Guto. "Jyst y job i gario bwced glo, yntyfe?"

"Mae hon wedi cau, Guto."

"Odi. Go brin y câ'n nhw fawr o sêls 'da criw o goliers. Eu merched nhw sy'n dod fan hyn falle, isie edrych fel rhai o fenywod crand y bosys yn y cwm."

Yn sydyn, clywsant gnoc ar ffenest. Roedd y ddau yn mynd heibio caffi Bertorelli a phwy oedd yno wrth fwrdd yn y ffenest ond Alun y Lojer a Dic Tic Toc ei bartner. Gwnaeth Alun arwydd arnyn nhw i ddod i mewn.

Unwaith roedden nhw i mewn yn y caffi, allen nhw ddim llai na rhyfeddu at y lle. Roedd Guto wedi bod yno ddwywaith o'r blaen, a dotiai at y graen oedd ar bopeth yno. Roedd pren y cownter yn loyw, y til talu'n sgleinio, gwydr y silffoedd teisennau yn lân, lân, a phob jar a thun a chlorian a llestr ar y silffoedd y tu ôl i'r cownter yn serennu arnyn nhw.

Y tu ôl i'r cownter hefyd roedd dau ŵr. Roedd un ohonynt tua'r un oed â thadau'r bechgyn. Dyn main, pryd tywyll oedd ef, yn gwisgo cot siopwr daclus. Roedd pob blewyn yn ei le ar ei ben a phob blewyn yn sgleinio gan ryw olew hefyd. Crys a choler wen a thei du. Rhedai yn ôl ac ymlaen, yn delio â'r cwsmeriaid gyda gwên, gan droi bob hyn a hyn at y peiriant coffi gloyw y tu ôl iddo a chreu paneidiau drwy gymysgedd o ruadau a stêm.

Ym mhen draw'r cownter, wrth y drws i'r cefen, safai'r hen foi. Tad y dyn main. Roedd ei freichiau wedi'u plethu ac eisteddai'n ôl gyda'i ben-ôl ar y silff gefen. Ond roedd ei lygaid fel rhai barcud, yn gwibio o amgylch y caffi ac yn sylwi beth oedd yn digwydd ar bob bwrdd. Bob hyn a hyn, byddai'n codi'i fys ar ei fab, yn nodio'i ben at ryw fwrdd ac yn dweud rhyw eiriau nad oedd y llanciau yn eu deall. Ond roedd y mab yn eu deall – byddai'n gadael tu ôl y cownter wedyn ac yn mynd i glirio llestri oddi ar y bwrdd y tynnwyd ei sylw ato. Drwodd i'r cefen yr âi'r llestri budron.

"Wel, shwd ma'r dyn'on ifanc heno 'te?" holodd Alun pan ddaeth y ddau at eu bwrdd. "Mas yn whilo am wejen, ife?"

Roedd y ddau ar fin protestio'n llym yn erbyn y fath syniad hurt pan wenodd Alun a nodio at y cadeiriau gwag.

"Steddwch fan hyn, be chi moyn? Te? Ffrothi coffi? Pop?"

"Pop, os gweli'n dda Alun. Alla i ga'l un coch?"

"A pha liw wyt ti moyn, Mainwaring?"

"Gaf i yr un tywyll 'te. Yr un byrdoc."

"Go lew. Daliwch yn sownd. Dwy funed fydda i."

Gwelodd Guto y dyn y tu ôl i'r cownter yn croesawu Alun ar ei union. Y breichiau'n chwifio, chwerthiniad iach ac mewn dim, roedd dau wydryn o bop o'i flaen a'r newid yn ei ddwylo.

"Yr hyn sy'n dda yng nghaffi'r Eidalwyr 'ma yw nad o's hast i adel y ford, chi'n gweld," meddai Alun wrth osod y gwydrau o flaen y llanciau. "Odi hwnna'n ffein? Odi, gwlei. Mae 'da chi drwy'r nos i'w fennu fe os chi moyn. Ma nhw'n gartrefol iawn a sdim hast. Fyddan nhw'n dal ar agor ar ôl y cyfarfod yn yr Empire, gewch chi weld."

"Iaith yr Eidal ma nhw'n 'i siarad gyda'i gilydd, ife?" holodd Guto ar ôl cael joch o'i bop.

"O ie, ma nhw i gyd yn siarad Eidaleg. Mae llawer yn y cwm yma. Ma nhw'n dod o'r un dref yn yr Eidal – fe ddaeth un yma i ddechre, wedyn daeth ei frawd a'i gefnder a chymdogion ei frodyr – ac erbyn hyn mae rhyw ddau neu dri caffi ym mhob pentre yn y Rhondda. Bertorelli yw enw'r teulu 'ma."

"A pwy yw'r ddou grwt, Aluno Jose?" Roedd y dyn main tal wedi clirio bwrdd y tu ôl iddyn nhw ac wedi oedi am sgwrs wrth basio'u bwrdd.

"Dou grwt! Dou ŵr ifanc sy gyda ni fan hyn, Pietro," atebodd Alun. "Dyma Guto, mab y tŷ lojins a'i bartner e, Dicw Mainwaring. Fechgyn, dyma Pietro Bertorelli, un o ddynion y caffi gorau yn y Rhondda!"

"Faint oed chi, Guto a Dicw?" Roedd gan Pietro ddiddordeb mawr yn y llanciau.

"Pedair ar ddeg," atebodd Guto.

"Oed da iawn! Bene, bene," gwenodd Pietro. "Pop yn dda?"

"Ydi, da iawn diolch."

"Bene, bene!" Ac i ffwrdd ag ef gyda'i lwyth o lestri.

"Hei, clec i'r pop yna!" meddai Alun. "Mae'n rhaid inni ei siapo hi i fynd i miwn i'r Empire."

"Odi, ma'r cloc yn tician," meddai Dic Tic Toc.

Pennod 5

Roedd cynulleidfa enfawr yn yr Empire a'r lle'n olau braf. Erbyn hyn, roedd cyflenwad o drydan wedi cyrraedd y rhan fwyaf o fusnesau stryd fawr Tonypandy ac roedd goleuadau ar y stryd ei hun ac ar rai o'r strydoedd llai, hyd yn oed. Roedd gan y pyllau glo eu pwerdai eu hunain i bwmpio dŵr o'r lefelau isaf ym mhob glofa – gwaith hanfodol i gadw'r pyllau ar agor. Ond lampau olew oedd yn goleuo tai'r gweithwyr o hyd, a dim ond o'r tân glo roedd gwres a dŵr poeth i'w gael. Dyna wefr i'r bechgyn, felly, oedd gweld y goleuadau trydan yn danbaid drwy'r adeilad.

Cawsant seddau yn y cefen. Eisteddai rhes o ddynion ar y llwyfan oedd wedi'i guddio fel arfer gan sgrin fawr y ffilmiau.

"Dyw e, Mabon, ddim gyda ni heno," meddai Alun, wedi craffu ar wynebau'r rhai oedd ar y llwyfan. "Rhyw fusnes tua Llunden, siŵr o fod."

Trodd wyneb creithiog oedd yn eistedd o'u blaenau atynt a dweud yn frathog,

"Do's dim byd pwysicach yn Llunden na'r hyn sy mlân gyda ni yn y Rhondda heno! Fan hyn dyle fe fod, y pwdryn!"

"Ie, mae'i gloc e'n tician 'fyd, Tal," cytunodd Dic Tic Toc gydag ef.

"Annwyl gydweithwyr!" Roedd un o'r arweinwyr wedi codi ar ei draed. Distawodd y gynulleidfa.

"Chi'n gwbod pam bod ni yma. Mae cwmni'r Naval wedi

dweud bod wyth cant o lowyr yn ca'l eu caead mas o Bwll yr Ely, Pen-y-graig yr wythnos nesa. Dydd Iau, y cynta o Fedi. Byddwn ni i gyd yn cerdded mas, gyda'n tŵls gwaith, ar y noson cyn hynny. Bydd y giate'n caead a bydd y gwaith ar stop."

"Ti'n siŵr?" Roedd Tal, y dyn â'r wyneb creithiog, ar ei draed ac yn gweiddi dros y neuadd. "Falle mai tynnu blaclegs miwn yw eu plan nhw!"

"Fydd rhaid i ni eu stopo nhw!" Safodd glöwr arall ar ei draed hanner y ffordd i lawr y neuadd ac roedd ei ddwrn yn yr awyr.

"Bydd! Bydd! Dim blaclegs yn y cwm!" Roedd y neuadd yn ferw gwyllt a sawl un arall ar ei draed yn barod. Sylwodd Guto fod Wil ei frawd yn un ohonyn nhw, ei fraich yn dyrnu'r awyr reit yn y tu blaen.

Cododd yr arweinydd ei law i dawelu'r dyrfa.

"Cyn inni ddod at y trefniadau am shwd ry'n ni am warchod y pwll rhag bod y cwmni yn dod â labrwrs rhad miwn i wneud 'yn gwaith ni, wy am ofyn i Dai Mincid weud gair."

Gŵr byr a'i wyneb wedi'i naddu oedd Dai, ond roedd tân yn ei lygaid. Siaradai o'r frest, heb bwt o bapur o'i flaen.

"Os y'n ni am drechu cwmni'r Naval, rhaid i ni wbod mwy na nhw," meddai Dai mewn llais caled oedd yn cyrraedd pob cornel o'r neuadd. "Ma nhw wedi cynnig y cyflog gwaetha eriôd sydd wedi'i gynnig yn y Rhondda. Swllt a naw am dunnell o lo a cheiniog am dunnell o greigiau – a hynny i'r crefftwyr gore sy'n gweitho ar y gwythiennau caletaf yn ne Cymru. Allwn ni ddim byw ar hynny. Ond all yr un glöwr o'r un cwm arall fyw ar hynny chwaith. Fydd dim coliers yn troi'n blaclegs y tro hwn. Ma'r Ffed wedi'n tynnu ni at 'yn gilydd. Fe fydd glowyr y pylle erill yn cefnogi bois Pwll yr Ely. Prawf yw hwn. Os bydd y bosys yn ennill, bydd cyfloge'n cwmpo drwy'r Rhondda. Nid ffeit Pwll yr Ely yw hon, ond ffeit pob un o bylle'r Naval Company ac yn wir i chi, holl bylle de Cymru. Mewn undeb mae nerth!"

Daeth cymeradwyaeth fyddarol ar ôl y geiriau hyn. Pan eisteddodd Dai Mincid, cododd gŵr arall ar y llwyfan nad oedd y bechgyn yn ei adnabod.

"Wy'n siarad ar ran coliers Pwll Nant-gwyn. Y Naval yw perchennog 'yn pwll ni 'fyd. Dy'n nhw ddim wedi bygwth gostwng 'yn cyfloge ni 'to, ond mae'n ddigon caled arnon ni ar hynny ry'n ni'n ga'l ar hyn o bryd. Gawson ni gyfarfod ar ben y pwll ar ddiwedd y shifft. Ry'n ni wedi penderfynu y byddwn ni'n cario'n harfau gwaith mas o Nant-gwyn nos Fercher nesa. Byddwn ni ar streic i gefnogi glowyr Pwll yr Ely nes bydd y locowt wedi'i dynnu'n ôl."

Daeth bloedd fel taran i gefnogi'r datganiad hwn. Parhaodd y gweiddi a'r curo dwylo am funudau. Wrth i'r neuadd dawelu, gwelodd Guto fod un arall ar ei draed yn y rhes flaen.

"Ym Mhwll y Pandy wy'n gweitho. Ma'r Pandy yn un arall o bylle'r Naval. Os na fydd eu pylle nhw'n codi glo, fydd y cwmni ddim yn gwneud arian. Fydda i ddim yn mynd dan ddaear ddydd Iau. Fydda inne ar streic!"

Gwaedd arall o gymeradwyaeth.

Cododd Tal ar ei draed a bloeddio, "Beth am i ni i gyd ym Mhwll y Pandy fynd ar streic?"

"Ie! Safwn gyda'n gilydd! Streic amdani!"

Roedd yr Empire yn ferw gwyllt.

Ymhen rhai munudau, safodd yr arweinydd a chodi'i law.

"Mae Pwll Nant-gwyn wedi ca'l cyfarfod teidi ac wedi pleidleisio. Dyw hynny ddim yn wir am Bwll y Pandy. Y peth gore inni'i wneud yw clirio'r mater fan hyn, heno. O's rhywun o Bwll y Pandy yn gwrthwynebu'r cynnig eu bod nhw'n mynd ar streic?"

"Nago's!"

"Streic!"

"Fydd dim sgabs yn y Pandy!"

"O's rhywun yn gwrthwynebu ymuno i streicio?" holodd yr arweinydd.

Tawelwch.

"'Na fe 'te. Nos Fercher nesa, bydd tair glofa yn codi'u harfe a mynd sha thre. Fydd dim mandrel na chŷn na gordd ym Mhwll yr Ely, Pwll Nant-gwyn na Pwll y Pandy. Bydd dros ddwy fil o lowyr ar streic!"

"Ie, go lew wir!"

"A chyn bo hir, bydd angen i goliers y Cambrian a'r Glamorgan ddod at ei gilydd i drafod streicio i gefnogi pylle'r Naval. Mae dros wyth mil yn gweitho dan ddaear yn y ddou bwll hynny. Bydde hi'n streic a hanner wedi 'ny. Ac mae angen inni drefnu gwarchod y pylle rhag eu bod nhw'n dod â blaclegs miwn. Gyda hynny, ma'r cyfarfod ar ben."

Am funudau wnaeth neb adael y neuadd. Roedd sgyrsiau cyffrous ymysg y gweithwyr. Roedd y penderfyniad wedi rhoi gobaith newydd i'r glowyr. Bydden nhw'n ennill y tro hwn, dyna roedden nhw'n ei ddweud wrth ei gilydd. Cofiai sawl hen löwr streiciau'r gorffennol pan oedd y glowyr heb gyflog a'u teuluoedd yn llwgu ac yna'n cael eu trechu yn y diwedd ac yn gorfod mynd yn ôl i'r gwaith gan dderbyn cynnig y meistri.

Ond nid y tro hwn, medden nhw, gan guro cefnau'i gilydd.

Bydd y tri phwll yn cefnogi'i gilydd.

Fydd dim glo yn mynd ar y wageni i borthladdoedd Caerdydd a'r Barri.

Fydd dim arian yn dod i bocedi'r meistri.

Bydd rhaid iddyn nhw gytuno ar hanner coron y dydd o gyflog i lowyr Pwll yr Ely.

Aeth y fintai mas o'r Empire o'r diwedd gan lifo i ganol Stryd Dunraven gyda'u hwynebau caled, creithiog. Roedd rhai yn canu. Cerddai eraill yn glou am dafarnau'r Cross Keys a'r White Hart i ddathlu'r grym newydd oedd yn eu dwylo. Aeth rhai ymlaen am Hewl Llwynypia i'r Stiwt lle gallen nhw ddarllen y papur neu gael gêm o snwcer.

Safodd Guto a Dicw i'r chwith o ddrws mawr yr Empire am ychydig er mwyn i'r dyrfa glirio.

"Dyna'r ceffyl yna mas o'r stabal 'te!" meddai Alun. "Do's dim dal yn ôl ar y coliers pan fydd tân yn 'u bolie nhw."

"Ond ydi'r streic yn golygu na fydd arian yn dod i'r tŷ?" gofynnodd Guto, gan feddwl am y jwg ar y silff.

"Wel, ma'r Ffed gyda ni nawr," eglurodd Alun. "Mae pob glöwr ar draws De Cymru yn talu arian bob wythnos i'r Ffed. Chwarter miliwn o weithwyr. Wedyn pan mae achos fel hyn yn codi a'r glowyr yn streicio dros eu hawlie miwn rhai pylle, bydd y Ffed yn rhoi cyflog streic i'r glowyr hynny."

"A faint fydd hynny?" holodd Guto.

"Wel, pum swllt yr wythnos i'r bechgyn a deg swllt yr

wythnos i'r dyn'on."

"Fydd glöwr sydd wedi'i anafu ac yn ffaelu gweitho yn ca'l arian 'fyd?" gofynnodd Dicw.

"O, bydd y Ffed yn siŵr o helpu'r teulu, alli di fod yn dawel dy feddwl," atebodd Alun. "Wel, bois, mae'n amser i fi fynd am y shifft nos. Hei, fydd dim rhaid i fi weud na gwneud hynny am yn hir iawn 'to!"

"Na fydd," meddai Dic. "Ma'r cloc yn tician."

Aeth Guto a Dicw yn ôl ar hyd y stryd fawr cyn troi heibio Ebenezer am Stryd Eleanor. Wrth basio caffi Bertorelli, gwelsant fod y lle dan ei sang. Roedd llawer wedi dod o'r cyfarfod yn syth i seddau cyfforddus yr Eidalwyr. Roedd Pietro y tu fas yn weindio bleind y ffenestri yn ôl i'w lle ar gyfer noswylio.

"*Ciao*, dyn'on mawr!" meddai gyda gwên lydan wrth adnabod y ddau ffrind. "Pop ar ôl y cyfarfod? Syched siŵr?"

"Na, gatre nawr," atebodd Guto.

"Gweld ti eto, *buona sera*! Nos da!"

Gyda hyn, roeddent yn mynd heibio siop Elias Davies. Er nad oedd y siop yn agored, gwelsant fod y perchennog y tu fas iddi mewn cot ddu laes gyda ffwr du o amgylch ei choler. Roedd ganddo het silc uchel am ei ben a daliai sigâr rhwng bysedd ei law dde. Wrth ei ochr safai clerc mewn het galed a siwt dywyll yn dal llyfr nodiadau clawr caled a phensel.

"*Over there*! Dacw un," meddai'r clerc wrth ei feistr gan bwyntio at un o'r glowyr oedd yn cerdded heibio yn dyrfa o gapiau fflat.

"Beth yw ei enw fe?" gofynnodd Elias Davies.

"Ken Thomas. Ei wraig e wedi prynu het ar y Never-Never ..."

"Ken Thomas!" bloeddiodd perchennog y siop. *"Come here.* Dere man hyn. Mae clerc fi'n gweud bod gwraig ti *in debt* yn y siop. Mae hi wedi cael het ..."

"Odi, odi," atebodd y gŵr o'r enw Ken Thomas. "Mae hi'n talu tair ceiniog yr wythnos bob dydd Sadwrn ..."

"Talu cyfan Sadwrn hyn neu het yn ôl," meddai Elias Davies.

"Ond mae hi ar y Never-Never ... allwn ni ddim fforddio ... a beth bynnag, mae'n rhaid ca'l bwyd yn y cartre yn gynta ..."

"Pethe'n newid nawr. Ti ar streic a fydd hi'n ffaelu talu. Talu cyfan dydd Sadwrn neu het yn ôl. Rho fe yn y llyfr," meddai wrth y clerc.

"Ond ..."

"Cer gatre!"

"Stanley Phillips yw wnco," meddai'r clerc.

"Hey, Stanley Phillips ..." a gwnaeth Elias Davies fygythiad tebyg i hwnnw ar gownt cot roedd ei wraig wedi'i chael o'i siop.

"Beth yw Never-Never?" holodd Dicw.

"Ti'n ca'l rhywbeth o siop ond dwyt ti ddim yn talu amdano," esboniodd Guto. "Gwed ti bod het yn costi pum swllt. Falle y byddet ti'n rhoi chwe cheiniog i lawr ac wedyn yn talu tair ceiniog yr wythnos am bump wythnos ar hugain. Byddi di wedi talu mwy na'r pris, ond do's dim rhaid i ti gasglu'r arian yn gynta. Ti'n ca'l yr hyn wyt ti moyn ond yn talu amdano fesul tipyn dros lawer o wythnose."

"Oes llawer yn gwneud hynny 'te?"

"Dyna beth mae pob cwpwl sy'n priodi y dyddie hyn yn 'i wneud. Ma nhw'n dodrefnu'r tŷ a phrynu popeth a thalu amdano fe am flynydde."

"Bydd rhan fawr o'r cyflog yn mynd i dalu'r siopau'n ôl, felly?"

"Bydd, bydd 'twel. Ac wedyn pan fydd y babi cynta'n cyrraedd, bydd angen mwy o bethe i'r cartre ar y Never-Never. A phan fydd y plant yn tyfu, byddan nhw moyn pethe ar y Never-Never."

"Pam bod nhw'n ei alw fe'n 'Never-Never' 'te?" holodd Dicw.

"O, rhyw le yn Awstralia yw'r Never-Never, yn ôl Alun. Fe ddyle fe wybod – mae gydag e frawd mas yn Awstralia. Rhyw anialwch o le, pell o bob man, rwyt ti am byth yn dod oddi yno. Mae dyledion y Never-Never yn gwmws 'run fath. Ma nhw'n dy wneud di yn dlawd am byth."

"Mae'n iawn os ydi'r cyfloge'n codi, ma'n debyg," meddai Dicw.

"Ond yn galed pan fo'r cyfloge'n cwmpo."

"Ac ma Elias Davies yn poeni na fydd e'n ca'l ci dalu gan wragedd y glowyr adeg y streic?"

Oedodd Guto cyn ateb, ac yna dywedodd,

"Synnwn i ddim nad yw llawer o'r dyn'on yn gwbod bod dyledion gan 'u gwragedd nhw. Na'u merched chwaith."

Distaw oedd Dicw ar y ffordd yn ôl i'w gartref.

Edrychodd Guto ar ddrws eu tŷ cyn camu i mewn. Drws wedi'i baentio'n ddu a hwnnw'n sgleinio fel glo newydd ei dorri. Rhyw frown tywyll oedd lliw pob drws a ffenest arall yn Stryd Eleanor ond roedd Alun, y lojer, wedi dod gatre â thun o baent du o'r gweithdy coed ar wyneb y lofa. Paent dramiau oedd e ac aeth ati i baentio'r drws un pnawn Sadwrn.

"'Na fe!" meddai ar ôl cwpla. "Ma fe'r un lliw â phopeth arall yn y cwm yma nawr!"

Yn Rhif 17, Stryd Eleanor, adroddodd Guto hanes y cyfarfod wrth ei fam.

"Bydd streic yn y Glamorgan 'fyd, fydd e?" holodd hithau. "Dyw e Wiliam ddim wedi bod ar streic o'r bla'n a dyw e ddim yn cofio'r cloi mas mawr yn 1898. Ond mae'i dad e. Chwe mis a dim cyflog. Aeth pob ceiniog oedd gyda ni i geisio cadw'n fyw. Gath teuluoedd eu troi mas o'u cartrefi am nad oedden nhw'n gallu talu rhent i'r perchnogion. A 'nôl i'r pwll oedd ei diwedd hi heb ennill dim byd."

"I bwy y'n ni'n talu rhent, Mam?"

"Y Naval wnaeth godi'r tai hyn – rhes gyfan ar gyfer y glowyr ..."

"Felly perchnogion y pwll sy'n berchen ar dai y glowyr sy ar streic!"

"Na. Nid i gyd. Fe werthon nhw rai o'r tai er mwyn codi arian i agor mwy o bylle yn y Rhondda."

"Pwy oedd yn prynu'r tai 'te? Nid y coliers, do's bosib."

"Siopwyr, pobol fusnes y stryd fawr, ambell un o swyddogion y pylle ..."

"A phwy sy berchen 'yn cartre ni?"

"Ry'n ni'n talu'r rhent i Wilkins y groser."

Ar hynny, daeth Wiliam i mewn i'r tŷ. Roedd ei wyneb yn wridog, fel petai wedi cael ei wres wrth gerdded. Sylwodd Beti fod briw ar waelod ei dalcen, yn yr amrant uwch y llygad chwith.

"Sylwes i ddim ar y cwt yna uwch dy lygad di wrth iti ga'l bath," meddai'i fam wrtho.

"Oedd e yno," meddai Wiliam yn bendant. "Dan lwch y glo, siŵr o fod. Gerddes i fiwn i graig lle'r oedd y to yn isel."

Pennod 6

"Mae pob mandrel a bar haearn wedi dod o bylle'r Naval felly," meddai Alun. "Fydd dim twlsyn i'w ga'l ar gyfer unrhyw fwlsyn o flacleg, petai'r bosys yn trial whare'n frwnt."

Eisteddai Alun Cwlffyn, Dic Tic Toc, Guto a Dicw o amgylch bwrdd bychan wrth y ffenest yng nghaffi Bertorelli.

"Trial whare'n frwnt!" meddai Dic. "Dyna ma nhw'n mynd i wneud, cyn sicred â'i bod hi'n ddydd Iou."

"Beth yw blacleg 'te?" holodd Dicw.

"Bydd y bosys yn trial torri'r streic 'twel," meddai Alun. "Ma'n rhaid iddyn nhw ddal i godi glo rywsut neu'i gilydd neu fydd gyda nhw ddim elw. Felly fe fyddan nhw'n cribinio'r cymoedd am lowyr sy'n fodlon dod i witho i'r pylle sy ar streic."

"O's glowyr felly i'w ca'l 'te?" holodd Guto.

"Ma'r glowyr i gyd miwn gwaith," meddai Alun. "Do's dim digon o ddynion ar ga'l i fynd dan ddaear, mae cymaint o alw am lo Cymru. Ond bydd rhagor yn cyrraedd bob dydd – o Loegr, o gefen gwlad, o ardal y llechi tua'r gogledd. O dros y môr 'fyd. Ma'r dyn'on hyn a'u teuluoedd wedi gweld tlodi mawr. Ma rhai'n fodlon gwneud unrhyw beth am arian."

"A beth sy'n digwydd wedyn?"

"Bydd y glowyr sy ar streic yn ceisio rhwystro pob blacleg rhag mynd i weitho yn 'yn pyllau ni, wrth gwrs."

"A rhaid inni fod yn barod am hynny yn y bore," meddai

Dic Tic Toc gan edrych ar ei wats boced.

"Ond pam mai dim ond un goes ddu sy gan y gweithwyr hyn?" holodd Guto. "Pan y'ch chi'n dod gatre o'r lofa, i'n tŷ ni, ry'ch chi'n ddu drostoch i gyd."

"Ha! Go lew," meddai Alun. Trodd ei ben dros ei ysgwydd fel ei fod yn wynebu gweddill y caffi. Roedd y byrddau wedi'u gosod yn agos at ei gilydd, gyda phedair cadair wrth bob bwrdd. Ond dim ond un oedd yn eistedd wrth y rhan fwyaf o'r byrddau. Eto, roedd sgwrsio mawr yn y caffi – fel petai pawb yn siarad gyda'i gilydd yr un pryd, er nad oedden nhw'n eistedd gyda'i gilydd.

"Hei, Sianco Cabatsien!" gwaeddodd Alun.

Cododd gŵr sgwâr ei ysgwyddau wrth y wal bellaf ei ben.

"Shwd dato gest ti leni?"

"Ro'dd y tato cynnar yn fach fel marblis," atebodd Sianco. "Ond wir, mae crop eitha da i'w ca'l nawr. Mae un gwlyddyn yn llanw hanner llond bwced."

"Tail y merlod o'r pylle, siŵr o fod!" gwaeddodd un arall ar draws y stafell.

"Ie, ry'n ni wedi dy weld di, Sianco," meddai un arall wedyn. "Ti'n mynd â dail tato a chabaits miwn sach i'r merlod, ac wedyn ti'n dod â llond y sach o'r stwff drewllyd yna yn ôl i'r patsyn gardd sy 'da ti."

"Well na'i fod e'n drewi i lawr yn y pwll," meddai Sianco.

"O, bydde'r llygod mawr wedi'i fyta fe'n lân lawr fan'co, paid ti becso," gwthiodd un arall ei big i'r sgwrs. "Ma'r rheiny'n byta popeth. Ro'dd 'Nhad yn gweud wrtho i am fyta fy nghinio cyn imi ddechre shifft pan o'n i'n dechre yn y pwll yn grwtyn – rhag ofan i'r llygod mawr ymosod arna i!"

"Mae Sianco Cabatsien yn arddwr mawr yng Ngerddi'r Bobol sy'n ca'l eu rhannu ar ochr y mynydd," eglurodd Alun wrth y llanciau. Cododd ei ben i barhau'r sgwrs ar draws y caffi. "O'dd dim haint ar y tato eleni 'te?"

"Na, ro'dd y cnwd yn lân iawn."

"A dim pydredd ar y dail?"

"Na, dim un blacleg eleni."

"Diolch, Sianco. Y llanc fan hyn oedd isie gwbod beth oedd blacleg 'twel."

"Wel, ma fe'n gwbod nawr. Haint yw e!" gwaeddodd Sianco.

"Eitha gwir!"

"Cadw nhw bant sydd isie!" Roedd llawer yn y caffi yn cyfrannu i'r sgwrs bellach, pawb ar bob bwrdd yn dweud ei bwt.

"Unwaith bod co's un planhigyn yn y rhes dato yn duo," eglurodd Sianco, "ma'r perygl iddo ledu ar hyd y rhes, ac ymlaen i'r rhes nesa ... Alli di golli cnwd y flwyddyn i gyd."

"Felly'n union yn y pwll," meddai llais o'r gornel. "Os bydd un neu ddau flacleg yn ca'l eu gweld yn derbyn arian, bydd gwendid miwn erill. Bydd peryg i'r streic whalu."

"Ma amser caled o'n blaenau ni," meddai Dic Tic Toc gan edrych ar y cloc ar y wal y tu ôl i'r cownter.

Ar hynny, cyrhaeddodd Pietro gydag archeb y bwrdd.

"*Bueno sera*, fechgyn! Te i ti Alun, odw i'n iawn?"

"Ie, tebot bach o de cryf."

"A jwg fach o ddŵr poeth yn nes mlân, ife Alun?"

"Ie, ie dyna'r drefen, Pietro," cytunodd Alun.

"O, mae fe Alun yn giwt, yn dyw e?" meddai dyn y caffi.

"Ma fe'n gofyn am de cryf ac wedyn yn ishte man hyn drwy'r nos yn galw am jwg arall o ddŵr poeth. Ma fe'n ca'l y dŵr am ddim, wrth gwrs, ac yn yfed yr un te drwy'r nos!"

"Cardi, myn uffern!" meddai Dic Tic Toc.

"Ma fe'n eitha gwan erbyn y naw o'r gloch 'ma, cofiwch!" chwarddodd Alun.

"A lla'th i ti, Dic."

"Diolch yn fowr."

"A Pop y Mynydd i'r dyn'on mawr!"

"Pop y Mynydd?" gofynnodd Dicw.

"O'r Welsh Hills yn Porth!" meddai Pietro gyda gwên lydan. "*Uno* coch, *uno* burdoc. Joiwch fechgyn."

Aeth y dyn caffi ymlaen yn daclus rhwng y byrddau gan godi ambell lestr gwag a dweud gair wrth bob un wrth basio. Roedd hi'n braf yn y caffi, meddyliodd Guto. Llawer o sgwrsio, llawer o chwerthin. Roedd lle i eistedd ac roedd hi'n gynnes yno, heb wlybaniaeth y dillad yn sychu a fyddai yng nghegin fyw pob tŷ.

Edrychodd o'i gwmpas. Gwelodd mai lojers oedd llawer iawn o'r dynion oedd yno. Dynion sengl, nid dynion gyda theuluoedd. Dynion oedd yn falch o gael lle i fynd i gymdeithasu heb orfod mynd yn ddwfn iawn i'w pocedi drwy gyda'r nos. Gwyddai nad oedd yr Eidalwyr byth yn brysio neb nac yn hel neb oddi wrth ei fwrdd. Fel Alun, roedd croeso i bob un aros gyda'i un gwpanaid drwy gyda'r nos os oedd yn teimlo fel gwneud hynny.

Pan gododd Guto a Dicw oddi wrth y bwrdd i fynd gatre am eu swper, roedd Pietro wrth y cownter.

"Dyn'on mawr! Dere gyda fi i weld cefn y caffi!" Chwifiai

ei fraich chwith yn eiddgar gan agor hatsh bach yn y cownter i ganiatáu iddynt fynd y tu ôl i hwnnw. Yna, gwthiodd y drws cefen yn agored a gwelodd y llanciau wraig gyda gwallt tywyll, tonnog yn gwneud cymysgedd mewn powlen goginio. Gwenodd arnynt, gyda'i dannedd gwynion yn fflachio. Y tu ôl iddi, roedd merch bryd tywyll a'i dwylo o'r golwg mewn dŵr golchi llestri mewn sinc anferth. Llygadai hi'r llanciau'n ofalus gyda'i llygaid tywyll.

"Dyma Emilia, fy ngwraig i. Mae hi'n cymysgu *Salsicce* ... sut rydych chi'n dweud? *Salsicce*?"

"Selsig – sosej?" cynigiodd Dicw.

"Ie, *bene*. *Salsicce* – selsig. Sosej rôls. Maen nhw'n gwerthu'n dda yn y caffé. Emilia, *posso presentarle* Guto *e* Dicw." Cyflwynodd Pietro'r ddau lanc i'w wraig.

"*Piacere*," meddai Emilia. "*Come sta?*"

"Dydi Emilia ddim wedi dysgu llawer o Gymraeg eto," eglurodd Pietro. "Hi fan hyn yn y cefn. Mae hi'n gofyn, '*Come sta?*' – sut wyt ti? Ac rydych chi'n dweud, '*Bene, grazie*' – Da iawn, diolch yn fawr!"

"*Bene, grazie. Bene, grazie*," meddai Guto a Dicw.

"A dyma Nina," cyflwynodd Pietro'r ferch wrth y sinc. "Nina, *cara*, ein merch ni. Mae hi wedi bod yn byw gyda *Nonno e Nonna* yn ôl yn Bardi ers rhai blynydde – tad-cu a mam-gu, ife? Mae hi'n mynd i Ysgol San Gabriel a Raphael nawr ac yn dechre dysgu Saesneg. Falle chi'n gwybod? Bydd hi'n dysgu Cymraeg yn y caffi, wrth gwrs!"

Gwyddai'r llanciau am ysgol y Catholigion yn Stryd Primrose yng nghefen Stryd Eleanor. Honno oedd yr ysgol roedd plant yr holl Wyddelod ac Eidalwyr a Sbaenwyr Cwm

Rhondda yn ei mynychu. Roedd eglwys wrth ymyl yr ysgol ac roedd Guto wedi clywed llafarganu mewn iaith ddieithr iawn wrth basio heibio iddi pan oedd offeren y tu mewn a'r drysau'n agored un bore bach o haf. Cofiodd weld bedydd yno hefyd a thyrfa fawr y tu fas, gyda phob teulu yn eu dillad gorau yn edrych yn ysblennydd. Roedd sŵn a miri mawr yn y cwmni ar yr achlysur hwnnw.

Trodd Nina ei hwyneb at y llanciau. Unwaith eto, roedd y llygaid tywyll yn eu gwylio'n ofalus ac nid oedd arlliw o wên ar ei gwefusau. Roedd hi tua'r un oedran â nhw, meddyliodd Guto.

"Helô, Nina," meddai wrthi.

Trodd Nina yn ôl at y llestri a'r sosbenni roedd hi'n eu golchi a bwrw at ei gwaith gydag arddeliad nes bod tonnau a throchion yn y sinc.

"Mae un mab gennym ni hefyd," eglurodd Pietro. "Ond mae Aldo wedi mynd yn ôl i Bardi dros y gaeaf. Mae e flwyddyn mwy na Nina. Mae e 'nôl yn y fferm yn Val Ceno yn Bardi – gyda *Nonno e Nonna*. Nhw yn hen nawr. Aldo yno dros y gaeaf. Torri coed tân. Mae hi'n oer ym mynyddoedd Bardi. Y gaeaf yn galed. Felly rydym ni ddim yn gweld Aldo eto tan y Pasg."

Cofiodd Guto ei fod wedi sylwi ar yr Eidalwr ifanc yn ystod yr haf. Llanc tal gyda gwallt tywyll, cyrliog a throwsus gwyn, glân amdano bob amser. Roedd yn gwthio cart pren i fyny ac i lawr terasau Tonypandy yn gweiddi '*Gelato!* Hufen iâ!' drwy'r haf. Roedd y cart wedi'i baentio yn felyn a choch, gyda'r enw '*Bertorelli's Ice Cream*' arno mewn llythrennau ffansi. Pan oedd ganddo ddimai yn sbâr, doedd dim yn well na *gelato* o gert y Bertorelli chwaith.

"Aldo Gelato?" meddai Guto ac roedd hynny'n plesio'r tad.

"A! Ti'n nabod e! Pawb yn Nhonypandy a Llwynypia yn nabod Aldo. Bachgen da yw Aldo. Ydych chi'n hoffi *gelato*? E? Cwestiwn twp! Pawb yn hoffi *gelato* Bertorelli! Hei, dyn'on mawr – dewch i fan hyn."

Agorodd Pietro gwpwrdd metel mawr gyda pheipen a chelwrn nwy wrth ei ochr. Gallai'r llanciau weld pob math o duniau wedi'u gorchuddio â haen ysgafn o rew y tu mewn i'r cwpwrdd. Dyma beth yw cwpwrdd rhew, meddyliodd Guto. Roedd wedi clywed am y rhain ond heb weld un erioed. Yn y rhain roedd Eidalwyr y cwm yn creu eu hufen iâ ac yna yn ei gadw.

Mewn dim, roedd Pietro wedi codi tun arbennig o'r cwpwrdd ac yn agor ei gaead.

"*Gelato Vanilia Bertorelli!*" cyhoeddodd. "*Gelato* gorau Cwm Rhondda. Na! *Gelato* gorau Cymru! Ha! Lle mae'r wêffyrs ...?"

Ymhen ychydig funudau roedd y ddau'n gadael y caffi yn llyfu wêffyr o hufen iâ bob un.

"Caredig ydi'r Eidalwyr, ynte?" meddai Dicw.

"Ma nhw'n bobol gynnes a hwyliog," cytunodd Guto. "Ac ma nhw'n hoff o rannu, mae'n rhaid."

"Dydyn ni prin yn eu nabod nhw, ond mae Pietro yn 'yn trin ni fel brenhinoedd."

"Falle mai hiraeth am Aldo sydd arno," meddai Guto ymhen ychydig.

Cymerodd y ddau eu hamser i ddringo Stryd Ebenezer i

gyrraedd Stryd Eleanor oedd yn rhedeg y tu cefen i'r stryd fawr. Gwelsant fod y stryd yn wag, heb yr un plentyn mas yn chwarae arni. Wrth nesu at gartref Dicw, gwelodd Guto fod Moc, ei dad, yn sefyll yn ei ddillad gorau y tu fas i'r drws ffrynt. Roedd rhyw hanner dwsin o ddynion eraill yno mewn dillad tywyll. Glowyr Pwll y Pandy oedd y lleill i gyd, meddyliodd Guto.

Wrth iddynt ddringo'r grisiau o'r stryd at y drws, daeth Moc ymlaen a rhoi'i law ar ysgwydd Dicw.

"Mae'n ddrwg iawn gennyn ni, Dicw. Mae Watcyn wedi colli'r frwydr."

Sylwodd Guto fod pob un o'r dynion yn dal ei gap yn ei law.

Trodd i ddweud rhywbeth wrth ei ffrind, ond roedd Dicw wedi rhedeg i mewn drwy'r drws agored at weddill y teulu.

Hwn oedd y drws duaf yn y stryd y diwrnod hwnnw, meddyliodd Guto.

Pennod 7

Doedd dim dillad o'r pwll yn sychu ar y giard tân o flaen y fflamau pan gyrhaeddodd Guto ei gartref. Gan nad oedd angen y dillad gwaith drannoeth, nac am sawl diwrnod arall efallai, roedd Beti wedi mynd â'r cyfan mas i'r cefen. Byddai ganddi un diwrnod trwm o olchi'r cyfan ac yna ysbaid o orffwys rhag gwaith y twb pren, y ddoli a'r bwrdd sgrwbio.

Ond roedd y streic yn dod â mwy o waith iddi o gyfeiriadau eraill.

"Bydd dy angen di arna i fory, Guto," meddai wrth ei mab. "Ma'r Co-op wedi rhoi addewid o lysiau a thuniau cig a bara inni wneud cawl i blant y streicwyr. Fydd dim angen i ni dalu nes bydd arian wedi dod i miwn, ac yn wahanol i'r Never-Never, fydd y Co-op ddim yn codi llog arnon ni. Y gweithwyr sy berchen y Co-op, 'twel."

"A phwy yw 'Ni', Mam?"

"Wel, pwyllgor gofal y plant, wrth gwrs! Ry'n ni'n ca'l defnyddio'r festri fawr yng Nghapel Ebenezer ar y stryd fawr. Allwn ni ferwi cawl yno a cha'l y plant at ei gilydd i fyta yno bob dydd. Dyna sy'n digwydd bob streic. Y rhai cynta i ddiodde bob amser ydi'r plant."

"Pa oedran yw'r plant?" holodd Eira o'i sedd yn y gornel.

"Dan ddeg oed."

"A lle y'n ni'n ca'l 'yn bwyd ni 'te?" holodd y ferch.

"Bydd bwyd ar y ford fan hyn fel arfer."

"Fyddi di'n mynd i lawr i'r festri i helpu, Eira?" holodd Guto.

"Bydda i'n gweitho drwy'r dydd! Mae'n gwbwl amhosib i fi fynd."

"Ro'n i wedi gobeithio mynd lawr i wneud yn siŵr nad oes blaclegs yn ceisio mynd i Bwll y Pandy bore fory," meddai Guto.

"Gwaith y dyn'on yw hynny, grwt," dwrdiodd ei fam. "Bydd gyda ni ddigon i gadw dy ddwylo di'n brysur yn y festri."

"Fyddi di, Llew, yn ca'l cawl twym fory felly?" gofynnodd Guto i'w frawd oedd bellach wedi cryfhau rhywfaint ers y pwl diwethaf ac yn eistedd yn ei gwrcwd yn y gornel wrth y tân. Cafodd bwl bach arall o besychu ond doedd ei lygaid ddim yn edrych mor llonydd erbyn hyn.

Roedd Dewi wedi cael gafael ar ddau frigyn cynnau tân ac roedd yn eu gwthio i fola ac i fôn braich Llew.

"Hei Dewi! Gad dy ddwli," meddai'i fam. "Beth wyt ti'n ei feddwl wyt ti – plismon?"

Aeth Eira i eistedd ar fraich cadair Llew a thra oedd gweddill y teulu'n siarad am y streic, plygodd dros Llew a rhwbio'r dolur mas o'i fola yn dawel fach.

"Fydd plismyn yn y cwm fory 'te, Mam?" holodd Guto.

"Os yw bosys y pylle glo miwn perygl o golli rhywbeth, gelli di fod reit siŵr y bydd heddlu sir Forgannwg yma yn rhesi yn achub 'u cam nhw."

"Ro'dd cannoedd o blismyn a hyd yn oed y fyddin yng Nghwm Cynon rai blynydde'n ôl, yn do'dd e?" meddai Guto. "Meddyliwch, plismyn a milwyr yn ymosod ar weithwyr cyffredin!"

"O ddaw hi ddim i hynny yn Nhonypandy, paid ti â phoeni."

"Dere fan hyn, Dewi." Cydiodd Guto yn y bychan a'i roi ar ei lin gan eistedd wrth y ford. Estynnodd am ddarn o bapur newydd a phensel a dechreuodd wneud llinellau ar ymyl y ddalen.

"Welest ti Alun yn dod â'r arfe gwaith gatre o Bwll y Pandy heddi, yn do fe? Wel, 'co nhw, Dewi. Dyma beth yw mandrel, 'twel. Gyda hwn mae glöwr yn torri glo o'r wythïen. Ti'n gweld y pigyn ar y ddou ben? Ma'r darn yma'n harn, 'twel Dewi – a bydd hwn yn torri cnapie, ond mae'n rhaid bwrw'r glo yn galed. Ac ma'r lle yn gyfyng a'r to yn isel. Dyna pam taw co's fer sy gan y mandrel a'r rhaw – er mwyn eu defnyddio nhw miwn lle anodd."

Tynnodd Guto lun mandrel a rhaw ar ymyl y ddalen.

"Ambell dro bydd y glo'n rhy lletchwith i'r mandrel a bydd angen defnyddio powdwr du i'w chwythu'n rhydd. Felly mae angen ebill dur ar y colier. Bydd e'n gwneud twll dwfwn yn y glo i'r powdwr du.

"Wedyn bydd 'yn bechgyn ifanc ni'n codi'r cnapie mowr o lo i'r dram sy'n rhedeg ar olwynion yn y lefel. Yn y diwedd bydd y dram yn ca'l ei thynnu gan ferlod bach y pwll i waelod y siafft ac yna lan i'r wyneb. Bant ag e ar y trên wedyn i ddocie Caerdydd a'r Barri ac i wledydd pell dros y môr. Dyma iti lun dram, 'twel, Dewi."

"A dyma'r rhaw sy 'da Alun i godi'r cnapie glo llai a'r glo mân fydd yn cwmpo mas o'r dram ac yna bydd Alun yn gwneud lle i osod y coed er mwyn dala'r to lan. Mae co's bren gan y rhaw a gan y mandrel a bydd y rhain yn torri weithie. Felly mae angen co's sbâr arnyn nhw ar gyfer y rhaw a'r mandrel, a hefyd ar gyfer y morthwl mawr – y 'slej'. Wyt ti wedi clywed Mam yn dweud wrth Dad ei fod e'n 'dwp fel slej' yn do fe? Wel, lwmp mowr caled o haearn ar ben co's yw slej – fel morthwl mowr. Os yw popeth arall yn ffili, mae Dad yn mofyn slej a rhoi eitha wad i'r graig neu i'r glo. Felly dyma iti lun slej ..."

"Dyma arfau'r glowyr, Dewi. Mae'n cadw rhain yn y gwaith. Ond ma hi'n streic nawr, felly ma'r twls yma gatre man hyn."

Agorodd y drws a daeth Moc i mewn.

"Shwd oedd y Mainwarings, Moc?" holodd Beti.

"Ar goll, fel y gallet ti feddwl."

"O'dd Emrys yno?"

"O'dd. Tad yn claddu mab – 'to. Dyna stori'r cwm 'ma."

"Ddaeth Wil ni ddim gatre gyda ti?"

"Pwyllgor yn y Stiwt – swyddogion Ffed y Glamorgan."

"Odi'r Glamorgan yn rhan o'r streic 'te?"

"Ddim 'to. Ond bydd yn rhaid rhoi help llaw i goliers y Pandy, Nant-gwyn a'r Ely ma's o law."

* * *

Doedd dim cymaint o hwteri glofeydd y Naval i'w clywed yn gynnar fore trannoeth. Udodd y Glamorgan a'r Cambrian fel arfer, ond ni ddilynwyd hynny gan sgrech cyrn Ely, Pandy na Nant-gwyn.

Cododd Moc a Wil i fynd i'w gwaith yng nglofa Llwynypia fel arfer. Roedd Alun ar ei draed yn gynnar hefyd gan mai cysgu yn y gadair wrth y tân oedd y drefn iddo ef bellach, ac yntau ar streic a ddim yn gweithio'r nos. Nid oedd cwsg yng ngweddill tai teras y cwm chwaith. Byddai'r glowyr oedd ar streic i gyd yn codi fel arfer. Roedd hi'n anodd iddyn nhw beidio â gwneud hynny gan fod eu cyrff wedi arfer â threfn gwaith y pyllau. Cynnal y streic oedd yn galw y bore hwnnw ac roedd Guto yntau wedi codi'n gynnar yn Rhif 17.

"Ddwedes i wrthot ti mai mynd i'r Co-op yw dy waith di y bore 'ma, grwt," meddai'i fam wrtho.

"Dyw'r Co-op ddim yn agor am ddwyawr arall, Mam. A dim crwt ydw i nawr!"

"Gad e ddod gyda ni, Beti," meddai Alun. "Mae isie iddo fe weld bach o fywyd y colier cyn dechrau yn y pwll yn y flwyddyn newydd."

"O's isie mynd â choese mandreli gyda ni heddi, rhag ofn y bydd trwbwl?" gofynnodd Guto.

"Na fydd, y mwlsyn!" meddai Alun. "Codi trwbwl wnei di wrth ga'l dy weld yn cario arfau. Cadw'n dwylo'n lân, dyna sy'n bwysig heddi. Cadw llygad ar yr hyn sy'n digwydd – mae digon ohonon ni."

"Wyt ti isie i fi gario dŵr twym mas i'r twba golchi iti cyn mynd, Mam?" holodd Guto.

"Nagoes wir!" atebodd hithau'n swta. "Wy wedi neud hynny cyn i ti godi."

Roedd y sgidie hoelion mawr yn drymio ar gerrig y stryd yn fiwsig i glustiau Guto. Nid yn ei lofft, ar draws sŵn anadlu ei frawd a'i chwaer, roedd yn eu clywed y bore hwnnw. Roedd mas yn yr awyr fain yn cydgerdded gyda'r coliers. Roedd cap ar ei ben, mwffler am ei wddw a gwên lydan ar ei wyneb. Cerddai fel milwr ond dim ond sŵn sgidie oedd i'w glywed heddiw – doedd yr un glöwr yn cario jac te na thun bwyd.

Cyrhaeddodd y giatiau ar wyneb Pwll y Pandy yn rhy gynnar i'w blesio. Byddai wedi mwynhau milltir neu ddwy arall o orymdeithio y bore hwnnw. Rhyfeddodd o weld cannoedd yno yn barod. Roedd y giatiau uchel wedi'u cadwyno a'u cloi o'r tu mewn. Doedd dim un enaid i'w weld ar wyneb y gwaith ond roedd golau i'w weld yn y swyddfa.

"Allwn ni mo'u gweld nhw," meddai Tal, y glöwr 'da'r wyneb creithiog. "Ond alli di feto dy gap eu bod nhw'n 'yn gweld ni."

"Do's dim arwydd bod neb yn mynd i weitho heddi," meddai colier arall. "Ma'r wageni a'r injans trên yn llonydd. All neb fynd miwn dim ond drwy'r giatie 'ma a ry'n ni'n rhy gryf i neb fentro."

Wrth i'r bore oleuo, roedd tyrfa drwchus o lowyr i'w gweld y tu fas i'r pwll. Doedd dim sŵn cadwyni na chlecian yn dod o gwt pen y siafft. Roedd hi'n amlwg nad oedd y caetj yn mynd â neb i lawr i dorri glo.

Gyda hyn, ymlaciodd y glowyr a dechrau sgwrsio. Roedd ychydig o dynnu coes a chwerthin fan hyn a fan 'co.

Yn sydyn, daeth sŵn sgidie hoelion yn rhedeg i lawr o gyfeiriad Pen-y-graig.

"Plismyn!" gwaeddodd y cyntaf o ddau negesydd oedd wedi'u hanfon o Bwll yr Ely. "Mae trên arbennig wedi cyrraedd pen y pwll ac mae degau o blismyn yn llifo mas ohono fe."

"Rhai o Gaerdydd ac Abertawe, ry'n ni'n credu," meddai'r ail negesydd, ar ôl iddo gael ei wynt ato.

Clywodd Guto ias o gyffro yn mynd i lawr ei asgwrn

cefen. Beth oedd ystyr hyn? Roedd rhywbeth ar droed gan berchnogion y lofa, doedd dim yn sicrach.

"Odi'r giatie'n ca'l 'u hagor?"

"Na, dy'n nhw ddim wedi dod yn agos at y giatie 'to."

"Oes blaclegs ar y trên?"

"Do's neb wedi gweld yr un. Ond falle bod trên arall ar 'i ffordd."

"Mae digon isie gwaith yn y docie ym mhen y lein honno yn y Barri – fydden ni'n synnu taten na fydde'r bosys yn trial denu rhai lan yma i labro'n rhad."

"A sbwylo crefft y pwll yr un pryd!"

"Dy'n nhw ddim yn deall y graig na'r glo."

Roedd tymer y glowyr yn codi. Gallai Guto deimlo'r gwres yn y dyrfa o'i gwmpas. Toc, roedd gŵr wedi dringo i ben wal isel wrth giatie'r lofa. Roedd yn ei adnabod – Dai Mincid, un o'r arweinwyr ar y llwyfan yn yr Empire.

"Wy am i'ch hanner chi fynd i Bwll yr Ely. Ma'r ffaith bod plismyn wedi cyrraedd yn creu gofid. Ma nhw'r perchnogion wedi ca'l mwy o amser i gynllunio eu tactegau ar gyfer Pwll yr Ely gan mai nhw sydd wedi sacio'r coliers a chau'r gwaith. Falle bod 'da nhw dric i fyny'u llawes. Reit. Gweithwyr wyneb Pwll y Pandy a glowyr Lefel 2, 3 a 4, sefwch fan hyn. Pawb arall – dewch gyda fi i weld pa fistimaners sy'n ca'l 'i wneud ym Mhwll yr Ely."

Gwyddai Guto mai halier ar Lefel 6 oedd Alun. Closiodd ato a'i ddilyn wrth i'r glowyr rannu'n ddwy garfan.

"Hei grwt, lle wyt ti'n meddwl wyt ti'n mynd?" gofynnodd un o'r streicwyr. "Dwyt ti ddim yn gweitho gyda ni 'to!"

"Smo Dai Mincid wedi sôn dim am hynny," atebodd Guto

yn glou. "Ma fe wedi enwi'r gweithwyr sydd i sefyll man hyn – a smo fi ymhlith y rheiny."

"Gad iddo fe ddod," meddai Alun. "Bydd yn haws inni gadw llygad arno tra bydd e gyda ni."

Wedi cael trefn ar y ddwy garfan, aeth Dic ymlaen i gyfarwyddo.

"Wy'n dod gyda chi i Ben-y-graig. Os bydd trwbwl gyda trynshons y plismyn, bydd rhaid inni ga'l mincid coese mandrel gan fois yr Ely. 'Rhoswch chithe, y gweddill ohonoch chi, o flaen giatie'r Pandy. Safwch yn dynn gyda'ch gilydd a pheidwch gadel i neb fynd drwy'r giatie at y gwaith. Emrys a Ken, os bydd rhywbeth yn digwydd yma, rhedwch draw aton ni i roi gwbod. Reit 'te, y gweddill ohonoch chi, mlân am Ben-y-graig."

Teimlai Guto y blew ar ei war yn codi fel pigau draenog wrth iddo gydgerdded gyda'r glowyr. Gorymdeithio oedden nhw nawr, nid cerdded linc-di-lonc. Roedd pennau'r hoelion o dan eu sgidie mawr yn clecian ar gerrig y strydoedd gyda'i gilydd gan atseinio dros y dref. Roedd criw o lowyr, mwya sydyn, wedi troi'n fyddin oedd yn brwydro dros eu hawliau.

Lan Hewl Tyle Celyn, yna fforchio i'r dde ar hyd Hewl Pen-y-graig ac yna dilyn y llwybr cul y tu cefen i ddau gapel. Uwch eu pennau gallent weld llethr serth wedi'i greu wrth dorri llwybr i reilffordd y Great Western at byllau yr Ely, Nant-gwyn a Chwm Clydach.

"Mae dwy reilffordd yn y rhan hon o Gwm Rhondda," eglurodd Alun wrth Guto. "Y Great Western sy'n rhedeg i'r glofeydd ar y llechwedd hwn a lawr wedyn i ddocie'r Barri, a'r Taff Vale sy'n rhedeg ar lawr y cwm i waith y Pandy a'r

Glamorgan yn Llwynypia a chario i lawr i Bontypridd a docie Caerdydd. Felly ma'r perchnogion yn gallu rhannu gweithwyr y rheilffyrdd a chwarae un yn erbyn y llall gan gadw'r cyfloge'n isel. Ond heddi, mae'n ymddangos mai ar y Great Western y ma nhw wedi dod â'r plismyn."

Clywsant waedd o ben y llethr.

"Lan man hyn!" Ry'n ni yn yr hen gwar yr ochor arall i'r seidings!"

Dringodd glowyr y Pandy – a Guto yn eu canol – i fyny'r llethr serth ac at ffens fetel oedd rhyngddynt a'r rheilffordd. Sylwodd Guto fod rhai o'r glowyr hŷn yn anadlu'n bur drwm erbyn cyrraedd pen y llethr. Y llwch felltith, meddyliodd. Roedd blynyddoedd o weithio dan ddaear mewn llefydd cyfyng heb ddigon o awyr iach ac yng nghanol llwch y glo wedi llenwi'u hysgyfaint. Roedd hwnnw'n caledu fel carreg drom yn eu hysgyfaint a doedd dim llawer o wynt yn cyrraedd eu gwythiennau bellach. Roedd wyneb ambell un yn las.

O'i flaen, gallai Guto weld ffrâm y brif olwyn weindio uwch y siafft oedd yn gollwng caets y glowyr i'r lefelau islaw. Y tu ôl i honno roedd olwyn lai ar gyfer yr ail siafft – y siafft wynt. Safai adeiladau mawr bygythiol wrth draed y fframiau olwynion – tŷ'r drwm oedd yn dal cêbl y winsh, simnai frics uchel, swyddfeydd, gweithdai, stordai a thomenni coed. Rhwng prif lein y Great Western o'u blaenau ar hyd wyneb y gwaith roedd leiniau eraill lle'r oedd degau o wageni, rhai'n llawn glo a rhai'n disgwyl eu llenwi. Diflannai ambell drac i mewn i'r adeiladau ar ben y gwaith.

"Blaclegs!" Cododd gwaedd o'r hen chwarel ar draws y lein.

Pennod 8

Dringodd y ddau negesydd dros y ffens weiren a rhedeg ar draws y lein i gyfeiriad y waedd.

"Dros y ffens, bois," gwaeddodd Dai Mincid. "Ond arhoswch ar y lein inni ga'l clywed yn iawn beth sy'n digwydd a lle y'n ni fod i fynd."

Mewn dim roedd un o'r negeswyr wedi dod yn ôl.

"Dai! Ma'r plismyn wedi mynd miwn i'r pwerdy a'r adeiladau ar ben y gwaith. Ma nhw'n ofan wnawn ni ymosod ar y peiriannau a'u malu nhw."

"Dinistrio 'yn gwaith 'yn hunain?" wfftiodd Dai. "Mae colled arnyn nhw os y'n nhw'n meddwl 'ny! Isie mynd 'nôl i'r pwll ry'n ni, nid isie'i chwalu fe!"

"Y pwerdy sy'n rhoi trydan i'r pwll i gyd. Ma nhw'n cadw llygad ar hwnnw," meddai'r glöwr o'r Ely. "Dyna sy'n gollwng y caetj i lawr a'i godi fe a phwmpio'r dŵr o waelod y pwll. Bydde'r pwll yn boddi ac allen ni fyth fynd yn ôl i weitho 'tai'r pŵer yn ca'l ei golli ..."

"Ie, ie," meddai Dai'n ddiamynedd. "Ry'n ni'n gwbod hynny i gyd. Lle ma'r blaclegs?"

"Smo nhw'n dod lan y prif lwybr o Ben-y-graig. Mae rhai wedi ca'l 'u gweld yn dod lan lein y rheilffordd o Williamstown. Ma nhw'n sefyll 'nôl ar hyn o bryd, yn aros i ga'l gweld beth sy'n digwydd."

"A beth y'ch chi am i ni wneud?"

"Rhaid dod mas o'r cwar draw man 'co nawr i sefyll ar draws y lein. Dewch chi lan aton ni o'r ochr hyn a byddwn ni'n bloco pob lein rhwng Pwll yr Ely a Phontypridd wedyn. Fydd dim un trên yn gallu cario glo o'r pwll hwn i'r docie, a fydd dim blaclegs yn gallu mynd miwn i'r gwaith drwy'r drws cefen, ffordd hyn."

"Reit," meddai Dai. "Glywsoch chi hynny i gyd? Ar draws y lein at goliers Ely, felly. P'idwch â gwylltu. Smo ni moyn gweld chi'n cwmpo a cha'l dolur. Er, mae rhai ohonoch chi mor bengaled, bydde hynny'n gwneud fwy o niwed i'r lein nag i'ch pengloge chi."

Roedd y glowyr mewn hwyliau da. Codai'r haul yn uwch bob munud ac roedd cilfachau'r cwm yn cael eu goleuo. Y cyntaf o Fedi, meddyliodd Guto. Roedd y tymor yn troi. Roedd ias oerach iddi ben bore fel hyn ac roedd aeron coch ar y coed drain a'r coed cerdin ar lethrau Mynydd Brithweunydd a Mynydd Pen-y-graig yn y rhan hon o'r cwm. Roedd y cysgodion yn hir yn y golau cyntaf fel hyn a'r tu ôl iddynt, gallai weld ffrâm fetel fawr yr olwyn weindio fel rhyw eryr du, bygythiol.

"Y polîs! Dyna nhw!"

Cododd y waedd o blith glowyr yr Ely. Bellach roedd glowyr y Pandy wedi ymuno â nhw ar y rheilffyrdd ac roedd digon ohonynt i gau'r lein, gan sefyll yn wal ddeg dyn o drwch wrth wneud hynny.

Trodd Guto i edrych y tu ôl iddo eto. Gwelodd rengoedd tywyll yr heddlu yn dod mas o adeiladau a stordai pen y pwll a chreu wal dynn o gotiau trymion a helmedau isel. Dechreuodd rheng yr heddlu gerdded yn araf ac yn bwyllog tuag at dorf y streicwyr.

"Cer i'r cefen!" gwaeddodd Alun ar Guto. "Do'n i ddim wedi dishgwl hyn! Fe allen nhw wneud trynshyn charge arnon ni! Os gwnân nhw hynny, rhed am dy fywyd – lan Mynydd Pen-y-graig ffordd 'co. Rwyt ti'n gyflymach na'r dyn'on trwm acw. Elli di fynd lan dipyn ac wedyn gweitho dy ffordd yn ôl sha Tonypandy a dod i lawr a mynd gatre. Nawr, cer i'r cefen!"

Ufuddhaodd Guto ar unwaith. Roedd yr olygfa'n un ddychrynllyd. Wal o blismyn tal, ysgwyddog yn nesu'n fygythiol. Ar alwad un o'u swyddogion, tynnodd pob un ei drynshyn o'i wregys a gallai Guto eu gweld yn sgleinio yn haul y bore. Roedd wedi gweld trynshyn wrth wregys plismyn ar ddyletswydd nos Sadwrn ar y stryd fawr yn Nhonypandy, wrth gwrs. Dwy droedfedd o ledr du caled am bren trwchus. Ond nid oedd wedi gweld y pastynau yn nwylo yr un plismon o'r blaen. Roedd yn falch o gael cilio i'r cefen a gweithio'i ffordd at ochr y mynydd o'r rheilffordd.

Edrychodd ar hyd y rheilffordd a gallai weld rhyw ddeg neu bymtheg o ddynion yn cuddio yng nghysgod bocs signal y lein rhyw ganllath yn is i lawr y cwm. Roedd hi'n amlwg mai ceisio mynd i mewn i'r lofa i wneud diwrnod o waith ac ennill diwrnod o gyflog roedd y rhain. Ond doedd dim golwg mynd dim nes arnyn nhw.

"Ma nhw wedi sefyll!" Daeth y neges drwy drwch y glowyr ac i glustiau Guto. Dringodd ar olwyn wagen a safai mewn seiding gerllaw er mwyn cael gweld beth oedd yn digwydd rhwng rhengoedd y plismyn a'r glowyr. Roedd yn amlwg nad oedd yr heddlu am ddod dim nes at y glowyr – ond roedd eu pastynau yn dal yn eu dwylo.

Yna, gwelodd Guto ddyn mewn cot ddrud a het fowler yn

dod drwy rengoedd yr heddlu gyda chês bychan yn ei law. Daeth prif swyddog yr heddlu o'r cefen i sefyll wrth ei ochr.

"Pwy sy'n siarad?" gwaeddodd y plismon tuag at y glowyr.

Lledodd murmur drwy'r dyrfa a thoc dyma dri o goliers Ely yn camu ymlaen.

"Ni'n tri, ond smo ti'n ca'l 'yn henwe ni."

Call iawn, meddyliodd Guto. Roedd hi'n hen stori yn y cymoedd bod y rhai fyddai'n siarad ar ran y gweithwyr yn colli'u gwaith yn y pwll. Byddai'r perchnogion yn rhoi rhestr o enwau dynion a gâi eu galw'n 'drafferthus' a byddai'n anodd i löwr gael gwaith yn unrhyw un o'r degau o lofeydd y cwm os byddai'i enw ar y rhestr honno.

"Ife Mistar Llewelyn sydd gyda'r polîs?" gofynnodd un hen löwr wrth ymyl Guto.

"Wy'n credu bod ti'n gywir," meddai'i bartner, gan graffu'n fanwl. "Ie, Mistar Llewelyn yw e. Top dog, myn jawl i! Shgwlwch ar ei fwstashen e'n cwrlo lan i'r awyr fel cyrn tarw!"

Roedd Leonard Llewelyn, rheolwr cyffredinol holl byllau David Thomas, yn rheoli dros ddeng mil o lowyr yn y glofeydd yng nghanol Cwm Rhondda. Dyma'r pyllau oedd yn cynhyrchu hanner glo'r Rhondda.

"Ewch ag un o fois y Pandy gyda chi," daeth gwaedd o ganol glowyr yr Ely.

"Dere mincid ffagen i fi." Clywodd pob un o reng y gweithwyr lais cras Dai Mincid yn gofyn am sigarét ac yna'n gofyn am 'fincid matsien' er mwyn ei thanio. Gan dynnu ar ei fwgyn, camodd at y tri o Ben-y-graig. Lledaenodd rhyw laschwerthin ymhlith y glowyr. Pe bai'r awdurdodau'n nabod eu dynion, fyddai hi ddim wedi bod yn anodd iddyn nhw ganfod mai Dai Mincid oedd un o'r pedwar oedd yn awr yn cerdded i gyfeiriad y swyddogion. Daeth Leonard Llewelyn a phrif swyddog yr heddlu i'w cyfarfod.

Disgynnodd tarth o dawelwch dros y dyrfa, ond doedd dim posib clywed beth oedd testun y trafod. O'i safle ar y wagen, gallai Guto weld y ddau swyddog yn sefyll yn gefnsyth a phwysig, yn llawn o awdurdod eu swyddi. Roeddent rai modfeddi'n dalach na'r pedwar glöwr ac wedi'u gwisgo'n urddasol. Safai'r glowyr yn gefnsyth hefyd, gyda'u hysgwyddau'n llawer mwy sgwâr na'r ddau mewn awdurdod, a'u dwylo mawr, creithiog yn chwifio'n huawdl wrth iddynt siarad.

Ymhen hir a hwyr, roedd y ddau mewn awdurdod yn nodio. Yna, nodiodd y pedwar glöwr hwythau. Fu dim ysgwyd llaw, ond roedd hi'n amlwg fod rhyw ddealltwriaeth wedi digwydd. Daeth y pedwar glöwr yn ôl at eu cymdeithion. Un o lowyr yr Ely wnaeth y siarad ar eu rhan.

"Reit, falle nad y'n ni'n gweld lygad yn llygad, ond o leia ry'n ni wedi dod i ryw fath o ddealltwriaeth. Y peth cynta, dy'n nhw ddim isie'n gweld ni'n ymosod ar y pwll na'r adeilade na'r offer a chreu hylibalŵ fawr yma. Wedon ni nad dyna'r bwriad. Wedon ni nad oes dim un ohonon ni'n cario arfe."

"Gwir pob gair! Ond ma nhw'n wafo'u trynshyns aton ni, myn cythrel i!"

"Ie, ma nhw addo rhoi'r pricie pys i gadw!" aeth y siaradwr yn ei flaen. Ac yn wir, fel roedd yn dweud y geiriau, gallai Guto weld y plismyn yn cadw'u pastynau ac yn cerdded yn ôl i gyfeiriad adeiladau pen y gwaith.

"Ry'n ninnau wedi gweud nad y'n ni moyn blaclegs i ddod miwn i wneud 'yn gwaith ni. Ma nhw'n gweud nad oes cyfle i neb weitho 'ma. Locowt yw locowt, medden nhw."

"Beth am y cachgwn sy lawr y lein, yn cwato wrth gwt y signals 'te?" gwaeddodd llais cras arall.

"Ma nhw'n gweud nad oes a wnelon nhw ddim byd â rheiny. Dim ond rhyw fois llygadog yn meddwl falle y gallen nhw fachu 'chydig o geinioge i lenwi'r twll yn 'u bolie."

"Ry'n ni i gyd yn gwbod beth yw hwnnw!" gwaeddodd rhyw golier. "Dyna pam 'yn bod ni'n whilo am gyflog teg."

"Fydd dim wageni'n mynd lawr y lein o'r Ely heddi, nac yn ystod y locowt, medden nhw. Ond mae hon yn lein i'r Cambrian yng Nghwm Clydach 'fyd. Ma'r plismyn yn gweud bod rhaid i lo Cwm Clydach ga'l mynd i'r docie."

"Ond Leonard Llewelyn sy'n rheoli'r Cambrian yng Nghwm Clydach a'r Naval. Os yw e a David Thomas yn dal i ga'l arian lan y cwm, fydd e ddim yn gweld colli arian pylle'r Naval, yn na fydd e?"

"Mae hynny'n wir," meddai'r prif siaradwr. "Ond dyw bois y Cambrian ddim ar streic 'to. Allwn ni ddim atal eu glo nhw neu fyddwn ni'n sathru ar 'yn cydweithwyr. Na, rydyn ni wedi cytuno ar hyn – dim trên o'r Ely ond lein agored i Gwm Clydach."

"Well i rai ohonon ni aros man hyn i gadw llygad, dyna i gyd weda i!"

Roedd llawer yn cytuno'n frwd â hynny ac aethant ati i drefnu shifftiau dwyawr ar y tro am weddill y dydd a thrwy'r noson honno. Roedd popeth i'w weld wedi dod i ben ac roedd glowyr y Pandy ar fin mynd yn ôl i weld sut oedd pethau yn eu pwll eu hunain pan waeddodd un glöwr, "Beth am i ni ddysgu gwers fach i'r llechgwn wrth y signals?"

"Beth wyt ti'n ei feddwl?"

"Allen ni symud i'r ochr. Hanner ochr hyn i'r lein, bois y Pandy yr ochr draw, fel petaen ni wedi cytuno i'w gadel i fynd at y pwll ..."

"Ie!" Sgleiniai llygaid un arall wrth ddeall y cynllun. "Ac wedyn cau'r cylch?"

"Ca'l pip iawn ar 'u hwynebe nhw – a gweud wrthyn nhw beth sy'n digwydd i flaclegs fel arfer!"

"Ond neb i dwtsh pen ei fys yn yr un ohonyn nhw, cofiwch!" siarsiodd y prif siaradwr, wrth roi ei ganiatâd.

Gweithiodd y cyfan fel petai wedi'i ymarfer ers wythnosau. Ildiodd y glowyr ganol y lein gan gilio ymhell o'r naill du ar y ddwy ochr. Trodd amryw eu cefnau ar y bocs signal, fel petaent wedi colli diddordeb llwyr yn y dynion yno. Dechreuodd rhai o'r glowyr godi llaw ar ei gilydd fel petaent yn ffarwelio.

Yn araf deg, fel llygod nerfus, daeth un ar ddeg o ddynion i'r golwg. Yna dechreuodd rhai ohonynt gerdded yn ofalus i fyny'r lein. Cyn hir, ymunodd y lleill gyda nhw.

Roedd amryw o lowyr y Pandy bellach wedi dringo dros y ffens weiren, gyda rhai wedi mynd i lawr y llethr o olwg y blaclegs – ond yn gyfrwys iawn wedi cerdded yn ddistaw ar hyd y llethr wedyn i gyfeiriad Williamstown. Cyn hir, roeddent yn is i lawr y lein na'r un ar ddeg.

Roedd y rheiny'n magu plwc ac yn cerdded ymlaen yn hyderus bellach, yn grediniol y gallent gyrraedd swyddfeydd y pwll i gynnig eu hunain i wneud unrhyw waith oedd ei angen yno. Ni welsant linell o lowyr y Pandy'n ailddringo'r llethr y tu ôl iddyn nhw, yn dringo dros y ffens weiar ac yn cerdded yn dawel nes eu bod yn rhwystr rhag iddynt ddychwelyd i'w cartrefi.

Fel un gŵr, dringodd gweddill bois y Pandy yn ôl dros y ffens i greu llinell o flaen yr un ar ddeg. Ymunodd glowyr Ely â nhw yr ochr draw nes creu cylch crwn cyflawn o amgylch y darpar-flaclegs mewn eiliadau.

Safodd yr un ar ddeg fel cwningod wedi'u cornelu. Ni chaeodd y cylch o'u hamgylch fel yr ofnent. Ni chododd yr un glöwr ei lais, dim ond rhythu ar yr un ar ddeg gyda dirmyg llwyr.

Yn y diwedd, Dai Mincid a dorrodd ar y tawelwch. Cymerodd dri cham atynt.

"Ac y'ch chi â'ch bryd ar fod yn flaclegs, y'ch chi? Falle nad y'ch chi'n gyfarwydd ag arferion y cwm nac yn parchu rheolau'r glowyr, ond dyma nhw ichi. Os byth y cewch chi eich dala 'to'n ceisio gwneud tric dan din wrth i ni ymladd am 'yn hawlie, bydd ffenestri a drws 'ych tai chi'n ca'l tar du drostyn. Bydd 'ych enwau chi'n faw yn y cwm. Fydd siope ddim yn mentro 'ych syrfo chi. Wy'n gweld bod trac record gydag un ohonoch chi."

Cododd ei fys a'i bwyntio at wyneb un o'r blaclegs oedd gyda thalcen hir ac wyneb main.

"Pwy ond ti, George y Bradwr, fydden ni'n ddishgwl 'i weld ymysg y blaclegs cynta? Wy'n dy gofio di. Boi hunanol fuest ti eriôd. Ac ry'n ni nawr yn cofio wyneb pob un ohonoch chi. Nawr, trowch yn ôl a cerwch sha thre – a pidwch byth â gwneud hyn i ni 'to!"

Agorodd y cylch i adael i'r un ar ddeg gerdded i lawr am Williamstown. Gyda hynny, chwalodd y glowyr, ar wahân i'r rhai oedd ar ddyletswydd ar y shifft biced gyntaf.

Pennod 9

"*Buon giorno*, Guto! Bore da!"

Wrth iddo groesi'r stryd fawr yn Nhonypandy o flaen tram oedd yn dod i lawr o Ben-y-graig ddiwedd y bore hwnnw, gwelodd Guto Pietro'n glanhau ffenestri caffi Bertorelli. Roedd Guto ar ei ffordd o'r Co-op gyda llond bocs anferth o duniau a bara.

"Cinio mawr, Guto?" oedd sylw'r Eidalwr.

"I'r plant," esboniodd yntau. "Plant y streicwyr. Ma nhw'n dod i lawr i Gapel Ebenezer i ga'l cino heddi."

"A!" meddai Pietro, yn deall ar ei union. "Dim arian a dim bwyd yn y cwm. Felly roedd hi yn Val Ceno."

"Roeddech chi'n streico yn yr Eidal 'fyd?"

"Na, na. Ond tlawd. Dim arian ar fferm *Nonno e Nonna*. Llawer o blant. *Molti bambinos*. Bol gwag o hyd. Arian wyau ffowls, arian caws defaid – i gyd yn mynd i dalu rhent. *Il suo terrible*! Y rhent yn mynd i ddyn tew yn byw mewn plas yn Bolognia!"

"A dim pylle glo chwaith?"

"Na, dim gwaith. Felly *Papa* – Amadeo Bertorelli – yn cerdded o'r fferm yn y mynyddoedd. I lawr i'r tir fflat cyfoethog. Gofyn a gofyn – ond na, dim gwaith. Cerdded i Filano. Gweithio ychydig. Cerdded i Ffrainc. Casglu ffrwythau a grawnwin. Cyrraedd Llundain. Ond pobl yn gas yn y ddinas fawr. Wedyn Rhondda. A! Croeso mawr ac agor caffi!"

"Mae caffi Eidalaidd arall yn Tonypandy. Dyna wnaethon nhw 'fyd?"

"*Sì, sì.* Ie, ie. Mae'r Carinis yn Plazza Pandy, y Melardis yn Strada de Winton a'r Servinis ar y *strada* hon. Ac mae rhagor yn Llwynypia a Threherbert ac i lawr yn y Porth a Phontypridd. A ti'n gwybod beth, Guto – rydyn ni i gyd yn dod o Val Ceno a thre Bardi. Mae pawb yn nabod pawb!"

"Shwd bod hynny wedi digwydd 'te?"

"Yn y ganrif ddiwetha, cyn bod *Papa* wedi dod yma, mae dyn o Bardi o'r enw Bracchi yn dod yma. Giacomo Bracchi. Wnaeth e agor caffi yn Aberdâr. Roedd e'n hoff iawn o'r Cymry – y Cymry yn llawen neu yn flin bob amser, fel yr Eidalwyr. Chwerthin neu wylo! Ac mae hynny'n iawn – pobl gyda calon fawr. Ac yn canu wrth gwrs, mae'r Cymry fel yr Eidalwyr yn hoffi canu – a siarad. Yn hoffi croesawu pobl drwy gynnig bwyd – fel ti nawr, yn mynd â bwyd i'r plant tlawd. Felly dyma Bracchi yn dweud wrth ei frawd a'i ffrindie. Roedd pyllau glo y Rhondda yn agor *molti presto* bryd hynny. Glowyr yn llifo i'r pentrefi. A pawb eisiau caffi. Mae dros hanner cant o gaffis Eidalwyr yn y Rhondda yn unig! Ac maen nhw i gyd yn dod o Bardi!"

"Shwd dre ydi Bardi? Oes gennych chi ddim hiraeth?"

"A! Poen yn y galon o hyd. Tre hardd gyda castell ar y graig yw Bardi, rhywbeth debyg i Tonypandy o ran faint o bobl. Ond hen iawn. Ddim tre newydd gyda trydan a trams fel Tonypandy. Popeth yn araf deg yn Bardi – a dim gwaith yno. Felly Eidalwyr Rhondda y'n ni nawr – Eidalwyr cant-y-cant, ond hefyd Cymry cant-y-cant."

"Fyddwch chi'n mynd yn ôl i'r hen gartre yn Bardi?"

"A! Aeth *Papa* 'nôl – roedd *Nonno e Nonna* yn unig iawn. Aeth e 'nôl at ei fam a'i dad, ond wedyn daeth e 'nôl yma a *Mama* gyda fe! A fi – wnes i fynd 'nôl, a dod 'nôl i Tonypandy ac Emilia gyda fi. A heddiw, mae Aldo 'nôl yno ... A! Pwy fydd yn gwybod!"

"Bardi ..." meddai Guto wrtho'i hun. Hoffai sŵn yr enw. "Mae 'Bardi' yn swnio'n debyg i 'Berdâr neu 'Berdulais fan hyn yng Nghymru, yn dyw e!"

"A, Guto! *La verità*! Y gwir, mae e gyda ti! Mae siarad Cymraeg fel siarad Eidaleg. Rydyn ni'n agor ein cegau yn fawr i siarad – fel rydan ni'n agor ein cegau'n fawr i ganu. Rydan ni'n dweud pob llythyren yn glir, fel y Gymraeg – yr 'o' yn 'O' fawr, yr 'a' yn 'A' fawr. Llond ceg o iaith. Ti'n hoffi siarad? Wrth gwrs! A fi hefyd. Ond mae stori am yr enw Bardi. Dau funud ac wedyn ti'n cael mynd i'r capel gyda'r bocs trwm yna. Wyt ti wedi clywed am Hannibal? Roedd e a'i fyddin yn ymosod ar Rufain amser pell yn ôl. Ti'n cofio'r hanes? A wnaeth e groesi mynyddoedd yr Alpau. Ti'n cofio? Gyda beth?"

"Eliffantod!"

"Ie, da iawn. Dyna'r gwir. Byddin o eliffantod yn croesi'r Alpau. Ond wnaeth un eliffant farw cyn cyrraedd Rhufain. A ti'n gwybod beth oedd ei enw fe? Bardus. A ti'n gwybod lle wnaethon nhw ei gladdu fe? Ar lan afon yn Van Ceno – a dyna sut cafodd Bardi ei henw hi! Ond does dim bwyd yn Bardi erbyn heddi. Pawb yn dlawd. Hei, Guto, os bydde eliffant yn marw yn Bardi heddi, bydden nhw yn ei fwyta fe, nid yn ei gladdu fe! Be sydd yn y bocs, Guto?"

"Mae Mam a'r mamau erill yn gwneud cawl i'r plant. Felly

mae bara fan hyn i fynd gyda'r cawl. A llawer o duniau o'r Co-op
– tuniau wedi colli labeli, felly mae cegin y mamau yn eu ca'l
nhw am ddim. Ffa, pys, tatw falle."

"Ie, a sypréis falle?" Mae Pietro yn cydio mewn tun heb
label o'r bocs ac yn ei ysgwyd wrth ei glust. "Helô? Beth yw
hwn? Reis, falle? Neu mefus? Allwn ni ddim rhoi mefus a reis
yn y cawl. Cadw fe i bwdin, ie? Ond na! Da iawn, mae gwneud
y bwyd i'r plant tlawd yn dda iawn ... Mae hynny fel y tai adref
yn Bardi ... Aros di ..."

Oedodd Pietro am funud. Taflodd y cadach glanhau
ffenestri yn ei ôl i'r bwced a rhedodd i mewn i'r caffi. Drwy'r
gwydr, gallai Guto ei weld yn agor y ddôr i fynd y tu ôl i'r
cownter ac yna'n diflannu drwy'r drws i'r gegin yn y cefen.
Toc, mae'n ailymddangos ac mae Nina ei ferch y tu ôl iddo.
Mae'r ddau'n cario bocs bob un. A'i wynt yn ei ddwrn, mae'n
agor drws y caffi ac mae'n ôl wrth ochr Guto ar y stryd.

"Dyma ti! Bwyd i gegin y mamau. Tipyn bach o fara – bara
ddoe, ond iawn i wneud tost, ie? Mae jam ar eu hanner yma.
Ac afalau. Rydyn ni newydd gael llwyth mawr o afalau o sir
Fynwy. Wnaiff Nina helpu iti cario nhw. Ewch nawr. *Presto,
presto*! Mae'r plant eisiau bwyd ..."

Rhoddodd un bocs i Guto i'w gario gyda'r un oedd ganddo
yn barod, a dwedodd y byddai Nina'n cario'r llall i'r capel.

Cawsant eu brysio i lawr y stryd gan yr Eidalwr rhag bod
Guto yn gwneud araith fawr i ddiolch am y bwyd. Wrth gario'i
focs, ailedrychodd Guto yn swil ac yn sydyn ar yr Eidales wrth
ei ochr. Trodd hithau i giledrych arno yntau yr un pryd a dal
ei lygad. Gwenodd arno. Fedrai yntau ddim llai na gwenu.

Trodd yn ôl i edrych ar gaffi Bertorelli. Roedd Pietro wedi

ailafael yn y gwaith o lanhau'r ffenestri. Yr ochr draw iddo, sylwodd ar Eira ei chwaer yn mynd i mewn drwy'r drws i'r caffi. Edrychodd ar gloc tŵr y neuadd ar y stryd. Mynd i brynu'i chinio, mae'n debyg, meddyliodd. Edrychodd ar y bara sych yn y bocs yn ei freichiau.

Yn festri'r capel roedd prysurdeb mawr. Roedd meinciau a byrddau tresel, hir yn llenwi'r brif neuadd a lle i ryw ddau gant o blant yno. Roedd rhai mamau wrthi'n rhoi cwpanau, powlenni a llwyau ar fwrdd o dan ffenest y gegin. Yng nghefen y neuadd, roedd stafell fechan llawn stêm a sŵn berwi gan fod boiler mawr yn ffrwtian yn braf. Yno y daeth Guto ar draws ei fam. Eisteddai Llew yn y gornel a Dewi'n chwalu bocs cardfwrdd o'i gwmpas.

"Cer â'r bara a'i roi ar y ford wrth y ffenest draw man'co," meddai ei fam wrtho. "Dyna lle byddwn ni'n serfo'r cawl. Bydd y plant yn dod i mewn i'r neuadd ac yn ca'l powlenni a llwyau o'r ford yr ochr draw, a bydd rhywun yn eu llanw nhw fan hyn. Ac fe ga'n nhw'r bara wedyn. A pwy yw hon sydd gyda ti?"

Newydd sylwi ar Nina roedd ei fam. Gwenodd yr Eidales, heb fedru ateb. Neidiodd Guto i'r adwy.

"Nina, merch caffi Bertorelli, dyna pwy yw hi, Mam. Nina – *Mamma*!"

"O diar, diar, odi'r bocs yna'n drwm, Nina fach?" meddai Beti. "Rho fe lawr ar y ford fan hyn. Be sy 'da ti 'te?"

"Mae Pietro, tad Nina wedi rhoi hyn i gyd yn anrheg o'r caffi," eglurodd Guto. "Edrych, mae fale ganddyn nhw yn fy mocs i."

"Dew, dew, whare teg iddyn nhw."

"A jam. Shgwl!"

"O da iawn – a diolch. Diolch, Nina. Shwd wyt ti'n gweud 'diolch' yn Eidaleg, bach?"

"Diolch – Cymraeg," cynigiodd Guto y cwestiwn i Nina.

"*Sì, sì*," deallodd hithau. "*Italiano – grazie.*"

"*Gra–*" dechreuodd Beti.

"*Grazie*," meddai Nina.

"*Gassie*," meddai Beti. "Diolch yn fowr iawn."

"*Grazie, molte grazie*," meddai Nina gan ddeall y pwyslais ychwanegol. "Dio ..."

"Diolch," meddai Guto i'w helpu.

"Diolch," meddai hithau.

Gwenodd y tri ar ei gilydd. Yna tyrchodd Guto i'r bocs o'r Co-op gan ddynnu'r tuniau a'u rhoi ar fwrdd wrth ymyl y boiler.

"A! Alli di agor y rheina inni weld beth yw beth?" gofynnodd ei fam, gan droi yn ôl at y boiler i roi tro i'r gymysgedd gyda llwy bren hir. Daeth asgwrn mawr i'r golwg ar wyneb y dŵr.

Dangosodd Nina ddiddordeb yn yr asgwrn.

"Asgwrn mêr," eglurodd Beti Lewis. "Do's dim llawer o gig arno ond mae'n rhoi blas ar y dŵr. Rees y cigydd yn Stryd y Bont, fe sydd wedi rhoi'r esgyrn inni."

"Am ddim?" holodd Guto.

"O ie, ma'r siopau bach yn fodlon iawn rhoi pethe am ddim inni. Y siope mawr ar stryd Dunraven sy'n dynn gyda'u rhoddion."

"Ond nid caffi Bertorelli," meddai Guto.

"Na, whare teg. Bertorelli – da iawn. DA IAWN!" meddai

Beti Lewis wrth Nina.

"*Bene!*" atebodd hithau.

"Lle ma'r peth agor tuniau 'te?" holodd Guto.

"'Co nhw – dou dri yn y gornel man 'co."

Pan welodd Nina fod Guto wedi agor dau o'r tuniau mewn ffordd reit chwithig a thrafferthus, cydiodd mewn agorwr arall ac agor tun yn chwim a chyda steil. Roedd yn amlwg ei bod yn hen law ar y gwaith.

"Be sy dach chi yn y tuniau?" holodd Beti.

"Tato yn hwn ... gellyg ..." ac edrychodd yn nhun Nina. "Pys!"

"Pys!" meddai Nina. "*Piselli!*"

"Rhoddwch y ffrwythau yn y bowlen fawr man hyn," meddai Beti, "a dewch ag unrhyw beth allwn ni ei roi yn y cawl at ymyl y tân fan hyn. Ma'r esgyrn angen berwi am ryw awr fach 'to. Wedyn allen ni roi llysie miwn ynddo fe. Bydd y plant yn dechre cyrraedd ar ôl tri, wedi i'r ysgol gau."

Aeth yr agor tuniau ymlaen am dipyn. Yna roedd Beti Lewis yn pryderu eu bod yn cadw'r ferch draw oddi wrth ei gwaith. Gwnaeth ystum fel pe bai ganddi oriawr ar ei harddwrn a phwyntio at y stryd a phwyntio at y ferch.

"Caffi Bertorelli?" gofynnodd, gan godi'i haeliau ac agor ei dwylo.

"*No, no,*" meddai Nina gan godi'i hysgwyddau'n ddi-hidio. Trodd yn ôl i agor mwy o duniau.

Ychydig yn ddiweddarach, synhwyrodd y criw yn y gegin fod y neuadd fawr wedi distewi. Aeth un o'r mamau eraill at y ffenest rhwng y ddwy ystafell i weld beth oedd ar droed.

"Beti!" gwaeddodd honno. "Wy'n ffili credu'n llyged! Dere

man hyn, glou. Shgwl!"

Rhuthrodd Beti ati i graffu drwy'r ffenest.

"Wel, Brenin y Mowredd," meddai hithau.

Gallent weld bod gwraig yn cario llond plât anferth o fisgedi cartref wedi cerdded i mewn i'r festri. Cerddai'n awr at y bwrdd gweini o dan y ffenest. Dilys Mainwaring oedd hi.

"Dilys, Dilys," meddai Beti a dagrau yn ei llygaid. "Beth yn y byd yw shwd beth â hyn? Smo ti wedi claddu Watcyn, druan, 'to. Mae 'da ti dy angladd i'w drefnu. A 'co ti, wedi bod yn cwcan bisgedi drwy'r bore."

Rhoddodd Dilys y plât i lawr wrth ochr y platiau bach.

"Sdim digon yma i roi bobo un i'r plant," meddai Dilys yn edifeiriol. "Ma pobol y dre 'ma wedi bod mor dda wrthon ni. Cario siwgwr a blawd, menyn a wye inni, fel petai dim yfory i'w ga'l. Peth lleia allwn ni wneud yw 'chydig o fisgedi."

Rhuthrodd Beti mas drwy'r drws i'r festri fawr a rhoi cwtsh anferth i'w chymdoges. Doedd dim angen dweud rhagor. Ymhen dipyn, rhyddhaodd Dilys ei hun o goflaid Beti. Aeth i boced ei chôt a rhoi hanner pwys o de ar y bwrdd.

"Bydd rhai yn falch o de twym, siŵr o fod," meddai. Trodd ar ei sawdl a cherdded yn ôl am y drws i'r stryd.

Gweithio mewn tawelwch fu hi yn y ddwy ystafell am dipyn ar ôl hynny. Ymhen dim, roedd y tuniau i gyd wedi'u hagor a'u dosbarthu.

"O da iawn," meddai un o'r mamau eraill. "Mae tipyn go lew o lysie gyda ni i'w roi yn y cawl. Do's dim gwaeth na chawl sy'n ddŵr i gyd."

"Ddaw hwnnw'n ddigon clou, paid â becso," meddai gwraig tipyn yn hŷn. "Fel ma'r streic yn ymestyn, ma'r cawl yn teneuo."

"Ac mae dipyn o wahanol ffrwythe yn y ddysgl, 'fyd," sylwodd un arall.

"Tipyn o ddail ffres sy ise i'r cawl heddi," meddai Beti Lewis. "Guto, allet ti fynd lan i Erddi'r Bobl? Mae hi'n ddiwedd haf a falle bydd rhai o'r dyn'on lan 'na yn cliro'r gerddi. Falle gei di rhyw ddail ffres. Persli fydde'n dda."

"Iawn, Mam," meddai Guto gan fynd â'r tuniau gwag i'r bin.

"O, 'na dda yw'r crwt hyn sy dach chi, Beti," meddai un o'r mamau. "Tynnu ar ôl 'i dad, yw e? Moc chi'n dda 'bwyty'r lle 'fyd?"

"Dda i ddim, fel pob gŵr sy'n golier!" meddai Beti. "Bob tro wy'n gofyn iddo wneud rhywbeth bydd e fwy na thebyg yn gweud, 'wy'n borcyn a wy yn y bath'!"

"Well na Rhod tŷ ni," meddai gwraig arall. "'Wy'n borcyn a wy'n y gwely' mae hwnnw'n ei weud trwy'r amser!"

Chwarddodd y gwragedd dros y gegin a gwenodd Nina hithau o weld y rhyddhad oedd yno.

"Nina fach," meddai Beti a rhoi'i braich dros ei hysgwydd. "Diolch o galon iti, 'na ferch dda wyt ti. Diolch ... Shwd wyt ti'n gweud? *Grassi* ..."

"*Grazie*!" meddai Nina dan wenu.

"'Co ti, cymer un o'r bisgedi yma mae Dilys wedi'u gwneud." Cododd fisgïen oddi ar y plât a'i rhoi i'r ferch. "Do's neb yn y Rhondda yn gwneud bisgedi cystal â Dilys Mainwaring!"

Ceisiodd y ferch wrthod y fisgïen, gan bwyntio at y byrddau gweigion lle byddai'r plant yn eistedd.

"Na, ti wedi'i haeddu hi, groten!" Gwnaeth Beti ystum

rhoi iddi a ffarwelio â hi.

"Ie gwed diolch wrth Gaffi Bertorelli!" meddai un arall.

"Whare teg i'r Eidalwyr," meddai un arall wedyn.

Pennod 10

I fyny yng Ngerddi'r Bobl, roedd rhyw ddau neu dri yn trin eu lleiniau. Clirio hen ddail o gnydau'r haf oedd yn galw fwyaf. Roedd ambell dân myglyd wedi'i gynnau.

Roedd golwg arall ar y cwm o'r fan hon. Gallai Guto weld y cwm oddi tano ac o bellter fel hyn, edrychai'n hardd iawn. Doedd dim llawer o fwg yn codi o simneiau tal y pyllau glo oherwydd y streic. Roedd y rhesi o dai teras fel esgyrn pysgodyn, dwy neu dair rhes yn rhedeg ar yr un ongl, yna rhai ar batrwm gwahanol wrth ddilyn tonnau'r llechweddau oedd yn gwneud Cwm Rhondda yn gul iawn yn y fan hon. Roedd ychydig o frics lliwgar yn y waliau, o amgylch y ffenestri ac yn simneiau rhai o'r rhesi, a llechi llwydlas o ogledd Cymru yn dal yr haul fan hyn a fan 'co.

Gallai Guto weld y rheilffyrdd a mân linellau'r tramiau fel nadroedd rhwng y gweithfeydd a'r amryw o dipiau. Roedd y cwm i'w glywed yn ddistaw heddiw. Lliw rhedyn y llethrau oedd amlycaf – nid düwch y glofeydd. Bron iawn na allech chi ddweud fod y mynyddoedd wedi dwyn y cwm yn ôl oddi ar y glowyr y prynhawn hwnnw.

Draw yng nghornel uchaf y gerddi, gwelodd Sianco. Roedd wrthi â'i gribyn yn casglu hen goesau ffa a phys yn domen.

"Shw' mae, Sianco?"

"Fachgen! Wy'n falch o dy weld di. Alli di roi help llaw i fi gyda'r domen 'ma?"

"Isie ei llosgi hi y'ch chi, Sianco?"

"Na, ei chario hi. Mae hen sachau yn y cwt bach. Cer i hôl nhw, 'na fachan wyt ti."

"Eu cario hi i ble?" holodd Guto wrth ddychwelyd gyda'r sachau.

"Y merlod," meddai Sianco, gan ddechrau codi'r coesau glas i un o'r sachau.

Dilynodd Guto ei arweiniad gan lenwi sach arall.

"Ar y mynydd ma'r merlod, Sianco?" Gwyddai Guto fod merlod Cymreig gwyllt yn dod i lawr o'r Bannau weithiau fel roedd y gaeaf yn dangos ei ddannedd ar y copaon.

"Na, na, yn y pwll, achan! Ma'r merlod yn dal yn y lofa, smo ti'n cofio?"

"A!" Deallodd y llanc. Er bod y glowyr ar streic, roedd y merlod oedd yn tynnu'r dramiau ac yn cario'r glo o'r ffas i'r siafft yn dal mewn stablau ar wahanol lefelau dan ddaear. "Faint o ferlod sy ym Mhwll y Pandy, Sianco?"

"Mae rhyw ddou ddwsin, rhywbeth fel 'na. Ma gwair i'w ga'l dan ddaear iddyn nhw, ond rhaid i rywun fynd i lawr yno i ddodi'r gwair o flân y merliwns. Ac fe fydda i'n mynd â chabatsien neu ddwy iddyn nhw. Mae fe Tywysog, y merlyn sy 'da fi, yn giwt iawn os clyw e arogl cabatsien yn y lefel wrth i fi ddod i'r gwaith. Bydd e'n tynnu ar ei gadwyn a chyffroi i gyd yn y stabal nes bydda i wedi rhoi'r gabatsien o'i flân e. Fydd dim gwaith i'w ga'l mas o'i gro'n e nes bydd e wedi'i chwpla hi."

Erbyn hyn roedd ganddyn nhw ddwy lond sach o goesau pys a ffa. Aeth Sianco ar hyd ei res o fresych a thorri dwy ohonyn nhw.

"Ma'r lindys wedi byta dipyn o dylle yn nail y rhain," meddai. "Fe fydd Tywysog yn falch o un ac fe gaiff Heulwen y llall 'da fi."

Gwyliodd Guto Sianco yn gwthio bresychen i bob sach.

"Shwd ma ca'l y sache 'ma lawr i'r merliwns 'te, Sianco?"

"O, fydd popeth yn o'reit, 'twel. Mae dealltwriaeth i ga'l gyda ni. Roiodd pob halier fwyd da iddyn nhw ddoe, felly ma'r swyddogion yn gadael i ni fynd â'r un peth iddyn nhw ddiwedd y pnawn. Rhaid edrych ar ôl y ponis, 'twel."

"Fydde hi ddim yn haws dod â nhw lan o'r pwll?"

"Falle mai dyna fydd hi yn y diwedd. Mae cae bach i'w ga'l ar y ddôl wrth yr afon y tu cefen i Gapel y Methodistied. Allwn ni eu codi nhw mewn harnais yn y caetj a mynd â nhw mas i'r cae. Trafferthus yw hynny, cofia di. A druan â nhw, smo nhw wedi arfer gyda golau'r haul, 'twel."

"Ma fe'n eu dallu nhw, siŵr o fod?"

"Odi, odi. Ma'r merlod 'ma bron yn ddall bost yng ngole dydd. Ond dyna sy'n rhyfedd – fyddet ti'n taeru eu bod nhw'n gweld fel petai hi'n ole dydd i lawr yn nhywyllwch y pwll."

"Beth y'ch chi'n 'i feddwl yn gwmws, Sianco?"

"Wel, gwed ti bod dram wedi rhedeg yn wyllt ac wedi dod yn rhydd oddi ar y glocsen sy'n rhoi brêc arni, bydd merlyn yn gwbod hynny ac yn sefyll neu'n mynd mas o'r ffordd cyn bod ti hyd yn oed yn clywed 'i sŵn hi. Ac wedyn, bydd merlyn weithie yn sefyll fel delw ar y reils wrth dynnu dram wag neu dram lawn o lo. Dim ots faint o berswâd rwyt ti'n geisio'i roi iddo fe, smo fe'n cyffro modfedd. Yna, ti'n deall pam. Bydd to'r lefel yn cwmpo rhyw ugain llath o dy flân di. Coed y to a'r pyst cynnal yn hollti fel matsys a thunelli o gerrig anferth yn y cwymp. Bydde fe wedi lladd y merlyn a thithe. O, odi, ma'r merliwns yn gweld yn dda yn y tywyllwch. 'Na pam 'mod i'n mynd â'r sache 'ma iddyn nhw, 'twel."

"O ie, Mam o'dd yn gofyn, Sianco ..."

"Ie, be sy 'da ti nawr, grwt?"

"Ma nhw'n gwneud cawl yn y gegin yn Ebenezer. O's dach chi rywbeth i roi mwy o flas arno fe?"

"Cawl i'r plant. O, sa' di nawr. Mae gyda fi gennin syfi ar ben y rhes lawr man 'co."

Tynnodd ei gyllell boced a thorri sawl dyrnaid o'r cennin main, glas a'u rhoi mewn bag papur oedd ym mhoced ei got.

"Chei di ddim mwy iachus na chennin syfi cyn y gaeaf fel hyn," meddai'r hen arddwr. "Mae'n ca'l ail wynt ar ôl yr haf ac mae cnwd da i'w ga'l. Bydd blas rhagorol ar y cawl wedi ichi dorri hwn yn fân a'i roi e ar ei ben e cyn ei godi fe i'r plant."

Gyda sach bob un dros eu hysgwyddau, cerddodd Sianco a Guto i lawr o'r gerddi at y llwybr i'r Gelli-fawr. Oddi yno roedd Hewl y Gelli yn mynd â nhw ar eu pennau i lawr y rhiw i Stryd Dunraven.

Gadawodd Guto y sach wrth fynedfa festri Ebenezer ac aeth â'r cennin syfi i'w fam.

Erbyn hynny, roedd llond y festri fawr o blant o'r ysgol yn disgwyl yn eiddgar am eu pryd twym.

"Dim ond torri'r rhain yn fân a bydd hwn yn barod i'w symud at y ffenest i'w bwydo nhw," meddai Beti.

"Ie, ond nid ti fydd yn codi'r celwrn trwm 'na!" rhybuddiodd un o'r mamau.

"Na wir," meddai un arall o'r gwragedd. "Dim gyda'r lwmp yna o dy flaen di! Ti'n deall nad wyt ti fod i godi pwyse, yn dwyt ti?"

Aeth Guto yn ôl at ei sach a chydgerdded gyda Sianco heibio tafarn yr Adare a'r efail at giatiau Pwll y Pandy. Yr holl ffordd at y lofa, lle bynnag roedd teras o dai, roedd Guto yn sylwi bod y drysau ffrynt i gyd yn agored. Ar riniog y rhan fwyaf o'r drysau, roedd glowyr yn eistedd. Er nad oedd dillad gwaith i'w sychu na'u golchi gan nad oedd yr un shifft wedi bod yn y lofa ers pedair awr ar hugain, roedd tân ym mhob tŷ. Roedd yn rhaid cael tân er mwyn i'r merched goginio. Felly roedd y tŷ'n rhy boeth i eistedd ynddo a hithau'n brynhawn braf.

Dyna olygfa, meddyliodd Guto. Cannoedd o weithwyr yn eistedd yn segur ar stepen y drws gyda'r haul ar eu hwynebau, yn hytrach na baw du'r glo. Wrth ymyl eu tadau a'u brodyr hŷn, eisteddai llawer o blant y cwm ar silffoedd y ffenest.

Wrth giatiau glofa'r Pandy roedd rhyw ugain o lowyr yn picedu.

"Shwd mae, bois?" oedd cyfarchiad Sianco. "Tawel, yw hi?"

"Ie, do's dim yn cyffro," atebodd un o'r criw.

"Fuodd y plismyn 'ma 'te?" Clywed bod rhai sha Pen-y-graig."

"Na, fuon nhw ddim gyda ni," atebodd un arall. "Ond welon ni rai yn mynd lan dros y Bont Wen ac am yr afon. Mynd am y stesion yn 'Pandy siŵr o fod."

"Rhaid bod popeth wedi bennu yn yr Ely felly," meddai Sianco.

Edrychodd Guto o'i gwmpas, ond doedd dim golwg o Wil na'i dad.

"Pwy yw dy labrwr di man hyn, Sianco?"

"Mab Moc Lewis yw e. Brawd Wil Clatsien. Ma fe'n cario sach i'r merlod i fi. Pwy sy'n edrych ar ôl y gatie o'r tu miwn?"

"Ray Pig Deryn. Ma fe wedi bod 'nôl a mlân yn cadw llygad drwy'r dydd."

Rhoddodd Sianco chwibaniad ar draws yr iard rhwng ei fysedd.

"Hoi, Ray. Dere glou. Mae porthiant man hyn i'r merlod." Trodd at Guto. "Gad y sach wrth y gatie. Gaiff Ray gario hon iddo fe ga'l gweud ei fod e wedi gwneud rhywbeth o werth drwy'r dydd. Diolch iti, byt. Wy'n mynd dan ddaear nawr."

"Gobeitho cei di mwy o sens gan y merlod nag y'n ni'n 'i ga'l gan y doncis sy'n rhedeg y pwll, Sianco, myn yffarn i!"

"Ie, merlod y pwll. Dyna y'n ninne'r coliers 'fyd, bois. Pit ponis yr Ymerodraeth Brydeinig!"

Cyn ffarwelio â Sianco, roedd gan Guto gwestiwn iddo.

"Alwoch chi 'mrawd i'n Wil Clatsien nawr. Pam fod e'n ca'l yr enw hwnnw, Sianco?"

"O, dyw e'n ddim byd," atebodd yntau. "Ti'n gwbod shwd rai y'n ni'r coliers gydag enwau. Roddodd e itha clatsien rhyw flwyddyn yn ôl i ryw lwmp mawr o Ferthyr oedd yn trial ei fwlian e dan ddaear, dyna i gyd."

* * *

Yn ôl yng nghefen y caffi, roedd Nina wedi bwyta'r fisgïen gafodd hi yn y festri gyda'i phaned yn y prynhawn. Aeth ag un arall gatre er mwyn ei dangos i'w rhieni. Doedd hi ddim yn gallu stopio siarad am ysbryd y gwragedd welodd hi yn y festri.

"O! Mae hon yn flasus!" meddai ei mam wrth fwyta'r fisgïen, gan ychwanegu mewn Eidaleg fod honno'r peth gorau roedd hi wedi'i fwyta ers y Nadolig!

"Gaf i ddarn bach?" gofynnodd ei thad, ac wrth frathu cornel, roedd yn rhaid iddo yntau gytuno fod blas anghyffredin o dda arni.

Gyda hynny, daeth cnoc ar ddrws cefen y caffi. Cafodd Nina sioc o weld plismon yn sefyll yno. Plismon gyda thair streipen ar ei fraich.

"*Papa! Papa!*" galwodd.

"*Good afternoon, sir, come in, come in ...*" meddai'i thad, fel pe bai'n ei ddisgwyl.

Gan mai Saesneg oedd prif iaith yr ysgol Gatholig yn Nhonypandy lle'r oedd Nina wedi dechrau derbyn ei haddysg, roedd hi wedi dod i ddeall ambell air yn yr iaith honno. Ond roedd y swyddog a'i thad wedi cilio i gornel y gegin ac ni allai glywed eu sgwrs.

Yno, roedd y sarjant yn dweud ei ddweud mewn brawddegau byr mewn llais dwfn a Pietro yn ateb mewn llais ysgafn.

"*Sì, sì – no problemo ...*"

Yn y diwedd, nodiodd y sarjant a throdd yn ôl am y drws.

"*Ciao, brigadiere di poliza,*" meddai Pietro wrth gau'r drws yn ofalus ar ei ôl.

Wedi i'r swyddog adael, roedd Nina ar dân eisiau cael gwybod beth oedd ystyr y cyfan.

"O, busnes y caffi, busnes y caffi!" meddai'i thad. Trodd yn nrws y caffi. "Beth oedd enw'r wraig wnaeth y bisgedi hefyd?"

"Wn i ddim," meddai Nina, "ond bydd Guto yn gwybod."

Cododd Pietro ei fys at ei dalcen i nodi ei fod yn rhaid iddo gofio am hynny. Dychwelodd at ei waith y tu ôl i'r cownter.

* * *

Ar ei ffordd yn ôl o'r pwll glo, penderfynodd Guto ddilyn y llwybr ar hyd glan afon Rhondda. Rhwng yr efail bedoli a'r bont roedd cae bychan triongl. Mae'n siŵr mai hwn oedd y cae y soniodd Sianco amdano, meddyliodd. Fan hyn roedd y merlod yn cael eu cadw os byddent yn cael eu codi o'u stablau ymhell dan y ddaear.

Meddyliodd am y merlod. Dan ddaear, yn tynnu pwysau trwm ... yr un gwaith, yr un daith bob dydd ... Beth ddwedodd y colier wrth gatie Pwll y Pandy? O ie, "Pit ponis yr Ymerodraeth!" Fydde trenau crand Llunden na llongau mawr i America ddim yn symud oni bai bod dynion yng Nghwm Rhondda – a sawl cwm arall yng Nghymru – yn mynd ar eu pedwar yn y tywyllwch a'r dŵr i grafu glo o'r creigiau.

Cerddodd Guto yn ei flaen o dan y bont wrth yr eglwys a throi i fyny at gefnau'r stryd fawr. O'i flaen, gallai weld Capel Ebenezer yr ochr arall i'r stryd fawr a gwyddai fod gwli gydag ochr tafarn y Cross Keys fel y gallai fynd o'r cefnau i'r stryd a dychwelyd i'w gartref.

Wrth basio iard gefen y dafarn, clywodd weiddi a thuchan yn dod o'r hen stabal. Doedd dim ffenest yn yr adeilad ond roedd hanner uchaf y drws yn agored. Lleisiau dynion, lleisiau garw oedd yn ei gyrraedd, rhai yn gweiddi, fel petaen nhw'n annog a chefnogi. Ni fedrai Guto gadw draw.

Wrth nesu at ddrws y stabal, gallai weld bod criw o lowyr yno. Roedd rhai wedi bod yn y dafarn ers tipyn, yn ôl eu lleisiau, meddyliodd. Chwifiai ambell un ei freichiau. Roedd eu sylw i gyd ar rywbeth wrth y wal bellaf ac roedd eu cefnau i gyd at y drws.

Estynnodd Guto ei ben dros hanner isaf y drws. Gallai weld bod rhaffau wedi'u gosod ar draws rhan bellaf yr adeilad i greu sgwâr. Deallodd beth oedd yn digwydd. Roedd dau ŵr yn y sgwâr a'u dyrnau wedi'u codi. Paffio oedden nhw! Cledro'i gilydd!

Gwyddai fod llawer o ymladd fel hyn yn digwydd yn yr ardal. Clywodd am ornestau mewn hen fynwent ymhell i lawr y cwm, neu weithiau i fyny ar y mynydd fel roedd y wawr yn torri. Oherwydd doedd wiw i'r plismyn ddod ar draws ymladdfa fel hyn. Roedd paffio gyda dyrnau noeth yn anghyfreithlon ...

Roedd wyneb un o'r paffwyr yn waed i gyd. Edrychai'i drwyn fel petai wedi chwalu ac roedd un llygad ganddo yn cau dan chwydd borffor. Ond nid oedd am ildio. Daliai ei ddyrnau noeth o flaen ei wyneb. Symudodd yn ôl ac yna i'r ochr gan geisio osgoi'r dyrnau oedd yn dod amdano. Aeth yr ymladdwr oedd â'i gefen at y drws i'r dde, troi a dod fel melin ddyrnau

yn erbyn ei wrthwynebydd. Disgynnodd hwnnw i'r llawr.
Cododd bonllef ymhlith y dorf. Sylwodd Guto fod y gŵr
sgwâr gyda'r wyneb creithiog oedd yn y cyfarfod yn yr Empire
wrth bostyn y rhaff ym mlaen y dyrfa.

Yna gwelodd Guto wyneb yr enillydd. Roedd gwaed ar
hwnnw hefyd, ond roedd yn ei weld yn ddigon da i'w
adnabod. Wil ei frawd.

Clywodd lais o ganol y dorf.

"O, dyna glatsien oedd honna, Moc. Ma'r crwt 'ma 'sda ti
yn 'i siapo hi!"

Pennod 11

Roedd angladd Watcyn Mainwaring wedi'i gynnal ers tridiau pan gerddodd Pietro ar hyd Stryd Eleanor i chwilio am Rif 24. Ar ôl ei ganfod, curodd ar y drws a disgwyl am ateb.

Dicw ddaeth i'w agor. Roedd Pietro yn ei gofio – ffrind Guto. Gwnaeth hynny'n haws iddo ysgwyd ei law a chydymdeimlo. Roedd cannoedd wedi galw heibio'r cartref i wneud yr un peth, felly roedd Dicw wedi arfer â'r drefn. Gwahoddodd Pietro i'r tŷ ac i'r gegin heb ymdroi.

Wedi cyflwyno'i gydymdeimladau i Dilys a rhoi rhodd o deisen felys Eidalaidd ar y bwrdd, daeth Pietro at ei neges.

"Nina ni wedi cael bisgeden gen ti o'r capel," meddai. "Roedd hi wedi bod yn helpu gyda bwyd y plant. O, bisgedi mor dda, Dilys! Gefais i ddarn yn caffi ni. Dim byd tebyg yn yr Eidal!"

"Ie, ie," meddai Dilys. "Un o Sir Gâr ydw i a rysáit fy mam oedd y bisgedi. Ro'dd hi'n un dda iawn yn y gegin. Do'dd hi byth yn rhoi dishgled heb fisgïen. Wyt ti moyn dishgled, Pietro?"

"Na, na!" cododd ei law i'w hatal. "Dyn caffi ydw i cofia! Wy'n ca'l dishgled ar ôl dishgled drwy'r dydd. A dyna pam dw i yma, Dilys. Hoffen ni werthu dy fisgedi di yn y caffi. Hoffen ni brynu dy fisgedi di ... Allen ni dalu dwy geiniog y dwsin iti. Be ti'n weud?"

"Dwy geiniog y dwsin?" meddai Dilys. "Bydd pob dwy

geiniog yn dda eu ca'l nawr pan nad oes cyflog yn dod miwn i'r tŷ. Ond faint o fisgedi ti moyn, Pietro?"

"Chwe dwsin bob dydd, yn dechrau fory?"

"Fory! Chwe dwsin ... Dwy geiniog y ... deuddeg ... swllt! Swllt y dydd. Bydde hwnnw'n help mowr ..."

"Alli di ddod â nhw i Bertorelli erbyn naw bore fory?"

"Fydda i'n siŵr o neud. O, diolch yn fowr, Mistar Bertorelli."

"Na, Pietro. Dim ond Pietro. Mae popeth fel roedd e o'r blaen."

"Na, ddim fel o'r blaen ..." meddai Dilys.

* * *

"Tâl streic fory!" meddai Alun, gan rwbio'i ddwylo a gwên yn dawnsio yn ei lygaid yng nghegin fyw Rhif 17.

"Wel, fydd hyd yn oed cwlffyn mowr o Gardi ddim yn ca'l cwlffyn mowr o arian, ta beth," meddai Moc. "Dim ond 'chydig sylltau fydd inni."

"Ma hyd yn oed sylltau yn ffortiwn i Gardi," meddai Alun. "'Nôl ar y tyddyn bach, do'dd gyda ni ddim arian i roi glo ar y tân hyd yn oed. Na, torri mawn o'r mynydd a'i sychu e yn yr haf oedden ni, wedyn gwneud tas wrth y tŷ at y gaea. Jiawl, ma glo yn tyfu mas o'r ddaear ffordd hyn – smo chi'n gwbod 'ych geni!"

"O, dyna'i diwedd hi nawr," ochneidiodd Beti. "Mae storis y Cardis am shwd fyd mor galed o'dd hi arnyn nhw yn mynd i'n cadw ni fynd tan y bore."

"Ma nhw i gyd yn wir i ti," meddai Alun, gan sgwario yn y

gadair wrth y tân a dechrau cynhesu at ei destun. "O'dd Mam yn mynd i hôl swejen o'r cae, 'twel ..."

Roedd Llew yn eistedd wrth droed y gadair yn gwrando'n astud ar y storïwr.

"Wedyn, dyna fydden ni'n ga'l nos Lun, nos Fawrth a nos Fercher o'dd cawl swêj. Un swejen rhwng y teulu cyfan am dair noson. Erbyn nos Fercher, o'dd hyd yn oed y cawl swêj yn dechrau mynd yn dene. Felly bydde Mam yn mynd mas i'r cae a nôl llond sosban o eira a'i roi e ar ben y cawl swêj ar gyfer nos Iau. Wedyn, bydde hi'n torri gwinedd 'yn traed ni cyn inni fynd i'n gwelye."

"Pam oedd hi'n torri'ch gwinedd chi?" holodd Llew.

"Ar ôl inni fynd i'n gwelye, 'twel," meddai Alun gan oedi'n ddramatig, "fe fydde hi'n rhoi'n gwinedd 'ny miwn yn y cawl. A chi'n gwbod beth? 'Na'r cawl ffeinaf drwy'r wythnos i gyd oedd cawl nos Iau!"

Agorodd Llew ei geg yn llydan agored. Yna, dechreuodd chwerthin. Un piff o chwerthin yn arwain at rowlio ar y llawr yn dal ei ochrau. Collodd ei wynt ac yna cafodd bwl o besychu. Mewn dim, roedd yn ei ddau ddwbwl, ei ben rhwng ei bengliniau yn rhuo pesychu a'i wyneb yn goch ac yn borffor.

Rhuthrodd ei fam ato i guro'i gefen yn ysgafn, yna'i sythu a sythu'i goesau a cheisio'i gael i anadlu'n ddwfn ac araf a chyson. Yn raddol, daeth y bachgen ato'i hun. "Wel, yr hen Lew," meddai Alun. "Wyt ti'n iawn, bachan? O, ro'n i'n meddwl bod ti wedi ca'l wythnos fach go dda, 'fyd?"

"Do, ma fe wedi bod yn llawer gwell ers pan ma llai o ddillad gwaith wedi bod ar y giard o flaen y tân," meddai'i fam.

"Dyna un peth da am y streic, felly," meddai Alun. "Mae'n siŵr fod y tŷ yma'n iachach i'r plant bach 'ma."

Daeth Dewi draw ac eistedd ar y llawr yng nghesail ei frawd. Cododd Llew ei fraich a'i rhoi am ei war a thros ei ysgwydd.

"Wy'n mynd â Llew lan lofft i'w wely," meddai ymhen tipyn. "Ma fe wedi blino'n shwps!"

Agorodd drws y ffrynt a daeth Moc a Wil i mewn i'r gegin. Setlodd Wil ar ei gwrcwd wrth y lle tân a sgwariodd Moc yn yr ail gadair freichiau.

"Fuoch chi draw yn y Stiwt?" holodd Alun.

"Na, fuon ni lan y mynydd."

"Wâc fach," meddai Wil.

"Ti wedi ca'l cwt ar dy glust?" gofynnodd Beti, gan lygadu Wil yn siarp.

"Ble?" cododd Wil ei law at ei glust chwith. "O, hwn. Coeden ddrain ar y mynydd ..."

"O'dd ei brigyn hi ar draws y llwybr, 'twel," atebodd Moc yn gyflym eto.

"Beth o'ch chi'n wneud lan ar y mynydd 'te?"

"Whilo hen lefels y gwithe glo ..." Roedd ateb cyflym gan Moc eto.

"Hen lefels?"

"Ie, falle bydd angen mynd i grafu am lo i'r tŷ 'ma os bydd y streic yn mystyn," meddai Moc, gyda thipyn o awdurdod yn ei lais bellach. "Fydd Pwll y Pandy ddim yn dod â llwyth misol o lo o flaen tŷ pob glöwr fel bydde hi cyn y streic. A mae angen glo arnon ni, yn do's? Mae popeth yn digwydd wrth y tân yna – dŵr golchi dillad, sychu, paratoi bwyd ..."

"Ie, ie wy'n deall yn iawn," meddai Beti.

Cododd Moc o'i gadair a thynnu ychydig o ddarnau arian o'i boced.

"Swllt a thair," meddai, a'u rhoi yn y jwg ar y silff uchaf.

"Ble ar y ddaear ddo'th rhei'na?" holodd Beti.

"Enilles i nhw wrth whare snwcer i lawr yn y Stiwt," meddai Moc, ychydig yn gloff. "Oedden ni'n whare am geiniog y gêm ac fe ges i rediad bach da ddiwedd y pnawn, yn do fe, Wil?"

"Do, do," meddai Wil yn frwd.

"Ti'n ennill ar y snwcer?" meddai Beti yn anghrediniol. "Fydde siawns go dda gyda Llew lan lofft dy drechu di gyda cho's brwsh llawr – felly glywes i! O'dd hyn cyn i chi fynd lan y mynydd neu ar ôl bod?"

"Cyn ..." meddai Moc.

"Ar ôl ..." meddai Wil ar yr un gwynt.

"Ie, wel fe fydd 'da fi arian y rhent i'w roi ichi yn y jwg fory," meddai Alun. "Unwaith y daw arian y tâl streic gan y Ffed. Faint o'r gloch ma nhw'n ei rannu fe yn y Stiwt?"

"Naw yn y bore," atebodd Moc. "Ond gelli di fentro y bydd rhai'n dechre ciwio amdano fe am wyth. Mae arian yn brin yn y tai yn barod ..."

"Odi, glei," meddai Alun. "Ond ma 'da fi ddimai yn fy mhoced am heno a dim ond arian rhent sy 'da fi i'w dalu fory, felly wy am ei throi hi lawr i'r Bertorelli am debotaid o de a gweld pwy sy ambytu'r lle. Aw!"

Trawodd ei ben yn y silff uchel uwch y tân wrth godi.

"Gwyn dy fyd, wir!" chwarddodd Moc. "Mae'n dda dy fod di'n ŵr sengl, Alun Cwlffyn! Ond trueni bod dy ben di cyn belled oddi wrth dy dra'd di 'fyd!"

"Wy'n cyfri 'mendithion bob dydd," meddai Alun a mynd drwy ddrws y gegin fel roedd Guto'n dychwelyd o'i lofft.

"Ro'dd hynny'n beth caled i'w ddweud nawr, Moc," meddai Beti a min y gyllell yn ei llais. "Fod e'n ŵr sengl ..."

"Dim ond tynnu ei goes ..."

"Mae rhai briwiau dal yn agored, cofia di hynny."

"Be ti'n feddwl? O ... o ... ie ..."

Cododd Wil ei ben ac edrych ar ei dad.

"Odw i'n colli rhywbeth?" meddai.

"Mae hyn sbel fach yn ôl ... dyna pam ddaeth Alun i whilo am waith i bylle'r Rhondda y tro cynta," eglurodd ei fam.

"Ie, 'da fi gof ohono fe'n cyrraedd 'ma," meddai Wil. "Ond ifanc o'n i ar y pryd 'fyd."

"O'ch chi i gyd yn rhy ifanc i ddeall pryd 'ny," meddai Moc. "Ro'dd Alun wedi claddu'i gariad. Menyw ifanc o'r Ceinewydd. Peswch gwaed."

"Fuodd hi farw o'r T.B. Y pla gwyn," meddai Beti. "Y ddarfodedigaeth, ys gwedon nhw. Ma'r enw yna yn hala cryd arna i. Ma'r haint yn cerdded drwy'n tai ni, yn byw yn y mwg a'r awyr damp ac yn llanw'r ysgyfaint â briwie. Ac yn y diwedd, yn eu llanw nhw â dŵr. Ma'r claf druan yn marw."

"O'n nhw fod i briodi," meddai Moc. "Ond fe fu'r angladd cyn y briodas. Doedd gydag Alun ddim blas at weitho ar y tyddyn wedyn. Dyna pam daeth e fan hyn. Mynd ar ei ben dan ddaear i anghofio."

"Ond ma fe'n mynd gatre bob haf?" meddai Wil.

"Odi, odi. Dyna'i drefen e. Mae'n cadw arian ar gyfer ei rieni ac ma fe'n rhoi help llaw adeg y cynhaea. Ond do's dim bwrw gwreiddie yn 'i groen e rhagor."

"Ma fe'n fachan hyfryd," meddai Beti. "Ond dyw e 'rioed wedi ca'l wejen ers pan ddaeth e yma ddeng mlynedd yn ôl. Mae merched yn brin yn y Rhondda, wy ddim yn gweud dim llai, ond ma Alun yn fachiad go dda i unrhyw groten, alla i weud 'ny wrthoch chi."

"O, y'n ni i gyd yn gwbod bod ti'n meddwl y byd ohono fe, Beti," meddai Moc, ychydig yn wawdlyd. "Ei ddewis e ydi hynny. Os nad yw e'n moyn wejen a theulu, wel dyna fe."

"Nid o ddewis ma fe wedi torri'i galon, 'na i gyd weda i," atebodd Beti.

Clywsant ddrws y ffrynt yn agor a chau eto.

Cerddodd Eira i mewn i'r gegin fyw.

"A sôn am groten y Rhondda, 'co hi!" meddai Moc gyda gwên.

"Beth sda chi i'w weud amdano i 'te, y jawled salw?" meddai Eira gan gerdded ar ei hunion at y lle tân ac ymestyn am y jwg.

Ysgydwodd y llestr a chlywed sŵn yr arian.

"Go lew, mae rhywbeth yn y jwg 'ma o'r diwedd!" meddai. Arllwysodd yr arian ar gledr ei llaw ac ymestyn i roi'r jwg yn ôl ar y silff.

"Pwyll nawr!" galwodd ei mam. "Ma'r arian yna ar gyfer y teulu i gyd ..."

"Ond sdim arian i ga'l 'da fi i ga'l bwyd! Alla i ddim gweitho drwy'r dydd heb ga'l rhywbeth yn 'y mola!"

"Ma'r groten yn gweud y gwir yn hynny o beth," meddai Moc. "Hi yw'r unig un sy'n gweitho yn y tŷ 'ma ar hyn o bryd ..."

"O! A dyw magu plant a chadw tŷ a gwneud bwyd i wyth

ddim yn waith, yw e?" cododd Beti ei llais.

"Sefyll orie ar ei thraed yn y siop 'na," eglurodd Moc.
"Ti'n gwbod be sy 'da fi ..."

"Pryd roddest ti rywbeth miwn yn y jwg 'na ddiwetha?"
gofynnodd Beti i Eira, gan ddal y llaw oedd yn dal yr arian cyn
iddi'i roi yn ei phoced.

"Wy'n rhoi'r hyn wy'n gallu," atebodd hithau'n gloff.

"A lle gest ti hon?" Rhythodd Beti ar ei llaw.

"Beth nawr?" gofynnodd Eira.

"Y fodrwy 'na!"

Edrychodd pob un ar y fodrwy ar un o fysedd llaw dde
Eira.

"Modrwy Mam – dy fam-gu di – oedd hi! Lle gest ti hi?"

"Ro'dd hi yn y drâr lan lofft ..."

"Drâr yn 'yn llofft ni," meddai'i mam.

"Ond do's neb yn ei gwisgo hi nawr. Ac i fi fydd hi'n dod.
Fi yw'r unig ferch, felly waeth i fi ei gwisgo hi ddim. Pa ddrwg
sydd yn hynny?"

"Fe allet ti fod wedi gofyn," meddai Beti, gan anwesu'i bol
chwyddedig.

"Ond ti'n rhy fisi o hyd ..."

"Fe allet ti gynnig helpu ..."

"Ac mae 'da fi 'y mywyd 'fyd ..."

"Mae honna yn aur pur, cofia di. Ac mae hi'n golygu llawer
i fi. Dim ond honna sy gyda fi i gofio am Mam."

"Fe fydd hi'n ofalus ohoni, Beti," meddai Moc o'i gadair.
"Ti'n gwbod hynny gystal â fi." Edrychodd i fyny at y jwg ar y
silff. "A ta p'un, bydd honna yn llanw'n nêt fory. Bydd digon
ynddi i bawb yn y tŷ."

Disgynnodd distawrwydd braidd yn lletchwith ar yr aelwyd.

Edrychodd Eira'n bwdlyd ar y jwg ar y silff uwch y tân.

"Ond do's dim digon yn hon i mi!" meddai'n flin. "A wy moyn dala'r tram i lawr i Ponty."

"Beth wnei di yn Ponty, groten?" holodd ei mam.

"Beth mae merch ifanc yn ei wneud fel arfer? Fan'no ma fy ffrindie i gyd yn mynd ar nos Sadwrn. O wel, alla i fynd â'r sgidie newydd i Isaacs y Pônbrocer tan y cyflog nesa, ma'n debyg."

"Prynu ar y Never-Never ac yna pônio nhw – dyw e ddim yn gwneud synnwyr!" ffrwydrodd Beti.

Aeth Eira i'r llofft i newid ei sgidie. Welodd neb mohoni'n rhoi'i llaw ar dalcen Llew a chusanu'i foch, ond clywsant glep y drws ffrynt ar ei hôl.

"Beth yw pônio, Mam?" gofynnodd Guto.

"Pônio yw mynd â rhywbeth gwerthfawr sy gyda ti i Isaacs. Gwed ti bod fi'n mynd â'r brasys dal canhwylle yna, rheiny sy yn nheulu dy dad ers pan oedden nhw'n ffarmo lan ar y Bannau. Wel, bydde Isaacs yn dishgwl arnyn nhw a chraffu ac wedyn bydde fe'n cynnig swllt, falle. Bydde'n dda iti ga'l y swllt ar y pryd. A phan ddôi tipyn o gyflog i'r tŷ, falle byddet ti'n gweld chwith ar ôl y brasys ac fe aet ti at Isaacs i'w prynu nhw'n ôl, ond byddet ti'n talu swllt a thair ceiniog amdanyn nhw'r pryd hynny. Felly os ti'n benthyca i dalu am rywbeth ac yna'n mynd â fe i'r pôn-shop, ti'n talu amdano fe dair gwaith."

Aeth Beti â'r ddau fach i'w gwelyau.

Pan ddaeth yn ei hôl i'r gegin fyw, roedd Alun wedi

dychwelyd i'r tŷ ac yn sefyll â'i gefen at y tân. Gallai Beti weld ar ei wyneb bod rhywbeth yn bod.

"Mas â fe," meddai wrtho. "Gwed wrtha i be sy."

"Y streic," meddai. "Daeth Dai Mincid miwn i'r Bertorelli strêt o'r Stiwt. Smo ni wedi rhoi mis o rybudd i'r perchnogion cyn dod mas ar streic. Felly mae Mabon yn gweud ei bod hi'n anghyfreithlon i'r Glamorgan a'r Cambrian fynd ar streic. Fydd y Ffed ddim yn rhoi tâl streic i goliers y ddou bwll yna os bydden nhw'n dod mas ar streic i'n cefnogi ni."

Pennod 12

Yn y Stiwt roedd y streicwyr yn cyfarfod drannoeth. Roedd y glowyr yno am wyth o'r gloch y bore ond yn lle ciwio am eu harian, roedden nhw'n gwrando ar y penderfyniadau caled oedd o'u blaenau.

Ar y llwyfan yn y brif neuadd roedd arweinwyr y streic a swyddogion y Ffed. Dai Mincid oedd ar ei draed yn gyntaf.

"Wy'n ffaelu deall! Wy'n ffaelu deall! Dyw'r perchnogion ddim yn rhoi mis o rybudd i'r glowyr yn yr Ely cyn gweud eu bod nhw'n saco'r gweithwyr i gyd, ond ry'n ni fod i roi mis o rybudd iddyn nhw cyn streico! Ma'r peth yn ynfyd!"

Cododd sawl un ei lais i gefnogi'n frwd, gyda rhai'n gweiddi'n ddigon caled. Gyda'i ben i lawr, cododd un o swyddogion y Ffed ar ei draed a phesychu'n bwysig nes cael gwrandawiad.

"Ers sefydlu'r Ffed yn 1898, ry'n ni wedi ennill llawer o dir i'r glowyr. Rhaid ichi gofio bod meistri'r pylle yng Nghymru wedi bod yn gyfrwys iawn. Fe ffurfion nhw Gymdeithas Perchnogion Glo De Cymru yn 1873 – dros chwarter canrif cyn i ni ga'l 'yn Ffed – ac roedden nhw wedi cynllwynio gyda'i gilydd i gadw cyflogau glowyr De Cymru yn llawer is na chyflogau glowyr yng ngogledd a chanolbarth Lloegr. Roedden nhw'n helpu'i gilydd i dorri pob streic, bob tro y byddai anghydfod miwn un lofa 'fyd. Brwydr hir a chaled yw hi i wella bywydau'r teuluoedd yn y Rhondda a'r cymoedd eraill. Y Ffed, dan arweiniad Mabon, gafodd wared â'r Raddfa Lithrig – y Sleiding Sgêl felltith. Ro'dd cyfloge'n codi os oedd pris y glo'n codi ac yn cwmpo os oedd y pris yn disgyn. A roedd y meistri'n whare'n frwnt, yn gwerthu glo Cymru yn rhad ar farchnad y byd oherwydd fe wydden nhw wedyn y gallen nhw dalu llai o gyfloge i'r coliers. Enillodd y Ffed y frwydr i gael cyflog pendant a sicr i'r glowyr. Wedyn, ddwy flynedd yn ôl, llwyddodd Mabon a'r Ffed i ostwng hyd shifft o waith i wyth awr. Meddyliwch am y peth! Roedd 'yn teidiau ni'n gweitho shifft ddeuddeg awr dan ddaear. Felly dyna fuddugoliaeth fawr i ni. Ond wrth wneud hynny, fe fuodd raid i ni ildio ar rai materion eraill. Ac un o'r rheiny yw hwn – rhaid rhoi mis o rybudd cyn mynd ar streic. Do'dd dim dewis 'da Mabon ond ..."

"A lle ma fe, Lord Mabon?" gwaeddodd rhywun o'r llawr.

Roedd Dai Mincid yn ôl ar ei draed.

"Geson ni gyflog pendant – do. Ond yw e'n gyflog teg?"

"Na! Na!" gwaeddodd amryw yn y dorf.

"A dyna'r frwydr nawr. Cyflog teg. Allwn ni ddim gweitho am lai o arian o hyd ac o hyd. Ma nhw'n gostwng y cyflog yn is ac yn is – a ry'n ni moyn cyflog teg i fyw arno. Isafswm cyflog sy'n deg i deulu – dyna beth y'n ni moyn. Ry'n ni'n byw yn y cwm cyfoethocaf o ran ei gynnyrch yn y byd, ond teuluoedd tlawd y'n ni o hyd."

"Dyna'r hyn rydyn ni i gyd yn ymladd drosto," meddai swyddog y Ffed. "Ond rhaid cadw at y rheole. Allwch chi ddim dod mas heb dâl streic gan y Ffed. Rhaid i chi ddal i weitho yn y pylle nad yw'r meistri wedi'u cau am nawr ac yna trefnu cyfarfod mawr a balot teidi. Rhaid ca'l pleidlais ym mhob pwll a'i chymryd hi un cam ar y tro. Bydd glowyr pylle'r Pandy, yr Ely a Nant-gwyn yn ca'l tâl y Ffed, wrth gwrs, gan mai'r meistri gaeodd y pylle rheiny."

"Fydd Mabon yn y cyfarfod mawr?" gwaeddodd rhywun o'r llawr.

"Wy'n rhoi 'ngair y bydd e. Ddaw e yma bob cam o'i waith yn Llunden."

"Ar y trên ife?" bloeddiodd un arall. "Ma fe'n rhy dew i gymryd llawer o gamau erbyn hyn!"

"Pwyll, gyfeillion," meddai dyn y Ffed. "Rhaid inni beidio troi yn erbyn 'yn pobl ni 'yn hunain. Mae Mabon wedi gweitho'n galed ers blynydde maith dros lowyr y cwm. Ma fe'n haeddu gwell na cha'l ei flagardio fel hyn."

Distawodd yr anniddigrwydd yn raddol.

"Fe alwn ni'r cyfarfod yn yr Empire ar nos Wener, 16 Medi, am saith o'r gloch," cyhoeddodd dyn y Ffed ar ôl cael gair sydyn gyda'r gweddill oedd ar y llwyfan. "Bydd Mabon yno a bydd e'n eich annerch chi. Rwyf i nawr, gyda chydsyniad fy nghyfeillion o amgylch y bwrdd man hyn, yn annog pob un ohonoch chi i ailddechre gweitho yn eich shifftie o ben bore dydd Llun ymlaen."

Grwgnachlyd iawn oedd y glowyr yn gadael y neuadd.

"Streic arall wedi disgyn yn fflat ar ei hwyneb fel pancosen," meddai'r glöwr gydag wyneb creithiog.

"Mis o notis! Pwy oedd y clown gytunodd i shwd beth?"

"Wel, well i fi weud wrth y wraig i ddewis pa siwt wy fod i wisgo bore Llun, siŵr o fod!"

"O leia bydd llai o waith i'r Traed Mawr," meddai un arall, gan nodio at reng o blismyn oedd yn sefyll yn eu gwylio ar

Stryd Dunraven.

Roedd y gair wedi mynd ar led drwy'r stryd yn glou. Dyma benderfyniad oedd yn mynd i effeithio pob un o'r siopwyr. Ar hyd prif stryd Tonypandy roedd dros drigain o siopau'n gwerthu pob math o nwyddau – siop groser, cigydd, gwerthwyr pysgod a ffrwythau, esgidiau, dillad, haearnydd, defnyddiau i'r tai, dodrefn, fferyllydd a rhai siopau mwy moethus fel gemydd, stiwdio ffotograffydd ac offer trydanol, hyd yn oed. Pan oedd cyflogau'r miloedd o lowyr oedd yn yr ardal yn dda, roedd y siopau'n cael busnes llewyrchus. Doedd streic ddim yn eu plesio hwythau chwaith. Yn wir, gallai streic hir arwain at fusnesau'n rhedeg i ddyled a hyd yn oed weld yr hwch yn mynd drwy'r siop.

Wrth i'r glowyr adael y Stiwt, roedd nifer o berchnogion siopau wedi dod i sefyll o flaen eu drysau. Roedd gan bob un wên barod ar ei wyneb. Ond cerdded heibio iddynt a'u pennau i lawr, gan giledrych yn sarrug ddigon a wnâi'r streicwyr.

Daeth Guto a Dicw wyneb yn wyneb â rhai o'r glowyr ar eu ffordd yn ôl i'w tai teras. Tro Dicw oedd i fynd â bisgedi ei fam i gaffi Bertorelli y bore hwnnw ac roedd basged wellt fawr ganddo yn ei law.

Ar gornel Sgwâr Tonypandy o flaen yr Empire, cyn iddyn nhw droi am gwli fechan i gefen caffi Bertorelli, roedd gŵr tal a'i wallt yn wyn yn gwisgo ffedog frown siop groser. Adnabu Guto ef ar unwaith. Wilkins, perchennog siop ar y stryd fawr oedd hwn. Iddo ef roedd ei fam yn talu'r rhent am Rif 17, Stryd Eleanor.

"Lewis *Junior*!" arthiodd y siopwr wrth i'r bechgyn nesáu ato.

Crychodd Guto ei dalcen wrth gael ei gyfarch fel hyn. Nid oedd yn cofio bod y siopwr erioed wedi siarad ag e cyn hynny. Fel arfer, byddai'n rhedeg at wragedd siopwyr eraill ar y stryd fawr, neu wragedd cynghorwyr lleol, neu rai o brif swyddogion y gweithfeydd. Doedd mab un o'r glowyr ddim yn haeddu ei sylw fel arfer. Edrychodd Guto arno a gweld fod golwg ddu yn ei lygaid.

"You have been shopping at that Co-op cowboy outfit! What have you to say?"

"Yes, I have carried ..."

"You admit it! You bold rascal! Have you no sense of guilt at all! It's not even a proper shop – it's owned by the people and they don't run it as a genuine business should be run!"

"They offered ..."

"Oh, yes! I'm sure they offered you your groceries at a bargain price and 'take them now and pay as you can' and all that. Well they may, they don't have overheads as I have. You'll have me in the poorhouse. I want a word with your mother."

"She is in the chapel ..."

"Oh, a good Welsh chapel lady, your mother is. Yes, we all know that. But she's also good at breaking contracts. I, as the house owner, had her to sign that she buys all her groceries at my shop on Dunraven Street."

"She does ..."

"Don't interrupt me, boy. She has broken her contract with me and that has serious consequences. Tell her to call in at my office at the back of the shop this afternoon at two o'clock sharp!"

Ar hynny, trodd y groser blin ar ei sawdl a cherdded ar hyd y palmant am ei siop.

"Well iti fynd gatre a gweud wrth dy fam," meddai Dicw.

"Do'dd y dyn yna ddim yn deall y peth o gwbl," meddai Guto. "Nid siopa i'r cartre oeddwn i, ond cario bwyd ro'dd y Co-op yn ei roi am ddim i gegin y plant yn y festri."

"Wy'n gwbod hynny," meddai Dicw. "Ond ma fe wedi camddeall y cyfan. Well iti fynd i weud wrthi?"

"Ma Mam yn y festri yn paratoi bwyd at y pnawn. Wy fod i fynd draw ati cyn hir – i fynd i'r Co-op i mofyn rhagor o fwyd."

"Ond alli di ddim! Beth petai Mr Wilkins yn dy weld di 'to?"

"Do's dim o'i le ar be rydyn ni'n 'i wneud – dyna sy mor ddwl. Ma fe wedi ca'l holl fusnes prynu bwyd i'r tŷ gan Mam – er ei fod e'n codi prisie uwch na'r Co-op arni. Ond do's gyda ni ddim dewis i'w ga'l."

"Wyt ti moyn i fi fynd i hôl y neges o'r Co-op i'r capel?"

"Gawn ni weld yn y man. Awn ni â'r bisgedi hyn i Pietro'n gynta, ife?"

"A! Croeso i'r dyn'on mawr!" Roedd yr Eidalwr mor llawen a chynnes ag erioed. "A mwy o *biscotti* blasus iawn Dilys Mainwaring i mi! Da iawn. *Bene*! Nina. Nina! Dere i godi'r *biscotti* o'r fasged a'u rhoi ar y *piatto* mawr fan hyn."

Daeth Nina draw gan sychu blawd oddi ar ei dwylo. Gwenodd ar Dicw wrth dderbyn y fasged ganddo. Meddyliodd Guto fod ei gwên wedi lledu rhywfaint pan edrychodd arno yntau. Y gwallt tywyll a'r dannedd gwynion yna ... Oedd hi wir wedi gwenu mwy arno fe? Efallai taw dim ond ei ddychymyg ef oedd yn rhedeg ar ras, meddyliodd wedyn.

Gwyliodd Nina'n dadlwytho'r bisgedi o'r fasged i'r plât mawr ac yn eu cyfri'n Eidaleg wrth wneud.

"*Sessanta ... sessantuno ... sessantadue ...*"

Roedd y geiriau a'i llais fel miwsig i glustiau Guto.

O'r diwedd, cyhoeddodd bod chwe ugain yno gyda phendantrwydd a llawenydd.

"*Centoventi! Molte grazie!*"

"*Uno momento!*" meddai Pietro. Aeth i focs bach mewn drôr yn y gegin a thynnu darn o arian gloyw ohono. "Swllt, un swllt i'w roi i *Signora* Mainwaring, *per favore*."

"Diolch yn fowr," meddai Dicw wrth dderbyn y tâl am y bisgedi. "*Grazie!*"

Trodd Guto at Nina a gan siarad gyda'i ddwylo fwya, ceisiodd drosglwyddo'i neges iddi.

"Ni'n mynd i'r capel nawr – bwyd – byta ..." Ceisiodd wneud stumiau bwyta gyda'i ddwylo.

"*Cibo*," cyfieithodd Pietro wrthi. "*Mangiare*."

"A!" deallodd Nina. "*Cappella!*"

"Ie, ie – *sì, sì, cappella* – i'r plant bach. Y ... *Bambinos!*"

"O, chi'n mynd i'r capel i baratoi bwyd i'r plant bach, y'ch chi?" gofynnodd Pietro.

"*Sì, sì* ... y ... odyn, odyn," meddai Guto.

"Da iawn, *bene*. Ond all Nina ddim dod 'da chi heddi. Gwaith yn galw!"

Nodiodd Guto gan arwyddo ei fod yn deall yn iawn. Cododd ei ysgwyddau ar Nina.

"O'r gorau, gweld chi fory falle," meddai Pietro. "Prysur, prysur – *impegnato!* – yn y bore – *ciao!*"

Caeodd y drws ar eu holau, ond nid cyn i Guto lwyddo i ddal llygad Nina a rhoi gwên fach arall iddi cyn gadael.

"Do'dd dim llawer o amser 'da fe heddi, yn nag oedd e?" sylwodd Dicw.

"Dyna shwd ma fe bob bore ers tro ... ers dechrau'r streic a gweud y gwir," meddai Guto.

"Ers i Mam ddechrau gwneud bisgedi iddo fe falle," meddai Dicw.

Oedd, roedd gan Beti Lewis focs o nwyddau i'w gasglu o'r Co-op, meddai hi ac oedd, roedd hi'n deall yn iawn bod yn rhaid iddi fynd i weld Mr Wilkins am ddau o'r gloch ac oedd, roedd hi'n iawn i Dicw gario'r bocs o'r Co-op ond roedd yn rhaid i Guto fynd gydag e neu fydde staff y siop ddim yn rhoi'r bwyd iddo fe. Dywedodd Beti ei bod am egluro'r cyfan am y gegin fwyd i'r plant tlawd wrth Mr Wilkins, gan roi ar ddeall iddo fe hefyd y byddai holl aelodau'r Ffed yn boicotio ei siop os byddai'n eu bygwth fel hyn eto.

"Mae bwyd yn brin ar sawl bord yn y cwm," meddai Beti wrth y bechgyn. "Mae pobol yn fodlon gwneud pob math o bethe na fydden nhw'n ystyried eu gwneud cyn hyn – dim ond er mwyn ca'l rhywbeth i'w ddodi o flaen eu plant. Felly cerwch eich dou – a peidwch â sefyllian nawr!"

Cawsant y bocs heb drafferth. Roedd y staff yn hen gyfarwydd â Guto erbyn hyn. Allen nhw ddim peidio â thynnu ei goes, chwaith.

"Dew, dew, Guto bach. Rhaid bod ti wedi mynd yn wan dros nos! Mae angen dou ohonoch chi i gario bocs bach ysgafn nawr, o's e? Shgwl! Wy'n gallu'i ddala fe lan ag un llaw."

"Druan â nhw, Meri fach!" meddai un arall o'r merched y

tu ôl i'r cownter. "Mae'n siŵr y bydd angen tri ohonyn nhw fory!"

"Falle mai gard yw'r llall?" awgrymodd y llall. "Chi byth yn gwbod. Mae bleiddied mas ar y stryd 'na. Ma nhw wedi dechre byta'i gilydd yn Cwm Clydach, 'na be glywes i!"

"Hwyl, bois!" meddai Meri. "O's pastwn 'da chi i gadw'r lladron draw?"

Ar ôl i'r bechgyn adael y Co-op a chyrraedd yn ôl i brif stryd Tonypandy, rhoddodd Guto ochenaid ddofn. Pwy oedd yn cerdded ar y palmant yr ochr draw i'r ffordd ond Mr Wilkins y groser.

"Glou!" meddai wrth Dicw. "Tro i edrych ar y ffenest hon!"

Trodd y ddau eu cefnau ar y stryd gan geisio ymddangos fod ganddynt ddiddordeb mawr yn y nwyddau oedd yn y ffenest honno. Hon o bob siop! meddyliodd Guto, wrth sylweddoli mai edrych ar ddillad merched yn ffenest Elias Davies oedden nhw. Gallai weld y perchennog yn gwgu ar y ddau ohonyn nhw y tu mewn i'r siop. Gallai ei weld yn galw ar Eira draw ato ac yn dweud rhywbeth wrthi ...

"Hiding from me, were you, boys!"

Neidiodd y ddau a throi i wynebu Wilkins a'i lygaid eryr y tu ôl iddyn nhw.

"Or are you going to spend your strike pay on new skirts? Oh no, of course – there is no strike pay, isn't there!"

Aeth Wilkins yn ei flaen gyda gwên sbeitlyd ar ei wyneb.

"O leia wedodd e ddim byd am y bocs y tro hwn!" meddai Guto. "Mae Mam wedi byrsto'r swigen honno, o leia."

Canodd cloch drws Elias y tu ôl iddyn nhw.

"Ma fe'n gweud nad yw e'n moyn chi'n agos at ei ffenest e," mynnodd Eira. "Chi'n cuddio'i ddillad e. Chi'n cadw cwsmeriaid draw. Wedodd e ..."

"Ie?" meddai Guto.

"Wedodd e bo chi'n drewi a ma isie i chi fynd gatre i ga'l bath ..."

Pennod 13

"Llawenydd mawr i ni i gyd sydd yn y cwrdd heno yw na fydd streic yn y Cambrian a'r Glamorgan. Nid oes neb yn well eu byd o streicio, ac mae pawb yn dlotach ..."

Gwrandawai Beti Lewis ar weinidog Ebenezer, y Parchedig Edward Richards, yn annerch y dyrfa yn y cwrdd nos Sul yn y capel. Dim ond hi a Guto oedd yno o Rif 17.

Bob tro y gwrandawai ar bregethwr yn y pulpud, crwydrai'i meddwl at ei thad ei hun, y Parchedig Robert Hughes, Merthyr Tudful. Roedd blynyddoedd lawer ers iddi ei glywed yn pregethu ond gallai ddal i glywed ei lais. Gwyddai'n reddfol hefyd beth fyddai ei farn ar bob pwnc, a gwyddai sut y byddai wedi cyflwyno a rhesymegu'r farn honno o flaen cynulleidfa. Trodd yn ôl i wrando ar weinidog Ebenezer.

"A gaf i eich atgoffa, gyfeillion annwyl, o'r hyn a ddywedais i yng nghyfarfod misol Undeb Annibynwyr Pontypridd a'r Rhondda ym Methania, Gilfach-goch, yn gynharach y mis hwn. Roeddwn yn cyflwyno fy mhapur, 'Y modd goreu i gadw a meithrin diddordeb yr ieuainc yng ngwaith yr Eglwys' ac fe gafodd yr offrwm dderbyniad cymeradwyol gan y cyfarfod ..."

Fyddai 'Nhad ddim wedi brolio fe'i hunan, meddyliodd Beti.

"Mae'r testun yn un amserol, ac roedd yn amlwg oddi wrth y rhydd-ymddiddan a gafwyd dros luniaeth y chwiorydd caredig ar ôl yr anerchiad ei fod yn gwasgu yn drwm ar feddyliau arweinwyr crefyddol y dydd ..."

"Ie, wir! Clywch, clywch!" Roedd un o'r diaconiaid yn y Sêt Fawr o dan y pulpud yn porthi Mr Richards yn uchel. Afan Davies, y siop sbectols, oedd e, meddyliodd Beti. Roedd hwnnw byth a hefyd yn lladd ar bobl ifanc ac wrth ei fodd yn eu cosbi pan ddôi achosion ger bron y llys. Roedd Afan Davies yn Ynad Heddwch, yn Gadeirydd y Fainc yn y llys ym Mhontypridd ac yn credu'n gryf bod rhaid bod yn galed er mwyn cael cyfiawnder yn y cwm.

"Mae wedi dod yn amlwg mai cam hollol gyfeiliornus ar ran gweithwyr canol y Rhondda yw myned mas ar streic heb roi y rhybudd priodol i'w meistri. Y mae'n rhaid dangos parch at awdurdod ac mae'n bryd rhoi ymddygiad byrbwyll o'r naill du. Da gennyf weled fod y glowyr yn barod i wrando ar eiriau ac esiampl Mabon eu harweinydd, gan geisio cymod a heddwch. Nid oes synnwyr nac uniondeb yng ngwaith rhai terfysgwyr penboeth sy'n twyllo'r gweithwyr i daflu pob trefn i'r gwynt a thorri eu cytundeb cyfreithiol gyda pherchennog y lofa sy'n rhoi bara a chaws ar eu byrddau ..."

A dim llawer mwy na bara a chaws, meddyliodd Beti. Go brin y byddai ei thad wedi dyrchafu Mabon, chwaith. Dyn wedi meddwi ar ei lais ei hun oedd hwnnw, yn ôl ei thad. Roedd ganddo storm o lais, ond sŵn gwag oedd yn ei daran. Byddai'n aml yn arwain tyrfa'r glowyr i ganu emyn er mwyn uno'r lleisiau os oedd y dadlau'n arwain at rwygiadau. Na, dyn Keir Hardie oedd yr hen weinidog o Ferthyr. Edmygai ei thad y Sgotyn hwnnw oedd bellach yn Aelod Seneddol ers dros ddeng mlynedd ar hen brifddinas yr haearn a'r glo yng

Nghymru. Os oedd rhywle wedi gweld dioddefaint a therfysg oherwydd diwydiant, Merthyr oedd hwnnw. Ond roedd Keir Hardie yn codi'i lais dros y gweithwyr yn Nhŷ'r Cyffredin ac mewn cyfarfodydd lle deuai torfeydd anferth i wrando arno.

"Yr hyn a ddywedais yn y Cyfarfod Misol, ac sydd yr un mor wir heddiw yw y dylai ein pobl ieuainc ildio i drefn Duw yn y cwm. Y mae lle i bawb. Rhowch fandrel yn llaw un dyn, rhowch Feibl yn llaw un arall. Mae angen y llafurwr sy'n arwain y ceffyl dall o dan ddaear, ac mae angen llywodraethwr y pyllau sy'n arwain cynnyrch y cwm i'r marchnadoedd gore ar draws y byd fel bod arian yn dod yn ôl yma i'w roi, yn y diwedd, yn llaw'r gweithiwr i fynd at ei wraig a'i blant yn ei gartref ..."

Does dim llawer yn y jwg ar y silff, meddyliodd Beti. A phan ddaw rhagor yno, fydd e ddim yno'n hir. Fydd e wedi mynd whap.

Ar y ffordd yn ôl i fyny Hewl y Gelli ar ôl oedfa'r capel, gofynnodd i Guto beth oedd e'n ei feddwl o eiriau Mr Richards.

"Ro'dd e'n hoffi dyfynnu fe'i hunan, yn do'dd e?" oedd unig sylw'i mab. Fyddai tad-cu Guto ddim wedi gwneud hynny, meddyliodd Beti. Byddai e'n fwy tebyg o fod wedi dyfynnu Keir Hardie.

"Mae'r llywodraethwyr yn ymosod ar y gweithwyr, mae'r gweithwyr yn ymosod ar y llywodraethwyr. Mae isie newid y system," meddai'n uchel.

"Beth oedd hwn'na?" gofynnodd Guto.

"Dy dad-cu oedd yn dyfynnu beth ddwedodd Keir Hardie."

"O ie, y dyn o Ferthyr."

"Ie. Ma fe wedi'i gweld hi. Ma isie i'r pylle glo a phopeth arall fod yn eiddo i Gymru ac i bobol Cymru, medde fe."

"Shwd bydde hynny'n gweitho 'te?"

"Bydde'r arian yn dod i'r wlad ac i'r bobol ac yn ca'l ei rannu rhwng pawb, nid yn aros yn nwylo'r ychydig."

"Fydde'r perchnogion yn fodlon ar hynny, ti'n meddwl?"

"Dyna pam bod Keir Hardie yn Nhŷ'r Cyffredin yn Llunden – ma'n rhaid newid cyfraith gwlad weithie."

"Ond cyfraith gwlad sy'n golygu na all y glowyr ddod mas ar streic."

"Ti'n iawn. Ma'r gyfraith yn gefen i'r meistri mawr ar hyn o bryd. Dyna pam fod David Thomas, meistr mawr y pylle glo ffordd hyn, yn aelod yn y senedd ei hunan. Drychyd ar ôl ei boced ei hun mae e!"

Yn y gegin fyw yn Rhif 17, roedd Wil yntau yn sefyll ar ganol y llawr ac yn pregethu yn ei ffordd unigryw ei hunan. Ond nid y math o eiriau a glywyd o'r pulpud yng Nghapel Ebenezer oedd yn dod o'i enau.

"Wy'n gweud wrthoch chi! Weles i'r ddou ohonyn nhw'n mynd fel dou gi lladd defed rownd bac y Polîs Offis."

"Pwy ddou sy gyda ti nawr?" holodd Moc.

"Y boi 'na o caffi Bertorelli ... beth yw ei enw fe?"

"Pietro," meddai Alun oedd ar ei gwrcwd wrth y lle tân.

"A'r ferch fach 'na sy gyda fe ..." ychwanegodd Wil.

"Nina?" gofynnodd Guto.

"Ie. Dyna nhw. Ro'dd e, Mistar Bwenosera, yn cario wrn mawr gloyw a hi'r senorita fach yn cario platied anferth gyda lliain drosto fe. Mynd â te a bisgedi i'r plismyn drwy'r drws cefen oedden nhw. Dyna neis, yntefe – plismyn torri streic yn ca'l dishgled o de a bisged gan bobol y dre!"

"Wel, fuodd dim helynt gyda'r plismyn, Wil," meddai Moc o'i gadair. "Ro'dd pawb yn gweld llygad yn llygad ac yn parchu'i gilydd. Bechgyn Pontypridd oedd y rhan fwya ohonyn nhw."

"Ac mae pawb yn haeddu ca'l paned o de, sbo," meddai Beti ar ei ffordd i'r gegin i roi dail te yn y tebot.

"Ond lle mae ysbryd undeb y cwm?" bytheiriodd Wil. "Pam na all y siopwyr sefyll gyda'r streicwyr?"

"O, ti'n dishgwl gormod nawr," meddai Moc. "Cofia mai prif swyddogion y gweithie yw prif gwsmeriaid rhai o'r siopau."

"A ma nhw ar y fainc yn y llys ..." ychwanegodd Alun.

"Ac yn y Sêt Fawr yn y capel ..." meddai Moc. "Nhw sy berchen llawer o'r tai ry'n ni'n byw ynddyn nhw. Ma nhw isie gweld bod ni'n cadw i dalu'r rhent ..."

"Mae streic yn ddrwg i fusnes yn y siope 'fyd," meddai Alun.

"Ond rhoi bwyd a diod i'r plismyn, wir!" gwaeddodd Wil eto.

"Rhaid i deulu'r Bertorelli fyw 'fyd," meddai Alun. "Mae llawer llai wedi bod wrth fyrddau'r caffi yr wythnos ddiwetha."

"Bisgedi Dilys Mainwaring oedden nhw, siŵr o fod." Rhoddodd Guto ei bwt i mewn i'r sgwrs. "Ma'r caffi yn archebu llwyth ganddi hi bob dydd."

"Ac mae'n dda iddi hi wrth yr arian bach 'na," meddai Beti wrth basio at y tân i wlychu'r dail yn y tebot.

"Dyna'r pwynt," meddai Alun. "Mae'n dda gan y tlawd ga'l unrhyw beth. Pe bydde'r bobol gyfoethog yn gallu talu'r tlodion i farw yn eu lle nhw, fe fydde'r tlodion yn ca'l bywoliaeth deidi."

"Ond pam na allwn ni fod gyda'n gilydd?" Roedd llais Wil wedi tawelu'n awr. Gwthiodd fysedd ei ddwy law drwy'i wallt gan ddal ei dalcen yn ôl a chau'i lygaid. Siglodd ei ben mewn anobaith.

"Odi dy drwyn di wedi bod yn gwaedu?" holodd ei fam, wrth gael cip i fyny'i ffroenau.

"Mae'n gwneud bob hyn a hyn."

"Dan ddaear ddigwyddodd hynny?"

"Na ..."

"Mae isie i ti hala mwy o amser yn y pwll," meddai hithau. "Ti'n ca'l llai o ddamweinie lawr fan'ny, do's bosib?"

Wrth i bawb gael ei baned, disgynnodd tawelwch dros y cwmni. Estynnodd Beti ddillad gwaith Moc a Wil a'u rhoi o flaen grât o flaen y tân.

"Bydd hi'n rhyfedd ca'l y rhain yn ôl yn frwnt ac yn wlyb 'to pnawn fory," meddai Beti. Trodd at Alun. "Fydda i'n rhoi dy ddillad di mas yn ystod y dydd fory. Pryd wyt ti am ga'l cysgu cyn mynd i'r shifft nos fory?"

Ers y cau mas, roedd Alun wedi dilyn y drefn a chysgu yn y nos fel pawb arall yn y tŷ.

"Waeth i fi gysgu un noson arall ar y gader freichiau man hyn cyn newid yn ôl i'r hen drefen nos fory," meddai Alun. "Wy wedi gaddo mynd lan i'r gerddi i roi help llaw i Dic Tic Toc. Ma fe wedi gofyn i fi glirio patshyn bach i blannu cennin. Mae'n amser medde fe, a chi'n gwbod shwd un yw Dic Tic

Toc am gadw amser."

"Wy'n mynd gyda Dicw i weld y dyn recriwtio yn offis pwll Cambrian bore fory," meddai Guto. "Ma fe'n mynd i ofyn gaiff e ddechre fel byti bach i godi glo i Emrys ei dad-cu. Bydd isie'r cyflog arnyn nhw. Ma Edward ei frawd wedi ca'l lle Watcyn ei dad ym Mhwll y Pandy."

"Mae Dilys yn cymryd golchi miwn, dyna glywes i," meddai Beti. "Mae whant arna i ofyn iddi wneud peth i fi. Fe all hi sgafnu peth ar waith y tŷ 'ma ..."

"Beth yffach wnei di beth felly, fenyw?" meddai Moc. "Mae twba golchi gyda ni mas y bac."

"A sdim diben i fi fynd 'nôl i'r ysgol mis hwn, Mam," meddai Guto. "Wy'n cwpla miwn dou fis, ta beth. Well i fi wneud rhyw damed o waith man hyn a man draw cyn dechrau yn y pwll."

O'i wely fore drannoeth, clywodd Guto hwteri'r Glamorgan a'r Cambrian ac yna'r sgidie hoelion mawr ar gerrig y strydoedd. Clywodd Llew yn pesychu ac Eira'n ochneidio'n flin ac yn troi'i hwyneb at y pared. Clywodd ei fam yn canu wrth gario bwceded o ddŵr. Does dim wedi newid, meddyliodd.

* * *

Roedd Dicw a Guto yn ôl yn Stryd Eleanor cyn naw. Cafodd Dicw addewid gwaith. Gallai Guto weld nad oedd y swyddog yn rhyw frwdfrydig iawn, ond roedd yn amhosib iddo wrthod. Brysiodd Dicw i ddweud y newydd wrth ei fam ei fod yn dechrau ar y shifft fore dydd Mercher.

Roedd basged o fisgedi ar y bwrdd yn Rhif 24. Tra oedd y bechgyn yno, daeth llwyth o ddillad gwelyau i Dilys i'w golchi ac roedd yn falch o gael Dicw yno i'w helpu.

"Fydd hi'n chwith i fi o ddydd Mercher ymlaen a ti ddim yma i drin y doli!" meddai wrtho.

"Y'ch chi am i fi fynd â'r fasged i lawr i Bertorelli ichi?" gofynnodd Guto.

Meddyliau braidd yn gymysglyd oedd yn mynd drwy'i feddwl. Beth feddyliai Wil ei frawd pe gwyddai ei fod yn cario basged o fisgedi a fyddai yn y diwedd yn nwylo'r heddlu oedd yn gwarchod y pyllau glo? Eto, edrychai ymlaen at weld drws cefen y caffi'n agor a gweld Nina yn y gegin.

"A! *Biscotti* Mainwaring!" meddai Pietro wrth ei groesawu i mewn i'r gegin. Gwnaeth yr Eidalwr berfformiad o daro'i dalcen â chledr ei law. "Anghofies i. *Che stupido*! Wnes i ddim dweud wrth Dilys bod y plismyn wedi gadael Tonypandy. Dim eisiau te a *biscotti* nawr!"

"O!" meddai Guto. "Oes isie i fi fynd â rhain yn ôl iddi?"

"Na, na. *No, no*," atebodd Pietro yn bendant. "Dyma i ti swllt i roi i Dilys. Ond ddrwg iawn, dwed ti wrth Dilys. Caffi Bertorelli dim eisiau *biscotti* ar ôl heddiw. *Mi dispiace molto*. Mae'n ddrwg iawn, iawn 'da fi."

Pennod 14

"Fe wnaeth Mam ddod i'r llofft i 'neffro i am hanner awr wedi pump, ond do'dd dim rhaid iddi. Ro'n i wedi bod yn gwrando ar y cloc mawr lawr stâr yn taro pob awr ers tri."

Roedd Guto wedi mynd draw i Rif 24 i gael hanes ei ddiwrnod cyntaf gan Dicw.

"Es i lawr yn fy nghrys nos – hen grys Dad yw e a gwisgo fy nillad gwaith oedd wedi bod yn cynhesu ar y gard o flaen y tân drwy'r nos. Ro'dd Edward wedi gwisgo'n barod ac ro'dd hi'n ddiwrnod mawr iddo fe 'fyd, rhwng ei fod e'n symud o un pwll i'r llall a phopeth. Ro'dd Mam wedi gwneud llond tebot o de yn barod ac ro'dd hwnnw yn sefyll amdanon ni ar y silff. Mas i'r bac i'r iard a molchi yn y bwced dŵr oer fan'ny. Wedyn mlân â'r syrcyn a'r crys gwlanen, y trowser gwahadden a'r belt lledr ac yna'r sane a'r sgidie hoelion.

"Golchi'r jac tri pheint a'i lanw a tharo'r corcyn arno. Miwn i'r gegin. Ro'dd Mam wedi tostio bara i fi ar fforcen o flân y tân. Gwisgo cot a'r mwffler, Dai cap ar 'y mhen. Jac dŵr i'r boced chwith, bocs bara a chaws yn y boced dde – a dyna pryd yr aeth yr hwter, yr un pryd yn union â phan oedd y cloc yn taro chwech o'r gloch. Codi'r rhaw – rhaw Edward – o'r bac a mas drwy'r ffrynt. Ro'dd Edward yn cario mandrel Dad ac ro'dd e'n mynd lan Cwm Clydach."

"Dim ond tost gest ti i frecwast 'te?" meddai Guto.

"Rown i'n rhy nerfus – do'dd dim whant arna i. Weda i un

peth, ro'dd clywed y sgidie hoelion yn canu ar gerrig y stryd yn brofiad rhyfedd. Rown i'n golier, Guto! O, trueni na fydde Dad wedi bod yno i 'ngweld i. Ond ges i wên fawr gan Tad-cu pan es i heibio i'w gartre fe yn Stryd Kenry. Lan heibio'r Parc Athletic, a draw am Hewl Clydach. Ro'dd hi'n hanner gole erbyn hyn – bore oer, fel y gall hi fod ym mis Medi, medde Tad-cu.

"Heibio'r tip wast a'r tai gwaith ar ben y pwll a dyma ni'n cyrraedd y lamprwm. Ro'dd rhaid i fi alw fy rhif drwy ffenest fach i'r dyn a rhoi fy tjec iddo fe wrth dderbyn lamp fan'ny – hen tjec Edward sy 'da fi, rhif '367'.

"Wedyn cwt y caetj. Hwnnw yw'r drws i'r tywyllwch dan ddaear. Miwn â ni i'r caetj a'r bancsman yn cauad yr iet. Ma'r bancsman wedi whilo'n pocedi ni am ffags neu matsys – smo rheiny'n ca'l mynd dan ddaear, 'twel, rhag ofan bod nwy yno a bod hwnnw'n tanio. Mae'n rhoi signal i'r dyn sy'n weindo, ma fe'n tynnu lifer a –slam – ma'r dryse'n cauad a'r caetj yn disgyn. Ara' bach i ddechre, yna'n codi sbîd, y gwynt yn llychlyd a chynnes. Wedyn ma fe'n arafu ac ry'n ni'n glanio yng ngwaelod y pwll yn esmwyth."

"O'dd hi'n dywyll lawr fan'ny, 'te?" meddai Guto.

"O'dd. Ma'r *hitcher* yn agor y gât a'r dyn tân yn profi 'yn lampau ac wedyn mae 'da ni filltir i'w cherdded at y ffas lo. Ma'r coliers erill yn fforchio fan hyn a fan draw, pob un at ei le gwaith ei hunan. Ry'n ni'n mynd miwn i dwll yn y wal a thynnu'n cotie, 'yn capie a'n mwfflers a'n cryse 'fyd. Wy'n cydio yn fy rhaw a fy jac dŵr a dilyn Tad-cu.

"Ma'r haen lo o 'mlân i. Ma'n sgleinio yng ngole'n lampe ni. Ma rhyw ddwy droedfedd o drwch man hyn. Ma Tad-cu yn dechre gweitho – ma fe'n defnyddio'r mandrel i hacio'r glo nes ei fod yn cwmpo lawr. Wy'n llwytho'r glo miwn i focsys sy'n dala rhyw gan pwys yr un. Codi'r clapie mawr yn gynta – gyda fy nwylo a fy mreichie ..."

Edrychodd Guto ar freichiau Dicw. Gallai weld briwiau a chrafiadau cochion ar eu hyd. Roedd ei ddwylo, er ei fod wedi ymolchi yn nŵr poeth y bath ar ôl dod gartre, yn waed a llwch glo yn gymysg â'r briwiau a than ei ewinedd o hyd.

"Byddan nhw'n caledu miwn rhyw wythnos, dyna wedodd Tad-cu wrtho i," meddai Dicw wrth edrych ar ei ddwylo. "Ro'dd y bocsys wedyn yn ca'l eu hwpo a'u llusgo yn ôl at y prif dwnnel a'u codi i dram. Dyna fy ngwaith i wedyn. Mae pob dram yn dala tua tunnell.

"Wrth i Tad-cu dorri miwn yn ddyfnach i'r haen lo, ro'dd e'n rhoi prop pren i ddala'r to lan bob rhyw dair llathen. Ro'dd Tad-cu yn cnoi baco drwy'r dydd ac yn poeri'r sug ar ei ddwylo bob hyn a hyn. Ro'dd e'n gweud wrtho i am bisho ar fy nwylo – bod hynny yn eu gwneud nhw'n galed!"

"Wnes ti hynny?"

"Do, wrth gwrs! Wy moyn dwylo caled, ond odw i! A gwedodd e wrtha i am dyfu mwstashen 'fyd. Ma blew dan dy drwyn di'n help i gadw'r llwch mas o dy ysgyfaint di, ma'n debyg."

"Ond ti ddim yn shafo 'to, Dicw!"

"Wel, fe fydda i cyn hir. Ac felly, mwstashen amdani os bydda i'n dala i weitho yn y ffas."

"Sawl dram lanwoch chi ar y shifft heddi?"

"Pump. Rhyw saith tunnell felly. Ro'dd Tad-cu'n bles gyda hynny – ar 'y niwrnod cynta inne. Gobeithio ca'l chwech fory, medde fe.

"Hanner awr wedi deg, ry'n ni'n ca'l hoe fach. Mae cornel y bara lle mae fy mysedd yn ei ddala yn frwnt – wy'n byta'r cwbwl ond yn towlu rhai o'r crystie i'r llygod."

"Faint o lygod sy 'na 'te? Welest ti nhw?"

"Do, digon. Rhai bach a mawr. Ond na fe, nhw sy'n cadw'r pwll yn lân."

"Clirio'r crystie ti'n feddwl?"

"Ie, a'r hyn sy'n dod mas y pen arall!"

"O, ych-a-fi!"

"Wel, mae'n dda eu ca'l nhw i wneud y job honno neu nid pwll glo fydde gyda ni ond pwll llawn drewdod."

"Tri o'r gloch, ry'n ni'n gadel y ffas a gadel y tŵls ar y bar. Ma'r haliers a'r merlod sy'n tynnu'r dramie yn mynd o'n blaenau ni ac ma'u carne nhw'n codi llwch y llawr i'n hwynebe. Ma'r merlod yn ca'l eu gollwng yn rhydd a bydd yr haliers yn mynd â nhw i'r stable sydd wrth waelod y siafft.

"Hanner awr wedi tri, ma'r hitsier yn dechre cyfri dyn'on i miwn i'r caetj. Ma criw ohonon ni nawr ac ma'r sgwrsio'n dechre, a'r tynnu co's a'r chwerthin. Ry'n ni'n dod lan yn yr ail gaetj. Y bancsman yn agor y caetj ac mae'n braf teimlo'r haul ar 'yn hwynebe ni. Ond wrth gwrs, ma'r gaeaf o'n blân ni, medde Tad-cu, a welwn ni fawr o liw y dydd adeg hynny. Ar draws yr iard i'r lamprwm ac wedyn llwybr y gwaith yn ôl sha thre. A dyna'r diwrnod cynta iti."

* * *

Cyn i ddwylo Dicw ddechrau caledu'n iawn, roedd cyffro arall yn y gweithfeydd glo yng nghanol y Rhondda. Roedd Mabon ar ei ffordd yn ôl o Lundain. Yng Nghaerdydd roedd y cyfarfodydd cyntaf – cyfarfod pwyllgor y Ffed ar y nos Wener ac yna cynhadledd fawr gyda phob pwll yn ne Cymru yn gyrru cynrychiolwyr i'r Cory Hall yng Nghaerdydd. Daeth tua dau gant a hanner o aelodau yno yn cynrychioli bron 150,000 o lowyr ar draws y cymoedd glo yn ne Cymru.

Y nos Sadwrn honno, roedd torfeydd o lowyr ar Stryd Dunraven yn disgwyl y cynrychiolwyr yn ôl ar y trên. Safai Dicw a Guto yn y dorf a chlywsant waedd cyn bo hir.

"'Co fe, Dai Mincid! Ma fe'n cerdded lan o'r stesion."

"Gawn ni wbod shwd aeth hi nawr."

"Dai, beth oedd gan Mabon i'w weud?"

Safodd Dai ar risiau o flaen yr Empire fel bod pawb yn gallu'i weld a'i glywed yn iawn.

"Sda fi ddim llawer o lais ar ôl, felly byddwch dawel i fi ga'l gweud 'yn stori un waith ac am byth. Ro'dd e'n gyfarfod tanllyd, bois, ac ro'dd yn rhaid i ni weiddi i ga'l 'yn clywed."

"O'dd Mabon wedi ca'l cynnig gwell gan y Cambrian Combine?"

"Ro'dd e wedi eistedd gyda David Thomas, y perchennog, ar y trên yr holl ffordd 'nôl o Lunden, siŵr o fod!"

"Glywes inne eu bod nhw'n ffrindie mowr! Y ddou ohonyn nhw'n aelode seneddol yn Llunden – dyna shwd ma nhw! Unwaith ma nhw'n croesi Clawdd Offa, ma nhw'n anghofio pwy ydyn nhw."

"Shwd allwch chi ga'l arweinydd y Ffed a phennaeth cwmni'r pylle yn ffrindie clòs?"

"Fydd e David yn Lord Rhondda cyn bo hir – gewch chi weld!"

"Pam fod isie mynd i Lunden i geisio datrys probleme'r Rhondda?"

Cododd Dai ei law.

"Allwch chi gadw'n dawel dim ond am dri muned? Reit. Gair cynta Mabon oedd hyn: 'Mae fy nghyfaill David Thomas yn wael ei iechyd. Wnaiff e ddim lles i'w iechyd e glywed bod y glowyr yn dod mas ar streic.' Dyna wedodd Mabon!"

"Cywilydd!"

"Beth am iechyd y cwm 'ma!"

Cododd Dai ei law eto.

"Y peth nesa wedodd e oedd, 'Mae hanner torth yn well na dim'. A wedodd bachan o Lwynypia, 'Ni moyn pob torth sy'n y becws, gw'boi!' A ro'dd hi bant 'na wedyn! Mae Mabon wedi ca'l cynnig gwell gan y Cambrian Combine medde fe, sef 2 swllt ac 1.3 ceiniog y dunnell yn yr haen anodd yn yr Ely. Chi'n cofio mai 2 swllt a 9 ceiniog y dunnell ry'n ni'n gofyn amdano. Doedd neb isie derbyn y cynnig hwn oedd 'da Mabon. Doedd dim pwynt trafod pellach gyda'r perchnogion, medde fe. Cyhoeddi streic ymhen y mis amdani felly, medde ninnau. Gawson ni bleidlais ac mae wedi cario'r dydd. Bydd balot nawr – pleidlais gudd – ym mhob pwll. Bydd llawer o goliers y cymoedd erill yn dod mas gyda ni. Mae hon, bois, yn frwydr fwy na dim ond ychydig geinioge'r dunnell. Mae'n frwydr am gyflog teg y gallwn fyw arno fe. Dyna yw hon – brwydr am isafswm cyflog. Ac ma'r perchnogion yn gwbod hynny. Felly gewch chi glywed mwy am y balot ddechre'r wythnos."

Torrodd cymeradwyaeth fawr ar draws y stryd – roedd tyrfa drwchus yno erbyn hyn. Dringodd un arall o'r arweinwyr lleol i ben y grisiau.

"Y ni sy'n arwain y tro hwn, bois. Nid yw'r aelodau sydd gyda ni yn y Tŷ yn Llunden yn deall y cwm yma rhagor. Yn y gorffennol, ma nhw wedi dod o'r senedd a dweud wrthon ni shwd mae pethe i fod. Y tro hwn, mae pethe'n wahanol. Ni sy'n gweud wrthyn nhw beth y'n ni'n moyn. Ni sy'n byw ac yn chwysu ac yn deall y cwm, a ni sy'n gweud wrth y senedd beth yw beth."

Cafwyd ton o gymeradwyaeth fyddarol arall.

* * *

Doedd hi ddim yn syndod i neb fod canlyniad balot y glowyr yn gryf o blaid streicio. Roedd y dyddiad wedi'i osod yn swyddogol – byddai holl lowyr pyllau'r Cambrian Combine yng nghanol Cwm Rhondda yn streicio o ddydd Mawrth, 1af Tachwedd ymlaen.

"Fe fydd dros 11,000 o lowyr yr ardal yma ar streic!" meddai Wil o flaen y tân un noson wrth drafod yr hyn oedd o'u blaenau.

"A bydd pyllau erill miwn cymoedd erill yn bownd o'n cefnogi," meddai Alun.

"Mae holl aelodau'r Ffed yn ne Cymru yn cyfrannu o'u cyflogau er mwyn rhoi tâl streic inni," meddai Moc.

"Ond dyw'r perchnogion ddim yn segur chwaith," rhybuddiodd Alun. "Ro'n in darllen yn y Stiwt pwy ddiwrnod – mae Cymdeithas Perchnogion Pyllau Glo De Cymru yn paratoi. Fydd dim un pwll glo yn fodlon cyflogi glöwr sydd ar streic yn y Rhondda. A bydd y pyllau sy'n dal i weitho ar draws de Cymru yn rhoi rhan o elw pob tunnell o sydd yn ca'l ei chodi i ddigolledu perchnogion y pyllau tawel yn y Rhondda."

"Mae dwy ochr i bob brwydr fawr," meddai Moc. "Fyddwn ni'n barod amdanyn nhw fis Tachwedd."

Pennod 15

Trodd y tywydd wrth i fis Medi droi'n Hydref. Cafwyd yr Haf Bach Mihangel arferol ar ddiwedd Medi, ac roedd hynny'n plesio'r garddwyr ar y llethrau a'r gwragedd tŷ gyda'u dillad ar y leiniau yng nghefen y tai teras oddi tanynt.

Yna, yn nechrau Hydref, cafwyd tair noson o awyr glir yn y nos ac oerodd y cwm. Roedd llwydrew ar lechi'r toeon ac ar y crawcwellt ar ochr y llwybr ar y ffordd i'r pyllau glo. Pan oleuai, roedd tarth trwchus uwch afon Rhondda Fawr, ac araf iawn oedd hwnnw i godi. Ar ôl y tywydd oer, trodd y gwynt a daeth cawodydd o law. Dyddiau o law. Bellach, copaon y bryniau oedd yn codi uwchlaw'r cwm oedd yn y golwg. Gorweddai cymylau isel, boliog ar y bryniau am ddyddiau gan ollwng llwyth ar ôl llwyth o law llwyd ar fywydau'r teuluoedd yn y terasau.

Doedd dillad ddim yn sychu ar y lein.

Roedd cotiau'r gweithwyr yn wlyb domen erbyn cyrraedd gatre.

Yn waeth na'r cyfan, roedd y glaw'n rhedeg i'r glofeydd ac roedd pyllau o ddŵr yn cronni yn rhai o'r twneli. Pan fyddai'r glowyr yn y ffas yn ceibio dan y wythïen lo, byddent yn gorwedd mewn chwe modfedd o ddŵr budur drwy'r dydd mewn rhai mannau. Roedd y bytis bach oedd yn codi'r glo i'r dram yn ymbalfalu am y cerrig gwerthfawr mewn llynnoedd duon. Doedd dim dewis ond rhoi mwy o lo ar y tân a phentyrru'r dillad gwlyb domen ar y gard o'i flaen. Roedd arogl llaith y pwll yn llenwi'r tŷ.

Clywai Guto newid yn sŵn y peswch a ddôi o frest Llew. Roedd y cyfarthiad caled yn troi'n wich annioddefol ar ddiwedd pob anadliad. Nid oedd yn gallu ymlacio i gysgu ac âi ei wyneb yn llwytach a'i lygaid yn fwy gwelw bob dydd. Roedd hyd yn oed Dewi bach yn sylweddoli ei fod yn dioddef ac yn estyn ei gwpan ddŵr iddo ar ôl pwl arbennig o gaeth.

Ganol y mis, digwyddodd un o'r pethau yna roedd teuluoedd y cwm yn ofni y gallasai ddigwydd i unrhyw un ohonyn nhw. Rhif 31, Stryd Eleanor, oedd i ddioddef y tro hwn. Yno roedd Jac Coes Glec a'i deulu'n byw. Roedd Guto wedi sylwi arno yn hercian ar y stryd. Collodd un goes mewn damwain yn y pwll rai blynyddoedd yn ôl. Doedd dim lle iddo yn y lofa ar ôl hynny ac nid oedd yn gallu cynnig ei hun ar gyfer unrhyw fath arall o waith yn y cwm. Cafodd ychydig o dâl am ei anaf gan berchennog y lofa, ond byw ar grafion roedd y teulu ers hynny. Roedd tri o blant dan ddeg oed ganddyn nhw, a gweithiai Mair, gwraig Jac, bob awr o'r dydd i geisio dod ag ychydig o geiniogau i gynnal y teulu.

Roedd popeth o werth oedd ganddyn nhw wedi'i droi'n arian parod yn siop Isaacs y Pônbrocer. Ond roedd yr arian hwnnw wedi mynd bellach. Roedd y teulu'n llwgu a doedd dim arian ganddyn nhw i dalu rhent. Yng nghanol sŵn nadu'r plant, daeth dynion Wilkins i Rif 31 a chario'r dodrefn oedd ar ôl i gyd i ganol y stryd. Clowyd y drws ac aed â'r allwedd i siop Wilkins. Gadawyd y teulu ar drugaredd cymwynas gan hwn a'r llall yn y stryd cyn i rywun yn Stryd Gilfach ddweud bod seler wag yn eu tŷ nhw ac y caen nhw symud i honno am rent isel, ond i neb ddweud gair wrth berchennog y rhes.

Y bore canlynol, aeth Beti i mewn i lofft y plant cyn mynd i lawr y grisiau. Estynnodd ar draws Guto.

"Ti'n iawn?" gofynnodd Guto, wedi'i gynhyrfu ychydig gan y drefn wahanol.

"Ydw, ond dyw Llew ddim yn iawn. Dyw e ddim wedi cysgu drwy'r nos, dim ond peswch a pheswch. Dier, dier, ma fe'n whys shwps." Daliodd ei llaw ar dalcen Llew, yna gafaelodd ynddo a'i godi.

"Lle ti'n mynd ag e?"

"Lawr stâr. Wy am roi llwyed o baraffin iddo fe i ladd y jerms a cheisio dod â'r gwres mawr yma i lawr."

"Gad i fi ei gario fe ar y stâr."

Cydiodd Guto yn ei frawd a'i gario i lawr y grisiau ac i'r gegin fyw gyda'i fam yn eu dilyn gyda'r lamp olew. Eisteddodd ar y gadair bren gyda Llew ar ei lin. Brysiodd Beti at y jar baraffin yn y gegin gefen a thywallt peth i gwpan. Daeth â hi at Llew a chodi llwyaid ohono i'w geg. Llyncodd Llew yr hylif afiach heb agor ei lygaid.

"O, druan â ti, Llew bach. Ma'r dwymyn yma'n gwneud ti'n dost, yn dyw e?"

Aeth i nôl carthen i'w rhoi dros ei gorff. Roedd ei grys nos yn wlyb gan chwys y dwymyn.

"Cwtsha di fan'na am sbel fach gyda dy frawd."

Roedd y twba a'r dŵr oer ynddo ar ganol y llawr yn barod ar gyfer bath Alun ac ar ôl llenwi'r tebot ar gyfer brecwast, aeth Beti ati i arllwys dŵr berwedig o'r boiler i'r twba. Yna, mas at y tap yn yr hewl gefen i ail-lenwi'r boiler.

"Dyw'n wy fi ddim yn y sosban ar y tân!" cwynodd Moc ar

ôl dod i lawr y grisiau.

"Wy'n ei gadw ar gyfer Llew heddi," meddai Beti yn gadarn. "Ma fe angen y nerth. All e ddim llyncu'n iawn ers deuddydd – mae gwddw tost gydag e 'fyd."

Digon grwgnachlyd oedd Moc yn gadael y tŷ a doedd gan Wil ddim i'w ddweud.

Pan ddaeth Alun gatre, aeth yn syth at y gadair lle'r eisteddai Llew ar lin Guto a bwrw llygad dros y claf.

"Ma fe'n gwaethygu," meddai'n bendant.

Golchodd Alun ei ddwylo yn y twba yn gyntaf ac yna agorodd geg Llew drwy ddal ei ên i lawr gydag un llaw. Daliodd y lamp olew yn nes gyda'r llall.

"Llew, gwranda nawr. Wyt ti'n 'y nghlywed i?"

Gwnaeth Llew rhyw sŵn yn ei wddw.

"Tyn dy dafod mas. Dyna ti, cyn belled ag y daw e ... Gwed 'A' fawr i fi nawr ..."

"Aaa ..."

Craffodd Alun i mewn i'r geg.

"Be ti'n weld, Alun?" gofynnodd Beti.

"Edrych ar y llwnc ydw i ..."

"Ie ... a shwd mae'n edrych?"

"Ma fe'n goch iawn ... mae wedi chwyddo ... ac ma'r gloch fach yn goch 'fyd ... a ..."

"A beth?"

"Mae ... mae crach gwyn yna ..."

"Ife ... ife beth wy'n ei feddwl yw hynny?"

"Ie," meddai Alun. Caeodd geg Llew a sythu'i gefen. "Y clefyd coch – diptheria. Do's ond un dewis."

"Ond allwn ni byth â fforddio doctor."

"Do's dim dewis, rhaid mynd ag e i Ysbyty Heintiau Tyntyla yn Ystrad. Dyna'r ddeddf. All y dwymyn fynd o un tŷ i'r llall ar hyd y stryd gyfan. Rhaid ei gadw fe ar wahân – mae'n rheol gan y Bwrdd Iechyd."

"Ond fe alle fe ..."

"Gaiff e'r gofal gore yn fan'ny. Dere, gaf i fath clou wedyn wna i a Guto ei gario fe i'r ysbyty. Rhyw dair milltir yw hi, allwn ni wneud e pwl ar y tro bob un. Cer di nawr i hôl dillad iddo fe."

"Eira!" gwaeddodd Beti. "Dishgwl ar ôl Dewi!"

Mewn llai na deng munud roedd y pedwar yn gadael Rhif 17. Alun oedd yn cario Llew yn ei freichiau am y cymal cyntaf. Roedd hi'n dal yn dywyll, ond doedd hi ddim yn bwrw glaw o leiaf. Guto wnaeth ei gario ar ôl cyrraedd y gwastad yn Stryd Dunraven; yna o'r bont reilffordd ymlaen i fyny'r rhiw at waith glo'r Glamorgan, Llwynypia, Alun oedd yn cario eto. Gwelai Guto oleuadau pen y pwll lle'r oedd y dynion olaf yn mynd i lawr y siafft. Eisoes roedd prysurdeb a'r wageni'n symud ar y cledrau. Yna diflannodd y pwll o'u golwg – roedd ffens bren soled ac uchel wedi'i chodi rhwng y ffordd a'r pwll.

Gwnaeth Guto bwl arall o gario o'r gwaith brics, heibio'r cae pêl-droed a thros bont Rhondda Fawr, yna Alun yn ei gario i fyny Heol Tyntyla a Guto yn gwneud y darn olaf i fyny'r lôn fach at Ysbyty yr Heintiau. Teimlai Guto fod cwmwl mawr du uwch eu pennau wrth iddyn nhw gerdded drwy'r drws.

Roedd y nyrsys yn gwybod ar eu hunion beth oedd eisiau'i wneud ac yn ei wneud heb lol. Mewn dim o dro, roedd Llew wedi cael bath cynnes, wedi cael newid ei ddillad ac yn gorwedd mewn gwely bach gyda llenni o'i gwmpas. Roedd nyrsys wedi mesur ei dymheredd ac un o'r rhai hŷn wedi craffu ar du mewn ei wddw gyda golau batri pwrpasol.

Cafodd yr haint ei gadarnhau. Eisteddodd Beti ar gadair wrth wely Llew.

"Ddo i ag e gatre 'da fi pan fydd e'n well," meddai.

"Smo ti wedi ca'l brecwast dy hunan 'to," meddai Alun.

"Do, fe ges i beth cyn i'r dyn'on godi," mynnodd hithau.

"Naddo ddim, Mam," meddai Guto. "Ro'n i gyda ti bryd hynny. Cofio?"

"Wel, sa i'n moyn ..."

"Rhaid i ti edrych ar ôl dy hunan, Beti," meddai Alun. "A'r un bach ..."

"Ond beth wy'n mynd i wneud ag e?" Cuddiodd Beti ei hwyneb â'i dwylo. Ni wnaeth sŵn ond roedd ei cheg yn agored fel pe bai'n sgrechen.

Plygodd Alun ati a chyffwrdd ei braich.

"Rho ddigon o ddŵr iddo fe yfed a pan fydd e'n paso dŵr, rho beth miwn potel. Mae digon o'r rheiny i'w ca'l yma. Nawr, fuodd fy whâr yn diodde gyda'r clefyd coch. Ond ddo'th hi trwyddi. Mae'n wir bod plant yn gallu marw gydag e, ond mae rhai'n gwella. Y cyngor gath Mam gan hen wraig yn y pentre oedd hwn – 'Cymerwch ddŵr yr un fach, Mrs Jones, a chyda brwsh bach paentiwch gloch ei gwddw hi gyda'i dŵr ei hunan.' A dyna wnaeth hi. Aros di man hyn am y bore ac aiff Guto a finne'n ôl at Dewi i Eira ga'l mynd i'r gwaith."

* * *

Pan gododd Alun am dri o'r gloch y prynhawn, daliodd Beti yn blacledio grât y lle tân. Hen waith brwnt oedd hwnnw – rhoi past tywyll ar hen glwtyn a'i rwbio ar y popty mawr ar y chwith i'r tân, ar haearnau'r lle tân ei hun ac ar yr offer coginio ar yr ochr dde. Fel pob un o famau'r cymoedd, byddai Beti yn gwneud hyn bob dydd er mwyn cadw'r metal yn loyw a'i thŷ'n sgleinio. Ond roedd hi'n ddu fel colier ei hunan bron erbyn iddi orffen.

Roedd y twba ar ganol y llawr yn barod ar gyfer Moc a Wil ac roedd dau fwcedaid o ddŵr oer ynddo'n barod. Câi Dewi dipyn o hwyl yn creu tonnau yn hwnnw.

"Fuodd Guto yn dy helpu di gyda'r twba a'r dŵr yma, Beti?"

"Do. Ma fe wedi mynd i ddarllen y papure yn y Stiwt nawr. Ma fe wedi colli'i ben ar newyddion y dydd byth ers iti fynd ag e i'r Stiwt."

"Mae llawer gyda ni i gyd i ddysgu. Shwd oedd Llew pan adawest ti?"

"Ro'dd ei anadlu fe'n rhwyddach. Ma'r aer mor lân ac mor sych yn yr ysbyty. Mae digon o le gydag e yn y gwely – rydyn ni gyd yn chwythu ar 'yn gilydd yn y tŷ 'ma."

"Gest ti frwsh bach gan un o'r nyrsys?"

"Do, fe wnes i fel dwedest ti ..."

Ar hynny daeth Moc a Wil i mewn. Tra oedd Beti yn adrodd yr hanes, roedd Alun yn cario'r dŵr berwedig o'r boeler.

"Glou gyda'r wmolch," meddai Moc. "Mae'n rhaid inni fynd i weld rhywun."

Ceisiodd Beti gael at wreiddyn y mater ond "do'dd e'n

ddim byd iddi hi boeni 'bwyty fe" oedd yr unig wybodaeth y llwyddodd i gael ganddo.

Aeth Beti at y jwg a chodi rhywfaint o arian.

"Mae'ch swper chi ar ochr y tân pan chi moyn e," meddai. "Wy'n mynd yn ôl i'r ysbyty. Nawr, wy ddim yn gwbod lle chi'n mynd ond do's neb ond fi i fynd i'r ysbyty, chi'n deall? Mae rheolau caeth yno. Ma fe'n glefyd peryglus."

Pan ddaeth Guto yn ei ôl i edrych ar ôl Dewi, gwisgodd ei chot a mas â hi.

"Gawn ninne'n swper ar ôl dod yn ôl," meddai Moc. "Dere, Wil."

"Os wyt ti'n iawn gyda'r un bach, af inne i lawr i gaffi Bertorelli am sbel fach," meddai Alun.

Taith fer oedd gan Moc a Wil. Lawr y rhiw i Stryd Dunraven a rownd cefen y dafarn. Yno yn yr hen stabl roedd dau neu dri yn eu dillad paffio yn gwneud gwahanol ymarferiadau i ystwytho'u cyrff a sionci'u traed. Yno hefyd roedd 'yr wyneb creithiog' roedd Guto a Dicw wedi dod ar ei draws.

"Tal?" galwodd Moc arno. "Gair?"

Wedi iddo orffen cyfarwyddo un o'r llanciau, daeth draw at y drws at y ddau ohonyn nhw.

"Elli drefnu gornest i Wil 'ma?"

"Dim problem, Moc. Ma fe'n fachan teidi gyda'i ddyrne. Gawn ni gwpwl o rowndie yma rhyw noson wythnos nesa, ife?"

"Na, un fowr y tro hyn, Tal. Lan ar y mynydd. Yn erbyn un o fois Gilfach-goch. Beth am bnawn Sadwrn?"

"O, sai'n siŵr os yw Wil yn barod am hynny 'to, Moc. Mae

bois trwm lan sha Gilfach. Fel teirw."

"Nid maint y dyn yn y ffeit sy'n bwysig, Tal, ti'n gwbod 'ny. Ond maint y ffeit yn y dyn. Mae digon o ffeit yn Wil ni. Mae Llew, yr un bach, dan law doctor ac mae isie'r arian ..."

"Mae isie'r arian ar bawb yn y cwm, Moc. Dyna pam fod cymaint o focsars gyda ni. Ond gaf i weld beth alla i'i neud. Ma Wil 'ma'n dod yn ei flaen yn dda ... yn itha da, wir ..."

.

Pennod 16

"Beth wyt ti'n 'i feddwl, 'Mae Mam wedi mynd ag e'?"

Gafaelai Eira yn y jwg wag oedd uwch y lle tân.

"Ro'dd 'i angen e ar gyfer Llew yn yr ysbyty."

"Ond lle ma'r arian at y pethe wy angen?"

Edrychodd Guto ar ei chwaer fel pe na bai'n ei hadnabod. Methai â deall sut gallai fod mor galon-galed ar adeg o'r fath.

"Pam bod ti'n dishgwl arna fi fel'ny?" gofynnodd Eira'n bigog, gan godi'i thrwyn yn uchel a'i ysgwyd yn ôl ac ymlaen. "Wy bob amser yn rhoi'r arian yn ôl. Dim ond benthyca odw i nes 'mod i'n ca'l 'y nghyflog gan y siop."

Dyna'r drwg bod yn frawd, meddyliodd Guto – ti'n gwybod i'r dim pan mae dy chwaer yn dweud celwydd. Mae hon yn codi'i llais nes ei fod fel drws yn gwichian ac mae'n gwasgu'i gwefusau at ei gilydd nes eu bod yn grwn fel pen ôl iâr.

Iâr anniben, meddyliodd a mynd i'r cefen i lenwi'r bwced glo.

Roedd hi wedi mynd pan ddaeth yn ei ôl. Cododd swper iddo'i hun ac ar hynny dyma Alun yn ei ôl a chododd ddysglaid o'r stiw iddo yntau.

"Ac mae 'da fi rywbeth arbennig iawn 1 ti ei yfed gyda dy swper!" Aeth Alun i boced ei got a thynnodd botel fawr o bop coch y Welsh Hills a'i gosod ar y bwrdd o'i flaen.

"I beth roe't ti moyn wasto dy arian ar botel o bop, o bopeth yn y byd, Alun?"

"Ond dyna sy'n wych," meddai Alun. "Anrheg yw hi. Chostodd hi ddim dimai goch y delyn imi. Ro'dd Pietro wedi clywed am Llew, 'twel. 'Af fi i nôl rhywbeth bach i'r dyn mawr,' meddai e. Ma fe'n galon i gyd, whare teg. Ond nage Pietro ddaeth 'nôl at y ford gyda'r botel 'ma ond ... y ferch ... beth yw ei henw hi?"

"Nina?"

"A! Ro'n i'n gwybod y byddet ti'n cofio'i henw! Ac ro'dd hithe'n cofio dy enw dithe 'fyd, yr hen gadno â ti! 'Gu-to' medde hi. Bron nad oedd hi'n canu pan oedd hi'n ei yngan e. 'Gu-to – pop coch,' medde hi. A gwenu – o, fe alle hi doddi'r lleuad ar noson rewllyd, wy'n gweud wrthot ti."

Gwasgodd Guto'i wefusau at ei gilydd a gollwng ochenaid drom drwy'i drwyn.

"Wyt ti wedi gorffen? Allwn ni fyta nawr?"

"Gad i fi nôl bobo wydr inni. Wy'n cymryd 'mod i'n ca'l glasied o ddiod Nina am ei gario fe iti? Neu dim ond ti sy'n ca'l hwn am bod ei llaw hi wedi twtsh ynddo fe?"

"Dere mlaen, Alun!"

Arllwysodd Alun ddau wydraid nes bod y swigod yn tasgu. Rhoddodd un yn seremonïol o flaen Guto a safodd y tu ôl ei gadair ei hun gan godi'i wydr i'r awyr fel petai'n cynnig llwncdestun.

"Foneddigion a boneddigesau, a wnewch chi godi eich gwydrau os gwelwch yn dda. I Nina a Guto!"

Gwenai Alun fel cath dwp a nodio o gwmpas y stafell gyda'r gwydryn yn dal yn uchel yn ei law, fel petai'n annerch cannoedd o bobl. Yna, yfodd y ddiod goch mewn un llwnc cyn eistedd o flaen ei swper a tharo clamp o wynt wrth i'r swigod gyrraedd ei stumog.

"O! Esgusoda fi! Wy'n teimlo'n ddigon rhyfedd ar ôl y siampên 'na."

"Dim ond dipyn o bop o Porth yw e, nage siampên."

"A! Dyna lle rwyt ti'n 'i cholli hi. Mae ambell lased o ddŵr hyd yn oed yn gallu troi'n siampên dim ond bod ti'n 'i dderbyn e gan y person cywir. Fe ddoi di i ddeall y pethe hyn, Guto bach. Ma nhw i gyd o dy flaen di, y diawl lwcus! Nawr, byt dy swper a gad dy ffys!"

Wedi peth tawelwch, heblaw am lwyau'n crafu'r powlenni a'r ddau'n chwythu ar eu stiw poeth, cofiodd Alun fod ganddo neges arall.

"Y tsips! Bu bron i fi anghofio yng nghanol y cyffro mawr am y newyddion am y garwriaeth newydd …"

"Gad hi nawr, Alun. Pa tsips?"

"Pietro sydd isie iti fynd lawr i'w weld e, fory. Mae'n cynnig gwaith iti bob hyn a hyn."

"I wneud beth?"

"Geith e weud wrthot ti fory."

Am ddeg o'r gloch drannoeth, roedd Guto'n curo ar ddrws cefen caffi Bertorelli. Nina agorodd y drws iddo.

Agorodd ei geg i ddweud rhywbeth wrthi, ond yn sydyn iawn, doedd ganddo ddim geiriau o gwbl ar ei dafod.

"*Buon giorno*, Gu-to!" meddai hi a'r haf yn ei gwên.

"*Bwon joarno*," dynwaredodd Guto, yn falch ei bod wedi cynnig geiriau iddo. "*Bwon joarno*, Nina …"

"A! Dyma fe'r dyn mawr!" Ymddangosodd Pietro o rywle.

"Dere miwn, dere miwn."

"Ym ... diolch am y pop ddoe." Dywedodd Guto hyn wrth Pietro yn gyntaf ac yna trodd at Nina a nodio'i ben arni hithau a gwenu. "Diolch, Nina."

"*Buon giorno*, Guto," meddai Emilia'n glên o flaen y stof goginio.

"A shwd ma'r brawd bach?" gofynnodd Pietro.

"Ma fe'n dal yn dost iawn."

"Ond mae e'n y lle gore," meddai Pietro. "Reit 'te. Gwaith. Dyna be ni moyn. Wyt ti wedi gweld cart Aldo y tu fas, yn dofe?"

"Y cart hufen iâ?"

"Ie. Shwd byddet ti'n lico ei wthio fe lan y tyle i'r Parc Athletic nos Wener? Mae cyfarfod mawr y gweithwyr yno, yn does e? Ac ro'n i'n meddwl ..."

"Ond mae'n ganol Hydref! A dyw'r cyfarfod ddim tan hanner awr wedi pedwar y pnawn. Fydd neb isie hufen iâ ..."

"Na, na, Guto – nid *gelato*! Wyt ti wedi gweld tu miwn y cart? Mae leining gwlân gyda fe rhwng y pren tu fiwn a'r pren tu fas. Mae hynny'n cadw'r *gelato* rhag toddi yn yr haf."

Tapiodd Pietro ei dalcen. "*Intelligente*, Guto – *intelligente*. Wel, mae *cugina* – cyfneithier i fi – mae hi wedi priodi teulu sy'n cadw caffi yn Blaenrhondda. Maen nhw'n gwerthu hufen da – na, hufen iâ! – *gelato*! – maen nhw'n gwerthu *gelato* yn yr haf ond yn y gaeaf, maen nhw'n defnyddio un cart i werthu bwyd twym. Ti'n gweld Guto, mae'r cart yn cadw bwyd oer yn oer a bwyd twym yn dwym ..."

"Bwyd twym?"

"Tsips!" cyhoeddodd Pietro. "Dishgwl, Guto."

Cerddodd Pietro at ei wraig a dangosodd sosban fawr loyw. Cododd y caead i ddangos y fasged weiren y tu mewn.

"Mae gan Emilia sosban tsips nawr!" Plygodd i agor drws un o gypyrddau'r gegin.

"Ti'n gweld y bocsys metel hyn. Mae caead ar bob un, fel hyn. A maen nhw'n cadw bwyd yn dwym am amser hir. Felly, Emilia'n gwneud tsips fan hyn – Pietro a Nina yn paratoi'r *patate*, y tatws. Wedyn, rhoi'r tsips yn y tuniau cadw'n dwym, i miwn i'r cart *gelato* – na, y cart *patatine fritte*. Wedyn, ti Guto, y dyn mawr, yn hala'r cart lan y tyle, i'r Parc lle mae'r holl bobl. Nina yn agor un o'r tuniau. O! Arogl *bene, bene*, bendigedig. Gweiddi *'patatine fritte'* – ti'n derbyn dime y pecyn a rhoi halen a finegr – *sale e aceto* – i'r cwmser. Nina yn rhoi y *patatine fritte* yn y bag gyda llwy fawr. Ti'n derbyn ceiniog am bob deg bag chi'n werthu, beth ti'n gweud?"

"Ceiniog!"

"Ie. Mae pob tun yn dala ugen bag o tsips. Allen ni lanw chwech tun ichi ar gyfer y tro cynta. Be ti'n gweud."

Gyda gwên lydan ar ei wyneb, cynigiodd Pietro ei law iddo.

Edrychodd Guto draw at Nina. Roedd hithau'n nodio ac yn gwenu.

"Iawn," meddai. "O'r gore. Faint o'r gloch?"

"Dere lawr yma erbyn pedwar. Wedyn mae gyda fi ffedog wen iti, 'twel." Estynnodd ffedog wen oddi ar gefen y drws. "A capan ar dy ben. Byddi di'n edrych fel *ragazzo patatine fritte* o Bardi!"

* * *

Roedd yn rhaid dringo un o'r rhiwiau serth sy'n torri ar y terasau hir o dai, a'r rheiny yn nadreddu ar lethrau'r cwm, er mwyn cyrraedd y Parc Athletic.

Un digon trwm oedd y cart hufen iâ, gyda'i ddwy haen o bren a'i lwyth o tsips.

Wedi cyrraedd y parc, cafodd Nina a Guto le cysgodol a chyfleus i barcio'r cart. Gadawsant yr hen garthen drwchus ar ben y tuniau tsips yn ei lle tra oedd siaradwr ar ôl siaradwr yn annerch y dorf o ben wagen.

O'r diwedd, dyma'r llywydd yn galw ar yr areithydd olaf.

"Wy'n galw ar Dai Jenkins i weud gair."

"Gwed hi fel y ma hi, Dai Mincid!"

"Gyfeillion, ma nhw'n cynnig pris isel y dunnell i ni. Ma nhw'n gwbod beth ma nhw'n wneud. Ma nhw am 'yn gwylltu ni. Ma nhw isie'n gweld ni'n streico, yn gwylltio, yn picetio'r pylle. Tra y'n ni man hyn, ma nhw ishws yn trefnu shwd ma nhw'n ca'l y blaclegs miwn a mas o'r lofa. Ma nhw'n gweud eu bod yn cynnig digon i'r rhai sy'n fodlon gwitho'n ddigon caled. Celwydde noeth porcyn piws bob un! Ma nhw am inni lwgu a mynd yn ôl i'r gwaith ar 'yn glinie. Bydd pob dyn, menyw a phlentyn yn diodde, a beth all dyn ei wneud wrth weld ei blant yn llefen wrth y crochan gwag? Ma gan y plant hawl i fyw. Ma gyda ni i gyd hawl i fyw. Ond allwn ni ddim byw yn 'yn tai teras ar geinioge tra bod nhw'n byw yn eu hoiti-toiti palas gyda'u miliyne. Ry'n ni'n moyn gwaith, nid segurdod y streic. Ac ry'n ni'n moyn cyflog teg i deulu, nid y pitw peth sydd gyda ni i ddod gatre ar hyn o bryd. Ry'n ni i gyd gyda'n gilydd yn teimlo yr un fath, yn credu yr un fath. Oherwydd ry'n ni i gyd wedi diodde yr un fath â'n gilydd.

Daeth yn amser inni orffen diodde, daeth yn amser inni gario'r dydd!"

Roedd llygaid Dai Mincid yn fflamau melyn. Daeth i lawr o'r wagen a'i gap brethyn yn gam dros ei glust chwith.

"Geirie doeth, Dai," meddai un ym mlaen y dyrfa.

"Dere mincid ffagen," meddai Dai gan oedi er mwyn i'r un oedd wedi'i ganmol danio'r sigarét gydag un o'i fatsys.

Roedd y prif siarad drosodd. Aeth arweinwyr y gwahanol byllau glo ymlaen i drafod sut y bydden nhw'n gweithredu ac yn cydweithio.

Yng nghefen y dyrfa, agorodd Nina y tun cyntaf nes bod arogl y tsips yn codi i awyr fain y gyda'r nos. Tasgodd Guto finegr drostyn a'u halltu gyda'r pot halen mawr.

"Tsips! Dime y bag!" gwaeddodd.

"*Patatine fritte*!" galwodd Nina.

Pan ddechreuodd un neu ddau brynu paced, roedd clywed arogl y tsips wrth iddyn nhw ddychwelyd yn ôl at y dyrfa yn codi chwant ar eraill.

"Dew, dew! Ma'r rhain yn ffein!"

"Lle cest ti nhw, Walt?"

"Cart Bertorelli, man'co."

Yn fuan roedd cynffon o bobl a phlant yn disgwyl am becynnau.

"Ma nhw'n ffein yn yr awyr iach, ond ydyn nhw?" meddai Guto wrth rannu'r bagiau a derbyn y dimeiau. "Helpwch 'ych hunan i'r halen a'r finegr a symudwch mlân i fi ga'l serfio'r rhai nesa."

Llanwai Nina'r bagiau gyda dawn a chyflymder a'u dodi i sefyll yn rhes daclus yn barod i Guto. Cyn hir roedden nhw ar y pedwerydd tun ac roedd tyrfa'n dal i ddisgwyl am fwy.

Doedd dim digon i'r ciw i gyd.

"Mae rhagor i ga'l yn y caffi!" gwaeddodd Guto ar ôl gwerthu'r un olaf. "Lawr y rhiw ac i'r dde. Gewch chi rai gan Pietro ac Emilia."

Rhoddodd help llaw i Nina i gau'r tuniau a'u gosod yn ôl yn daclus yng ngwaelod y cart. Tynnodd ei gap gwyn a'i ffedog a'u taflu ar ben y tuniau. Trodd at Nina. Gwnaeth hi'r un fath gyda'i chap a'i ffedog a gwenu.

"Da," meddai Guto.

"*Bene*," meddai hithau.

"Tyrd."

Cydiodd Guto ym mreichiau'r cart, eu codi a dechrau gwthio nes bod yr olwyn yn rhoi tro. Roedd yn ysgafnach, a'r rhiw i lawr i Stryd Dunraven yn edrych yn beryglus o serth i'r cerbyd bach. Penderfynodd droi'r cart nes ei fod y tu ôl iddo fel y gallai frecio drwy ollwng y coesau i grafu'r stryd. Gwelodd Nina ei gynllun a daeth i sefyll wrth ei ochr rhwng breichiau'r cart. Cydiodd hi yn un fraich gan adael i Guto gael dwy law ar y fraich arall.

Felly y daeth y ddau i lawr y rhiw, yn araf a gofalus. Roedd y dyrfa wedi hen chwalu erbyn hyn ac roedd y nos wedi cau dros derasau'r cwm.

Dechreuodd Nina ganu. Cân hiraethus a hardd oedd hi.

"*Canzone Mamma*," meddai rhwng penillion. Canodd bennill arall.

"Canu Mamma ti – trist," meddai Guto.

"A, *triste*!" meddai Nina.

"Yr un gair!" meddai Guto. "Yr un teimlad 'fyd ..."

Meddyliodd Guto am gân ei fam ei hun.

Ond eto roedd rhyw ysgafnder hapus dan wadnau traed y ddau oedd yn tynnu'r cart.

Pennod 17

Daeth Pietro i eistedd wrth eu bwrdd yn y caffi.

Ar ôl dadlwytho a golchi'r cart yn y cefen, roedd Guto wedi ymuno gydag Aled a Dic Tic Toc am siocled twym y tu mewn i'r caffi.

"Lan i'r mynydd brynhawn Sadwrn?" gofynnodd Pietro.

"Wel, mae'n rhy ddiweddar i hela mwyar nawr, Pietro!" meddai Alun.

"Odi, ma'r gaea'n dod. Ma'r cloc yn ..." dechreuodd Dic Tic Toc.

"Na, na, nage mwyar ..."

"Whilo am lo, ife?" meddai Alun. "Bydd rhai ohonon ni'n mynd lan i'r hen lefelau glo uwchlaw Nant-gwyn. Bydd isie ailagor rhai o'r rheiny gyda hyn inni gasglu glo i'r tai adeg y streic ..."

"Na, dim glo ... *Pugni*!" Gwnaeth Pietro ystum paffio gyda'i ddau ddwrn yn agos at ei wyneb.

"Cadw dy ddyrnau i lawr, Pietro!" sibrydodd Alun, gan daflu cip dros ei ysgwydd ar weddill y caffi. "Heibio hen lefelau Nant-gwyn, dros yr ysgwydd i bant Coedcae o dan Twyn y Ffynnon. Cysgod y coed, pump o'r gloch. Bydd yn ofalus pwy sy'n ca'l gwybod."

"A Wil Clatsien? Fydd e ...?" Roedd gwên eiddgar ar wyneb Pietro.

"Wil ni yn erbyn Ifor the Kid o Gilfach-goch."

"Wy wedi gweld Ifor the Kid o'r blaen," meddai Pietro. "Ysgwyddau fel dwy gasgen gyda fe. Y dwrn de o dan ei drwyn e, ond y chwith yw'r un peryglus. Mae'n ei ddala fe mas i'r chwith, yna mae'n chwipio i miwn fel neidr ... Chwip y chwith, mae isie i Wil gadw llygad ar honno ..."

"Ti'n deall dy focsio, Pietro," meddai Alun.

"A! *Italiano* – wedi cwffio'n galed i gael gwaith," meddai Pietro gan godi'i ysgwyddau. "Llawer Italiano gweitho ar y rheilffyrdd trên yn America. Gwaith trwm. Bechgyn cryf. Ond dynion eraill eisiau'r jobsys. Achwyn bod Italiano yn gweitho am gyflog llai am orie hir. Felly ..."

Dechreuodd Pietro wneud ystum ymladd gyda'i ddyrnau eto.

"Ie, ie – ond cwata'r dyrne 'na nawr, Pietro?"

"Dim nawr yw'r amser," meddai Dic Tic Toc.

"Wyddwn i ddim bod Eidalwyr yn bocso 'fyd," meddai Guto. "Ro'n i'n meddwl mai dim ond glowyr Cymru oedd wrthi."

"O! Na, na, na." Trodd Pietro i alw ar ei dad oedd y tu ôl i'r cownter.

"Ei! *Pappa!*" Gwnaeth ystum gyda'i fraich i'w alw draw at eu bwrdd. "Ro'dd e Amadeo yn gwneud hyn pan oedd e yn Paris. Caled fel cefen rhaw!"

Esboniodd Pietro wrth ei dad beth oedd y sgwrs, nad oedd y criw yn ei goelio fod Eidalwyr yn serennu yn y cylch paffio.

"Francesco Conte," meddai Amadeo.

"Pwy?" holodd Alun.

"Frankie Conley," esboniodd Pietro. Nodiodd Alun a Dic,

yn amlwg yn gyfarwydd â'r enw. Roedd hwnnw newydd ddod yn bencampwr byd yn y pwysau bantam y flwyddyn honno.

"Chi'n gweld," eglurodd Pietro. "Dyw America ddim yn hoffi enwau Eidalaidd. Felly os yw bocser eisiau ymladd, mae e'n newid ei enw Eidalaidd i un sy'n swnio fel petai e'n dod o Iwerddon. Chi wedi clywed am T. C. O'Brien? Wel, Antonio Caponi yw ei enw iawn e. A Fireman Jim Flynn? Ei enw fe yw Andrea Chiariglione. Sbort pobl dlawd yw bocsio, ac mae pobl dlawd yn gorfod newid llawer o bethe er mwyn plesio yr arian sy'n rheoli."

"Dyna pam fod dyn y Gilfach yn Ifor the Kid, siŵr o fod," meddai Alun.

"Ond Cymro yw Wil Clatsien! Odi e'n dda? Wy wedi clywed pethe mawr!" meddai Pietro.

"Ma fe'n ymladd dan ddaear ers ei fod e'n ddeuddeg oed," meddai Alun. "Pan ma'r bechgyn yn dechre gweitho yn y pylle, mae ffeit amser te oer yn y tylle yn y ffas bob hyn a hyn. Bechgyn tua'r un pwysau. Dou dwll agos yn llawr y twnnel a'r bechgyn miwn at eu canol yn y tylle. Dyrnu wedyn nes bod un mas. O, ma fe'n galed, dim whare. Clatsio – ond ti'n ffaelu cilio na chwmpo. Ma'r tylle'n rhy gul. Y coliers yn towlu bets. A Wil oedd y pencampwr. Mae clatsien yn ei ddwrn de fe. Digon i gwmpo bustach."

"Ac ar y mynydd?" holodd Pietro.

"Dyma'r tro cynta bydd Wil ar y mynydd miwn ffeit deidi. Ond os wyt ti'n dda yn y tylle, rwyt ti'n dda miwn unrhyw le. Mae'n dysgu iti weld yn y tywyllwch. Mae'n dysgu iti symud dy ben o'r ffordd yn glou. Mae'n dysgu ti 'fyd shwd i dderbyn clatsien, shwd i'w chymryd hi ond cadw i fynd a rhoi un yn ôl.

Mae'n addysg i'r bocser – ac yn addysg i golier 'fyd."

"Fydd bets dydd Sadwrn?" gofynnodd Pietro.

"Ma'r enillydd rhwng Wil ac Ifor yn ca'l tri swllt ..." meddai Dic.

"Tri swllt!" Trodd Pietro at ei dad. "*Tre scellini!*"

"A'r collwr yn ca'l swllt," meddai Alun.

"A bydd bets?"

"Bydd bets yn y dyrfa," atebodd Dic. "Ifor the Kid yw'r ffefryn felly bydd ods da i ga'l i gefnogi Wil. Falle bydd arian mawr i'w wneud."

"Arian mawr i'w golli 'fyd," meddai Alun.

* * *

"Un geiniog ar ddeg, Mam," meddai Guto, gan agor ei dwrn hi ar ôl cyrraedd yn ôl i Rif 17. "Brynes i baned o de bob un yn ôl i Alun a Dic ond fe ges i siocled twym fy hunan gan Pietro."

"Arian y tsips. Ddaw e'n gefen inni," meddai Beti, gan gerdded draw at y jwg.

"Na!" meddai Guto, gan daflu cip sydyn ar Eira yn eistedd yn y gadair freichiau. "I Llew mae hwn'na. Cadwa di fe at gostau'r doctor."

"Shwd o'dd e pnawn 'ma, Beti?" holodd Alun.

"Mae'i wres e'n well. Ma'r dwymyn yn gollwng ei gafel ynddo fe."

"O da iawn. Amser sydd isie i'r un bach." Trodd Alun ei sylw at Dewi a cheisio gafael yn ei law wrth iddo gerdded ar wib a'i ddwylo yn yr awyr. "A shwd ma'r cythrel bach 'ma 'te?"

Plygodd yn ei gwrcwd a'i bwnio'n chwareus yn ei frest

gyda'i fysedd. Trodd Dewi a rhoi dwrn sydyn i'w law o'r ffordd.

"O! Mae hwn yn codi'i ddyrne 'fyd. Roeddet ti Moc yn dipyn o golbiwr yn y ring 'slawer dydd 'fyd, glywes i. Blewyn o din ei dad yw hwn, 'fyd!"

"Hist nawr," meddai Moc. "Ro'dd hynny yn yr hen, hen ddyddie."

"Allen i feddwl hynny, 'fyd," meddai Beti yn swta.

Cododd Eira o'i chadair a rhoi'i chwpan de ar fwrdd y gegin.

"Odi honna'n golchi'i hunan?" gofynnodd Beti. Yna sylwodd fod rhywbeth ar goll ar law ei merch. "A ble ma'r fodrwy. Modrwy Mam?"

"Y ... mae hi dan y gobennydd yn 'y ngwely i," atebodd Eira'n sydyn a cherddodd o'r ystafell.

* * *

Ar ôl dod o'r pwll yn gynnar bnawn Sadwrn, roedd Moc yn casglu hen arfau gwaith at ei gilydd yn y cwt yng nghefen yr iard. Roedd Guto yno i'w dderbyn wrth iddo eu pasio at y drws.

"Dyma ni ... gordd ... hen fandrel ... sache ... llif ... rhaw ... bwyell ..."

"Pam y'n ni moyn bwyell a llif, Dad?"

"Falle bydd angen coedio'r lefel os y'n ni'n mynd miwn yn eitha dwfwn."

Gan fod ymladd dyrnau noeth yn anghyfreithlon, roedd perygl i'r heddlu yn y swyddfa ar y brif heol sylweddoli bod rhyw ddrwg yn y caws os byddai torfeydd yn gadael am y mynydd gyda'i gilydd. Y cynllun felly oedd mynd yn gynnar, gwneud ychydig o waith chwilio am lo a mynd draw am Goedcae yn nes ymlaen.

Cerddodd Moc, Guto, Alun, Edward, Dicw a Wiliam i fyny uwch ben Nant-gwyn. Dringo dros hen dip gwastraff ac i lawr i bant lle'r oedd nant fechan yn llifo o droed y tip.

"Dros yr ysgwydd 'co," meddai Moc. "Mae hen waith yno. Awn ni i ga'l pip fach."

Dan hen goed drain a rhedyn oedd wedi gorchuddio rhai o'r olion, cliriodd Moc ac Alun lwybr at agoriad tywyll. Roedd dau bostyn pren wrth yr agoriad yn cynnal trawst oedd yn diogelu'r to.

Rhoddodd Alun gic i un o'r pyst a chwalodd hwnnw. Disgynnodd y trawst a daeth cawod o gerrig mân i lawr o'r nenfwd.

"Reit, fe af i a Guto i whilo am foncyffion a cliriwch chi'r domcn yna," meddai Alun.

"Wil, ishte di ar y pren 'ma," meddai Moc, gan daflu'r hen foncyff i'r cysgod a gadawodd y jac dŵr wrth ei ymyl. "Cofia fod ti'n yfed digon o ddŵr. Rhaid i ti gadw dy hun yn iach."

Cyn bo hir roedd Alun wedi dod ar draws onnen ifanc wrth nant fechan. Dechreuodd ergydio'r fwyell yn ei bôn a rhyfeddodd Guto wrth weld y darnau pren yn tasgu ohoni mor rhwydd. O fewn dim, gorweddai'r onnen ar draws y nant.

"Ti a'r llif nawr, Guto!" meddai Alun gan sychu'i dalcen gyda chefen ei law. "Taclusa'r pen isaf i ddechre ac wedyn mi wna i fesur dou hyd mas o hwn."

Ymhen rhyw awr, roedd y ddau bostyn yn eu lle yn y fynedfa a'r ffordd yn glir i gerdded ymhellach i mewn i'r lefel.

Roedd Moc wedi dod â chanhwyllau gydag ef.

"Oes dim peryg nwy?" gofynnodd Dicw, wrth weld y fflam noeth.

"Na, dy'n ni ddim yn mynd yn ddigon pell nac yn ddigon dwfwn miwn i'r graig," atebodd Moc. "Dim ond lefels i brofi'r ddaear oedd rhain. Whilo am y brif wythïen roedden nhw rhyw ugain mlynedd a mwy yn ôl. Mae honno ymhell o dan lawr y cwm. Ond fe allen ni ddod ar draws ambell edau bach ohoni yn y creigie uchel man hyn. Do'dd hi ddim yn talu i agor y pwll yma, ond digon da i ni ar adeg streic."

Nid oedd y twnnel lawer mwy na decllath o hyd, yn rhedeg ar i fyny. Treuliodd pob un ychydig o amser yn studio ochrau'r twnnel, pob un â'i ran ei hun. Edward, brawd Dicw, alwodd Moc draw ato ymhen rhyw chwarter awr.

"Dishgwl ar y graig man hyn, Moc. Mae'n rhedeg yn wastad yma, ond lawr wrth 'y nhraed i mae'n rhedeg ar ei phen. Os dyllwn ni i lawr drwy waelod y twnnel allen ni weld pa mor isel mae'n rhedeg. Falle bod gwythïen fach?"

"Ti ddim gwaeth na rhoi cynnig arni, Ted," meddai Moc. "Mae llygad gyda ti yn dy ben, wy'n gweud wrthot ti. Dicw a Guto, dewch â bobo gaib fan hyn."

Ceibiodd y llanciau ac wrth i'r ddaear ryddhau, roedd Moc ac Edward yno gyda'u rhawiau yn codi'r cyfan i'r sachau. Wedi llenwi pum llond sach a'u cario mas o'r twnnel, galwodd Moc ar bawb ato. Cliriodd waelod y twll ac ochr y wal o dan lefel llawr y twnnel. Estynnodd ei gannwyll a'i dal wrth y graig. Gallent weld y sglein yn adlewyrchu'r golau.

"Mandrel!" galwodd Moc.

Rhoddodd dair ergyd grefftus i waelod y twll ac ochr y wal

a chlywsant gerrig yn cael eu rhyddhau. Cododd Moc glapiau gyda'i law a'u dal yng ngolau'r gannwyll i'r lleill gael eu gweld.

"'Co fe, bois. Melltith y cwm yma. Y trysor du sy'n cyfoethogi rhai dyn'on a lladd rhai erill. Mae gwythïen fach rhywle rhwng pedair ac wyth modfedd o drwch yma, weden i. Fe allen ni'i dilyn hi am sbel. Awn ni ag un sach i bob tŷ heddi, ife, inni ga'l dangos 'yn bod ni wedi gwneud rhywbeth."

Cael mwgyn ar y mynydd gan eistedd ar y ddwy sach o lo a'r coed wast oedd y criw pan ddaeth Tal, yr wyneb creithiog, ar eu traws. Erbyn hyn roedd y twll yn y llawr wedi'i lenwi â cherrig rhydd i gadw'r trysor at y dyfodol.

"Barod i roi crasfa iddo fe?" gofynnodd Tal yn siarp pan gododd Wil ar ei drawd. "Dere nawr, gad i fi weld y traed yna'n symud."

Sgipiodd Wil i ystwytho cyflymder ei draed.

"'Na fe, dal ati. Cadw mas o ffordd y dwrn chwith 'na sydd gyda fe. Neidr yw hi, cofia. Chwip y chwith. Reit, bocso'r dail ar y goeden 'co nawr. Dyna ti, mae gyda ti well hyd yn dy fraich na fe. Cadw'r breichie 'na'n syth i'w gadw fe draw. Ma fe'n hoffi dod i miwn yn isel fel tarw – a gwylia'i ben e. Mae'n credu bod gydag e gyrn ar ei ben, ffordd ma fe'n hwpo'i ben mlân yn gynta. Na, dal clatsien y llaw dde yn ôl ... Ddim yn rhy gynnar, neu fe fydd e'n ei gweld hi'n dod ... Man a man iti hala llythyr iddo fe i weud bod hi'n dod ... Gad iddo fe slofi yn gynta ... Pwnia'i lyged e ... Welith e mohoni'n dod wedyn ..."

Cafodd Wil hanner awr o dorri chwys, yna galwodd Tal am orffwys.

"Dyna ddigon. Sach dros dy ysgwydd nawr ac un arall am dy ben. Paid ag oeri. Digon o ddŵr nawr ... Faint o'r gloch yw hi, Moc?"

"Pedwar."

"Mae'n amser i chi i gyd fynd i lawr. Closiwch at y rhaffe i roi digon o gefnogeth i'r crwt. Fyddwn ni lawr pan fydd angen i ni fod."

Aeth Moc at Wil a rhoi'i fraich am ei ysgwyddau a thynnu'i ben i mewn at ei galon a'i wasgu. Trodd a cherddodd ar hyd y llethr i gyfeiriad Coedcae gyda'r gweddill yn ei ddilyn.

*   *   *

Wrth i Eira adael Rhif 17 y prynhawn hwnnw, cydiodd Beti yn ei llaw.

"Dyw modrwy Mam ddim o dan y gobennydd yn dy wely di. Lle mae hi? Wy'n moyn hi pan fydd y babi 'ma'n ca'l ei eni."

Tynnodd Eira'i llaw yn ôl a phlygodd ei phen gan edrych ar y llawr.

"Dyw hi ddim 'da fi. Gorffes i fynd â hi at Isaac y Pôn i ga'l arian at y Never-Never."

"Ond mae hi wedi bod ar fy mys i drwy bob genedigaeth. Dere â hi i fi. Mae 'mysedd i'n dechre chwyddo'n barod, fel fy nhraed i. Rhaid i fi 'i gwisgo hi nawr neu bydd hi'n rhy hwyr."

Pennod 18

Roedd rhyw hanner cant o ddynion yn sefyll yng nghysgod y canghennau yn Coedcae erbyn i'r criw o Stryd Eleanor gyrraedd. Safent yn griwiau ar wahân.

"Bois Gilfach yw'r rhei'co dan y graig yna," esboniodd Alun. "Fe gadwn ni mas o'u ffordd nhw, ife?"

Er i Alun roi winc ddireidus arno, ni allai Guto lai na theimlo'n anghyfforddus a braidd yn nerfus. Dynion caled, creithiog oedd yma, nid llanciau mas am dipyn o hwyl.

Yng nghanol y pant, roedd sgwâr bocsio digon garw wedi'i godi. Pedwar boncyff wedi'u torri o'r coed gerllaw y bore hwnnw, yn ôl pob tebyg, a'r rheiny'n cynnal un rhaff drwchus ar uchder o ryw bedair troedfedd.

Cerddodd Moc draw at gylch o lowyr Pwll y Pandy. Dacth sawl un ato 'i ddymuno'n dda i'r crwt'. Dafliad carreg i ffwrdd, roedd criw bach arall yn dal eu llygaid ac yn nodio'u pennau hefyd.

"Bois Llwynypia," eglurodd Alun. "Mae rhai Cwm Clydach yma 'fyd. A Phen-y-graig. Do's wybod pwy ma nhw'n ei gefnogi. Isie enillydd mae pawb wrth gwrs. Isie gwneud ceiniog fach."

Gyda hyn, daeth dyn byr cwbl foel o gwmpas yn dal cwdyn o liain gwyn. Gydag ef roedd gŵr main a'i gap wedi'i dynnu'n isel at ei lygaid. Doedd y llygaid hynny yn colli dim wrth wibio o'r naill i'r llall, meddyliodd Guto.

"Ceiniog i ddynion, dime i'r bytis bach," meddai'r moelyn. Tinciodd yr arian i mewn i'r cwdyn. "Gobeithio y daw mwy na hyn neu fydd gyda ni ddim digon i dalu'r bocsers!"

Ond doedd dim eisiau iddo bryderu. Cyrhaeddodd criwiau eraill o bob cyfeiriad ar hyd llwybrau'r mynydd.

"'Co Sianco Cabatsien a chriw yr Ely," meddai Edward, oedd bellach yn gyfarwydd â glowyr y pwll hwnnw. Cerddodd draw atyn nhw ac yna'n ôl at y lleill yn glou.

"Be sy'n bod arnat ti, achan?" gofynnodd Moc. "Ti fel menyw'n casglu dillad ar y lein pan mae'n dechre bwrw glaw. Sa'n llonydd, y jiawl!"

"Alla i ddim aros i bethe ddechre," cyfaddefodd Edward.

"Well i ni fynd yn nes at y cylch?" awgrymodd Alun.

"Awn ni at y postyn pella 'co," meddai Moc. "Fydd yr haul isel ddim yn 'yn gwynebe ni wedyn."

Ar ôl croesi i'w cornel, gwelodd Guto fod Pietro a'i dad wedi cyrraedd. Gwenai'r hen Eidalwr yn wên o glust i glust. Yn amlwg, roedd yn gyfarwydd iawn ag achlysuron o'r fath.

Cododd Guto ei law arnynt, ond ar eu ffordd draw ato, oedodd y ddau i gael gair gyda gŵr mewn het frethyn. Edrychai hwn yn wahanol i'r glowyr. Roedd ganddo gerdyn a rhifau arno ym mhoced uchaf ei siaced a phapurau yn ei law. Bu sgwrs sydyn rhyngddynt, Amadeo a Pietro'n mynd i'w pocedi, ysgwyd llaw â'r dyn yn yr het, derbyn darn o bapur bob un ganddo ac yna cerdded ymlaen. Roedd y cyfan drosodd mewn eiliad.

"*Buon giorno!*" meddai Pietro a chododd ei dad ei gap i'w cydnabod. "Mae'r ods yn agos gan y bwci. Swllt i lawr, swllt a chwe cheiniog yn ôl ar Wil, a swllt a thair ceiniog yn ôl ar Ifor the kid."

"Ddaliwn ni rhag gosod bet am ychydig," meddai Moc. "Arhoswn ni i'r ddou sy'n ymladd gyrraedd."

Erbyn chwarter i bump, roedd y dyrfa'n drwchus a daeth gwaedd o'r llethr uchaf.

"Mae Ifor wedi cyrraedd!"

Daeth yr ymladdwr a'i dîm i'r golwg. Trowsus penglin oedd ganddo, sanau gwyn ac sgidie lledr oedd yn cyrraedd yn uwch na'i figyrnau ac wedi'u clymu gyda chareiau gwyn. Roedd ganddo liain gwyn dros ei ysgwyddau hefyd ond roedd yn noeth o'i ganol i fyny. Cododd ei ddyrnau i'r awyr wrth gydnabod bloedd ei gefnogwyr.

Pan wenodd, sylwodd Guto nad oedd ganddo lawer o ddannedd yn ei ben. Pharhaodd y wên ddim yn hir chwaith. Rowliodd ei ysgwyddau ac ymarfer dyrnu â'i gysgod. Wrth iddo droi i'r dde ac i'r chwith, gallai'r dyrfa weld patrwm o greithiau glas y glo ar ei freichiau a'i gefen. Roedd ei wyneb yn hynod o lân a'i wallt coch wedi'i wlychu'n drwm â rhyw olew ac wedi'i gribo'n ôl oddi ar ei dalcen. Cerddodd yn nes at y cylch, gyda holl osgo'i gorff yn pwyso ymlaen. Arwain â'i ben wnâi ef, a'i freichiau a'i ddyrnau'n dilyn yn agos wedyn.

Sylwodd Guto fod y cefnogwyr o Gilfach-goch wedi tyrru at y bwci i osod eu bets ar ôl cael y sicrwydd bod eu harwr wedi cyrraedd.

Yna gwelodd Wil a Tal yn cyrraedd drwy'r coed. Ni chododd unrhyw waedd i gyhoeddi eu presenoldeb. Daethant ymlaen at y postyn i'r chwith i Guto a'r gweddill, gan wynebu tîm Ifor the Kid ar draws y cylch.

Roedd amryw yn dal i fynd at y bwci, gydag ambell un yn astudio Wil yn reit graff cyn mynd i'w pocedi.

Beth oedden nhw'n ei weld yn ei frawd, tybed? meddyliodd Guto. Roedd wyth neu naw mlynedd yn iau nag Ifor, ac yn ysgafnach yn sicr a'i ysgwyddau'n gulach. Nid oedd mor greithiog ar draws ei gefen ond roedd ychydig o friwiau diweddar ar ei wyneb. Y llygaid, meddyliodd Guto – llygaid tywyll, difrifol oedd gan Wil yn edrych ar y llawr o'i flaen. Llygaid glas, caled oedd gan Ifor. Dawnsient o amgylch y dyrfa fel pe bai'n eu gwahodd i gyd i fwynhau ei weld yn rhoi curfa dost i'w wrthwynebydd.

Gwelodd wyneb arall roedd wedi'i weld yn ddiweddar – George, y blacleg oedd ar wyneb y gwaith ym Mhwll yr Ely adeg y streic answyddogol ym mis Medi. Roedd yntau'n anelu am y bwci, gyda gwên gam ar ei wyneb wrth fynd heibio Wil.

"'Chydig funude sydd i fynd," meddai Moc. "Awn ni i roi'n harian lawr nawr. Bydd yr ods yn well nawr, gewch chi weld."

Ac roedden nhw hefyd. Dau swllt am swllt os byddai Wil yn ennill; naw ceiniog am swllt os enillai Ifor. Shwd oedd ei dad yn gwybod, meddyliodd Guto. Mae'n rhaid nad oedd llawer o gefnogaeth i Wil ar ôl i'r dyrfa gymharu'r ddau. Byddai'r gweiddi yn siŵr o ddilyn y betio.

Dyfalodd yn gywir. Pan blygodd Ifor o dan y rhaff a mynd i mewn i'r cylch, aeth i'r canol a'i freichiau i fyny gan ddyrnu'r awyr. Cododd gwaedd enfawr yng nghysgod y coed. Aeth i sefyll at ei bolyn a phlygodd Wil o dan y rhaff. Wnaeth ef ddim mynd i ganol y cylch, dim ond syllu'n galed ar y llawr o'i flaen. Ambell waedd unigol a gododd o'r dorf.

"Go lew ti, Wil!"

"Clatsien iddo fe!"

"Mlân, Wil!"

Roedd gan y dyn bach moel gyda'r cwdyn arian chwiban yn ei geg. Cododd hances yn ei law chwith. Chwythodd y chwiban a daeth yr hances i lawr. Rhuthrodd Ifor the Kid i ganol y sgwâr. Roedd yr ornest wedi dechrau.

Doedd dim canolwr yn y cylch. Doedd dim rowndiau na gorffwys. Doedd dim menyg am ddwylo. Ymladd caled y mynydd oedd hwn, dau yn dyrnu'i gilydd nes byddai un ar lawr ac yn ffili codi.

Ni frysiodd Wil i'r canol i gyfarfod Ifor. Daliodd yn ôl ac felly daliodd Ifor i ddod yn ei flaen, ei ben yn pwyso ymlaen a'i ddyrnau fel dwy darian fawr o flaen ei wyneb.

Credai ei fod wedi cornelu Wil wrth ei bostyn, ond ar yr eiliad olaf, dawnsiodd yntau ar flaen ei droed dde cyn symud yn chwim i'w chwith. Roedd wedi rhoi hanner awgrym i ddwrn chwith Ifor a heb oedi, chwipiodd y paffiwr profiadol ei ddwrn enwog ato. Ond doedd Wil ddim o'i flaen erbyn hynny a chafodd Ifor ei hun yn cofleidio'r postyn.

Heb oedi, aeth Ifor ar ôl Wil. Wil yn mynd wysg ei gefen o bostyn i bostyn ac Ifor yn taflu dyrnau. Un i ysgwydd Wil. Un yn erbyn ei ddwrn. Un yn ei frest. Ond doedd yr un wedi gwneud niwed mawr iddo. Cynhesai'r dyrfa gan weiddi'n uwch gyda phob cernod oedd yn taro'r corff.

Cadwai Wil o dir agored canol y cylch gan gadw Ifor i symud o amgylch y cyrion. O bostyn i bostyn yr aen nhw, Ifor yn dal i ymosod, yn dal i bwnio ymlaen fel tarw ond Wil yn llwyddo i gadw rhag trafferthion.

Ond wedi rhyw funud o hyn, cymerodd Ifor gam sydyn i ganol y cylch yn lle canlyn Wil at ei bostyn nesaf. Safodd y ddau'n wynebu'i gilydd. Roedd Wil â'i gefen yn erbyn y postyn. Cymerodd Ifor gam bychan tuag ato, gan leihau'r bwlch dianc oedd gan Wil i'r dde ac i'r chwith. Cymerodd Ifor gam arall tuag ato – ef oedd yn rheoli'r sefyllfa yn awr. Tasgodd ei ddyrnau i'r dde ac i'r chwith gan ei gwneud hi'n amlwg nad oedd modd i Wil ddianc ar y naill ochr na'r llall iddo. Roedd wedi'i gornelu ac roedd Ifor yn dod amdano.

Cyn cael ei gau yn erbyn y postyn a'r rhaffau, camodd Wil ymlaen yn sydyn a sythu'i fraich chwith gan saethu'i ddwrn chwith i dalcen ei wrthwynebydd, yn union ar ael ei lygad. Tynnodd y dwrn hwnnw yn ôl a glanio'i ddwrn de ar foch Ifor. Cododd y clediwr profiadol ei ddyrnau'n uwch a glaniodd dwy nesaf Wil ar y dyrnau rheiny heb wneud niwed i'w wrthwynebydd.

Camodd Ifor ymlaen ac roedd canol corff Wil yn agored iddo nawr. Ergydiodd yn galed i asennau Wil. Dwy, pedair ergyd bob ochr. Roedd y rhain yn gwneud niwed. Roedd yr asennau'n cleisio a methai Wil gadw'i ddyrnau'n uchel i amddiffyn ei wyneb. Clec! Dyma ddwrn de Ifor yn glanio ar drwyn Wil nes bod dagrau'n tasgu i'w lygaid.

"Gwylia'r whith!" gwaeddodd Tal. Roedd hi'n dda ei fod wedi gwneud hynny. Gwyrodd Wil ei ben i'w chwith yntau wrth i chwip Ifor ddod amdano.

Wnaeth y dwrn ddim ond cyrraedd ochr ei ben heb ei siglo'n ormodol. Ond gwelodd Wil dwll dianc. Chwaraeodd ei draed fel bod ei gorff yn dilyn ei ben a llithrodd fel llysywen heibio dwrn de Ifor wrth i hwnnw chwalu'r awyr fel adenydd melin wynt.

Roedd yr ymladdwr o'r Gilfach-goch yn arafach wrth ymlid Wil o amgylch y rhaffau y tro hwn. Sylwodd Guto fod gwaed yn ymddangos ar un ael a bod y llygad arall wedi duo. Ond roedd trwyn ei frawd yn gwaedu hefyd.

Yn sydyn, newidiodd Wil ei dacteg. Camodd i mewn i ganol y sgwâr bocsio. Daliai i symud mewn cylch, ond roedd yn gylch llawer llai. Deuai Ifor ar ei ôl gan ergydio'i ddau ddwrn pan oedd yn agos at gorff Wil. Roedd y rheiny'n galed. Gallai Guto glywed pob clatsien yn atseinio o amgylch y pant a chlywai ochneidiau dyfnach ei frawd. Pam ei fod e wedi mynd i'r canol?

Glaniodd dwrn de ar wefus Wil. Ysgydwodd ei ben i geisio clirio'i lygaid. Welodd e mohoni'n dod. Chwip y chwith o dan ei ên nes bod Wil yn codi modfedd neu ddwy i'r awyr. Aeth wysg ei gefen nes ei fod ar y rhaff. Poerodd a gwelodd Guto rywbeth gwyn yn tasgu o'i geg. Roedd ei frawd wedi colli dant.

Daeth bustach y Gilfach amdano, ei ben yn gwthio ymlaen a'i gorff yn dilyn. Cododd Wil ei ddyrnau i guddio'i wyneb. Cafodd ei golbio yn ei asennau a'i stumog. Aeth hyn ymlaen ac ymlaen.

"Cofia'r ymladd yn y tylle, Wil!" Tal oedd yn ceisio'i annog.

Mae'n rhaid bod rhywbeth wedi clicio i'w le yn ymennydd Wil. Colbio a chael eich colbio oedd yn digwydd yn y tylle ar lawr y lofa. Gwyddai Wil ei fod wedi dysgu dioddef poen. Daliai Ifor i'w daro ond yn awr roedd Wil yn taro'n ôl.

Safodd i fyny fel nad oedd ei gefen ar y rhaffau. Cadwodd ei gefen yn syth. Sythai bob braich wrth daflu dyrnau ac roedd hynny'n rhoi mwy o bwysau y tu ôl i bob dwrn. Oedd, roedd yn cael ei ddyrnu'i hunan ond yn awr gadawai ei ddyrnau yntau eu marc ar Ifor. Anelai Wil at ei wyneb. Y ddau lygad yn arbennig. Roedd llygad chwith Ifor yn ddu iawn ac yn dechrau cau. Llifai gwaed i'w lygad dde.

Un dwrn arall gan Wil i'r llygad chwith. Roedd y dyrfa'n wallgof yn awr. Hyn roedden nhw am ei weld – dau yn wado'i gilydd heb arbed. Cafodd Wil ddau ddwrn arall yn ei asennau ond glaniodd ei ddwrn chwith yn y briw oedd yn rhedeg i lygad dde Ifor. Cymerodd Ifor gam yn ôl i ganol y cylch. Dihangodd Wil i'r chwith.

Chwiliodd Ifor amdano ond erbyn iddo droi, roedd Wil i mewn yn y canol eto ac yn glanio dwrn chwith i ganol ei wyneb. Ochenaid gan Ifor glywodd y dyrfa y tro hwn.

"Dere mlân, Ifor! Benna fe!" gwaeddodd rhywun.

"Bwr e i'r ddaear, bachan!"

Daliai Wil ei hun yn sgwâr yn awr. Pen yn ôl a'i freichiau hir o'i flaen yn delio â'r dyrnau roedd Ifor yn eu cynnig. Yna, rhuthrodd Ifor yn sydyn a'i wthio'n ôl gyda'i ddau ddwrn. Roedd cryfder y tu ôl i'r ymosodiad ac roedd Wil yn ôl ar y rhaff eto. Daeth Ifor i mewn heibio breichiau hir Wil, ei ddyrnu yn ei asennau ac yna gwelodd Guto Ifor yn tynnu'i ben yn ôl a phlannu'i dalcen ar bont trwyn ei frawd.

"Ergyd gan y pen oedd honna!" protestiodd Guto.

"Do's dim rheole man hyn, bachan," meddai Alun.

Gwelodd Guto ei dad yn cau'i ddwrn a tharo cledr ei law ei hun.

Roedd trwyn Wil wedi chwalu. Roedd yn fawr ac yn waedlyd ac yn gam. Câi drafferth anadlu gan fod cymaint o waed yn pistyllio drwy'i ffroenau. Ceisiodd fynd i'r chwith eto ond roedd Ifor yn barod amdano. Sathrodd ar ei esgid a dal i wasgu'i droed i'r ddaear. Roedd Wil fel bai wedi'i hoelio i'r unfan ac yn ddiymadferth i wneud dim i osgoi dyrnau trwm ei wrthwynebydd.

Doedd yr un o'r ddau'n gallu gweld yn glir bellach. Roedd chwydd ddu'n cau un o lygaid Ifor a gwaed yn y llall, tra bod trwyn toredig Wil yn amharu ar ei olwg yntau. Unwaith eto, roedd yn ôl yn y twll yn llawr y lofa. Doedd dim amdani ond chwalu'r awyr gyda'i ddyrnau gan obeithio bod un neu ddau'n cyrraedd y nod.

"Y chwip ... gwylia'r chwip!" rhybuddiodd Tal eto.

Welodd Wil mohoni, ond clywodd y waedd. Symudodd ei ben yn ôl a sythodd ei ddwrn de ymlaen gyda'i holl bwysau wrth i gorff Ifor ddilyn ei chwip o'r chwith. Suddodd dwrn Wil i bwll stumog Ifor nes bod hwnnw'n plygu. Clywodd Guto'r gwynt yn ffrwydro o gorff y dyn o'r Gilfach. Roedd troed Wil yn rhydd bellach. Symudodd i'r dde a sythu'i ddwrn chwith i wyneb Ifor. Siglodd Ifor yn ôl a dyna pryd y rhyddhawyd dwrn de Wil. Daeth o rywle o'r gwaelodion gyda holl nerth y glöwr y tu ôl iddo. Ffrwydrodd drwy freichiau agored Ifor a'i ddal yn daclus o dan ei ên. Aeth yn ôl wysg ei gefen fel pe bai wedi'i saethu. Gorweddai ar ei gefen a'i freichiau ar led ar y gwair.

Chwythodd y dyn bach pen moel ei chwiban.

Gwasgodd Moc, Alun a Pietro drwy'r dyrfa i afael yng nghot y bwci i wneud yn siŵr eu bod yn cael eu henillion. Brysiodd Guto draw at Wil oedd yn plygu o dan y rhaffau i gael gair gyda'r moelyn.

Yna daeth gwaedd o ymyl y coed.

"Plismyn! Plismyn! Chwalwch!"

Clywodd Guto sŵn chwibanau'r heddlu yn dod yn glou i fyny'r llwybr.

Pennod 19

Wrth i fechgyn Rhif 17 ffarwelio â'r Mainwarings ar Stryd Eleanor roedd eu pocedi a'u calonnau'n llawn. Ond nid oedd oes hir i'r llawenydd hwnnw.

Roedden nhw wedi osgoi'r plismyn yn llwyddiannus. Unwaith y cafodd Moc a'r dynion eraill eu harian betio, daethant i lawr at Wil wrth y cylch. Er nad oedd gwên ar wyneb y moelyn bach na'r tal tywyll, daeth y tri swllt yn ddiogel mas o'r cwdyn gwyn i law Wil.

"Mas o 'ma!" meddai Alun. "Mae dy grys di gan Guto – gwisg e, Wil. A dy gap a tyn e i lawr dros y llygad ddu. Awn ni 'nôl lan y mynydd at hen lefel y glo."

"Syniad da," cytunodd Moc. "Dishgwl dyn'on i lawr o'r mynydd y bydd y polîs. Awn ni lan a disgwyl sbel fach i bethe glirio. Dere, Wil, inni ga'l golchi dy wyneb yn y nant ar y ffordd lan."

Awr yn ddiweddarach, gyda llwch y glo o'r sachau ar eu hwynebau – roedd y llwch yn help i guddio briwiau Wil – daethant i lawr llwybr y mynydd i'r terasau uchaf.

"Na, wedi bod yn whilo am gnapie glo yn yr hen dips y'n ni," oedd yr ateb parod i'r heddlu wrth lidiart y mynydd. Na, doedden nhw ddim wedi clywed dim am unrhyw focsio.

Ond pan agorodd Moc y drws ffrynt i'r cartref, gwyddai ar unwaith fod rhywbeth o'i le. Roedd Dewi'n eistedd ar ben y grisiau.

"Dewi! Beth wyt ti'n ei wneud lan ar ben y stâr? Guto, cer i'w nôl e rhag iddo fe gwmpo. Pam nad yw Beti yn 'i garco fe? Beti! Lle ma'r fenyw 'na ..."

Gwthiodd ddrws y gegin fyw yn agored. Ar ganol y llawr roedd twba'r bath ar ei ochr ar lawr. Roedd bwced o ddŵr wedi arllwys dros y llawr i gyd ac roedd y bwced gwag wedi rowlio at y lle tân. Rhwng y twba a'r ford, gorweddai corff Beti ar ei hyd ar lawr. Nid oedd yn symud llaw na throed.

"Beti!" llefodd Moc gan redeg ati.

"Pwyll, Moc," meddai Alun gan roi'r sach o lo i lawr. "Gall fod yn beryglus ei symud hi."

"Gwaed!" meddai Wil. "Ma hi wedi gwaedu ..."

Roedd gwaed yn lliwio'r dŵr oedd ar y llawr o gwmpas gwasg Beti.

Cyrhaeddodd Guto gyda Dewi yn ei freichiau.

"Dere â Dewi i fi," meddai Alun. "Cer i moyn Gwyneth Mas o'r Ffordd. Glou!"

Wrth ymyl yr eglwys a'r ysgol Gatholig yn Hewl y Drindod roedd Gwyneth yn byw. Lawr y stryd ac i fyny'r rhiw. Roedd Guto wedi colli'i wynt wrth geisio egluro wrth y fydwraig. Ond roedd hi wedi gofalu am bob genedigaeth yn y terasau hyn ers ugain mlynedd a mwy ac er na ddeallodd ddim ond ambell air – "Mam" ... "llawr" ... "gwaed" – roedd hi'n hen gyfarwydd â'r sefyllfa. Cydiodd yn ei bag a chythru am y stryd. Prin y medrai Guto ddal i fyny gyda hi.

"Mas o'r ffordd," meddai wrth y dynion oedd yn plygu'n ofidus uwch ben Beti. "Pam na wnewch chi rywbeth defnyddiol?"

Edrychodd o un i un.

"Basned o ddŵr twym! Llieinie glân! Agor y ffenest 'na i ni ga'l tipyn o awyr iach."

Cydiodd yng ngarddwrn Beti gan edrych ar ei wats. Gallai Guto weld ei bod yn cyfri. Wrth edrych ar y wraig fer, gron, gallai weld ei bod yn bâr diogel o ddwylo. Roedd ei breichiau'n gyhyrog fel bocser ac roedd ganddi wyneb sgwâr a phenderfynol. Roedd popeth amdani yn dweud na fyddai'n fodlon derbyn unrhyw ddwli.

"Ma'r pwysau gwaed yn isel. Yn ddifrifol o isel. Dyna pam ei bod hi wedi llewygu ... Pwy gariodd y twba 'ma i'r gegin?"

Tasgai tân o'i llygaid wrth iddi edrych ar y ddau ddyn a'r ddau lanc. Edrychodd y pedwar i lawr ar eu sgidie.

"Peidiwch gweud wrtho i eich bod chi'n gadel iddi wneud gwaith trwm y tŷ yn ei chyflwr hi! Oes colled arnoch chi? Wyddoch chi beth yw orie shifft dan ddaear?"

"Wyth awr erbyn hyn," meddai Alun.

"Ie, chi'r glowyr wedi brwydro i ostwng eich orie. Ond ma'r menywod yn gweitho dwywaith hynny."

"Ond ..." meddai Moc.

"Ond dim ond gwaith tŷ mae hi'n ei wneud, ife?" Edrychodd Gwyneth arno fel llewes. "Ddo i'n ôl at hynny, gw'boi. Ond am nawr, helpwch fi i'w throi hi ac i'w sythu hi. Chi'ch dou – ewch â'r llieinie a'r basn i'r llofft. Beth yw dy enw di?"

"Alun."

"Lojer, ife? Gweiddi am sylw drwy'r amser, siŵr o fod. Gafel di o dan ei dwy gesail a chod hi'n ofalus pan wy'n gweud. Moc – gafel dan ei dwy ben-glin hi. Barod ...? Reit, codwch hi. Mas o'r ffordd, wy'n mynd lan y stâr yn gynta i baratoi'r gwely."

Erbyn i'r dynion ddod â Beti i'r llofft, roedd Gwyneth wedi agor y ffenest a thynnu'r dillad gwely yn ôl. Ar draws y gynfas isaf taenodd dau liain glân.

"Beth yffach wyt ti wedi neud i dy wyneb?" gofynnodd i Wil wrth dderbyn y basn dŵr twym. "A paid â gweud cerdded i miwn i bostyn dan ddaear. Wy'n adnabod briwie ymladd ar y mynydd pan wy'n eu gweld nhw. Cer lawr stâr i olchi'r wyneb salw yna sy 'da ti ac fe ga' i olwg ar y trwyn fflat yna wedyn."

Roedd Alun a Moc wedi cyrraedd y drws ac roedd wyneb Beti fel y galchen o hyd.

"Ar y gwely. Gofal! Mae isie gobennydd arall o dan ei phen."

Brysiodd Guto i gael un oddi ar wely Eira.

"Mas o'r ffordd! Ewch i neud paned o de cryf, melys iddi chi'ch dou. Y'ch chi'n gwbod lle i ga'l hyd i'r tebot a'r te, gobeithio?"

Nodiodd Alun a Moc fel dau oen swci a chilio i lawr y grisiau.

"Pryd gafodd dy fam bryd teidi o fwyd ddiwetha?" gofynnodd Gwyneth i Guto.

"Ga's hi frecwast y bore 'ma a rhywbeth i ginio, siŵr o fod."

"Welest ti hi'n byta cinio?"

"Na, do'n ni ddim yma."

"A beth am frecwast?"

"Ro'dd hi wedi ca'l peth cyn i ni godi, medde hi."

"A swper neithiwr?"

"Ro'dd hi'n ca'l peth yn y gegin wrth glirio'r llestri, medde hi."

"Llety ffylied arall! Ma'r Rhondda'n llawn ohonyn nhw.

Ma'r menywod yn llwgu'u hunen i'r dynion ga'l y bwyd i ga'l nerth i fynd i weitho i'r pylle. A do's neb yn credu bod angen i'r menywod ga'l nerth! Dishgwl ar y fraich yma! Mae'n dene fel brigyn collen. Mae isie cynhalieth arni hi, glou."

Clywodd Guto'i lygaid yn llenwi. Roedd y wraig yma wedi cerdded i'r tŷ ac wedi dangos pethau iddyn nhw nad oedden nhw erioed wedi'u gweld na'u sylweddoli.

"Do's dim amser i lefen, grwt!" meddai Gwyneth. "Cer i'r siop i mofyn tun o driog du. Oes wye yma?"

"Na, gafodd Wil yr wye ola bore 'ma ..."

"Ro'dd e angen ei gryfder tra bod dy fam yn ei gwendid, ife? Cer i mofyn hanner dwsin o wye a pheint o la'th 'fyd."

Saethodd Guto i lawr y grisiau a thrwy'r drws ffrynt fel corwynt. Doedd dim amser mynd at y jwg. Gallai ychwanegu'r neges at ddyled y tŷ yn siop Wilkins, ac os byddai'r siopwr yn edrych arno fel pe bai'n lwmp o dail ceffyl, wel naw wfft i'r cwrcyn diflas!

Pan ddaeth Moc yn ôl i fyny'r grisiau, roedd ei draed yn ysgafn a thawel. Curodd ar ddrws y llofft cyn mynd i mewn.

"Gwyneth ... odi ... odi hi'n iawn, Gwyneth?"

"Iawn? Wyt ti'n hurt, ddyn? Mae hi'n wan fel cath ac wedi colli llawer o waed. Hi sydd wedi bod yn cario'r glo ar y tân, siŵr o fod? A dŵr i'r boelar? A halio'r twba 'nôl a mlân? A golchi dillad y gwaith? A'u sychu? A'u rhoi ar y lein? A rhedeg mas pan mae cawod o law? A blacledio'r grât? A glanhau'r tŷ o'r top i'r gwaelod? A phobi a chwcan a siopa a sgrwbo a stîlo a pholisho a chodi a charco'r crwt bach, a gwneud popeth yn deidi? A chario baban yn ei chroth am dros wyth mis ar ben hynny?"

Gostyngai Moc ei ben a chrebachu i mewn i'w groen ei hun gyda phob cwestiwn.

"Ac ro'dd y lle mor deidi fel nad oet ti'n deall ei bod hi wedi gweitho o gwbwl! Wel, mae isie'r tŷ 'ma fod yn deidi. Cer di a'r ddou gwlffyn arall 'na i'r gegin. Mopio'r llawr, dwsto, polisho'r ford a'r cypyrdde, blacledio'r lle tân – a wy moyn gweld y lle'n sheino! A'r gegin gefen, a mas y bac! A wy moyn gweld tân mowr a llond y boelar ... a wedyn gewch chi weitho cawl cennin i swper."

"Ond ..."

"Mas o'r ffordd."

"A hei?"

"Ie?"

"Mae merch i ga'l yn y tŷ 'ma, yn do's e?"

"Oes. Eira."

"Cer i'w hôl hi."

"Ond mae'n gweitho yn Siop Elias Davies ..."

"Gwed wrth hwnnw am ddawnsio dawns y glocsen – wy moyn hi man hyn. Nawr."

Rhedodd Guto i mewn drwy'r drws ffrynt fel y rhedodd ei dad mas i'r stryd.

"Beth nawr?" gofynnodd o ddrws y llofft gan ddangos y neges i Gwyneth.

"Wy am iti dwymo'r tun triog du ar hob y lle tân. Agor y caead yn gynta neu bydd e'n ffrwydro. Rho ddou wy mewn powlen a'u curo nhw'n dda gyda fforc. Gyda llwy de, rho dro i'r triog bob hyn a hyn nes bydd e'n ystwytho a thwymo rhyw fymryn. Wedyn rho 'chydig o la'th twym ar yr wye a thair llond llwy de o driog du. Tro'r cyfan yn dda gyda'r llwy a dere â fe lan fan hyn. Wye a thriog – y peth gore i rywun sydd wcdi llwgu'i hunan."

Yn y gegin, doedd neb yn yngan gair. Roedd y gwaith mor ddieithr i bob un ohonyn nhw, roedd yn rhaid canolbwyntio. Aeth doluriau Wil yn y cylch yn angof. Roedd ganddo fwy o ofn peidio gwneud ei waith yn iawn yn y tŷ na dim.

Pan ddaeth Moc yn ei ôl, aeth Eira i fyny i'r llofft ar ei hunion.

"Ti yw Mei Ledi'r tŷ 'ma, ife?" Dechreuodd Gwyneth arni heb lol. "Wel, fi dda'th â ti i'r byd, groten. Mis bach oedd hi a'r cwm i gyd yn nannedd y gaea. Weda i'n strêt wrthot ti, ferch, welith dy fam ddim gaea arall os na fyddwn ni'n talu sylw i bopeth mae hi moyn dros yr orie nesa 'ma."

"O!" sobrodd Eira drwyddi.

"Dere â help i fi dynnu'r dillad yma a'i golchi hi a'i cha'l hi i'w gŵn nos yn deidi yn gynta."

"Ond smo ..."

"Amser gwneud pethe yw hwn, groten – nage meddwl a gwneud esgusodion. Cwyd di hi lan ar ei heistedd o'r ochr yna. A gwna fe NAWR!"

Pan ddaeth Guto â'r bowlen i'r llofft, rhoddodd Gwyneth Eira ar waith i godi'r trwyth o'r bowlen fesul llwyaid at wefusau ei mam. Yn reddfol, roedd ei gwefusau'n derbyn ac roedd hithau'n llyncu.

"Cadw i fynd, groten. Wy'n mynd lawr i ga'l gair gyda dy dad."

Pan agorodd Gwyneth y drws, neidiodd y dynion yn ôl oddi wrthi, pob un yn edrych ar ei waith yn euog.

"Estyn y jwg," meddai wrth Moc.

Ufuddhaodd yntau ar unwaith ond roedd ei lygaid yn ddifywyd wrth iddo estyn y jwg ati.

"Do's dim ynddi hi ar hyn o bryd ..."

"Shwd fath o ddynion sy'n y tŷ 'ma, gwedwch y gwir!"

"Ond bydd 'da ni beth i'w roi yn y jwg heno!" Cofiodd am ei enillion ar y mynydd. Aeth i'w bocedi. "'Co ni – chwe swllt yn y boced hon, chwe swllt arall yn hon ..."

"Ac mae gyda fi dri swllt," meddai Wil. Roedd yr arian yn cael ei bentyrru ar y bwrdd o flaen Gwyneth.

"A decswllt arall gyda fi," meddai Alun.

"Fydda i'n ca'l tair ceiniog arall y tro nesa yr af i â'r cart tsips," meddai Guto, yn ceisio plesio.

"Ma fe'n ddechreuad," meddai Gwyneth. "Rhondda – y lle cyfoethocaf am lo yn y byd a lle ma'r menywod tlotaf yn y byd. Dyw e ddim yn gwneud sens, odi fe? Mae'n rhaid galw doctor, Moc. Odi, mae'n mynd i gosti. Ond fe all gosti bywyd dy wraig a'r baban bach mae hi'n ei gario. Mae hi wedi colli gwaed ac mae hi'n dal yn anymwybodol. Rhaid inni ei cha'l hi'n ôl aton ni. Dyna'r cam cynta. Moc, cer i mofyn y doc."

Gwisgodd Moc ei gap ar ei ben ac aeth mas i'r stryd heb wastraffu eiliad.

"Reit, blodyn," meddai wrth Wil. "Ishte yn y gadair wrth y ford i fi ga'l gafel yn y trwyn yna. Pen yn ôl."

Teimlodd y trwyn yn ofalus, gyda Wil yn gwasgu ymyl y bwrdd wrth glywed y boen.

"Rhaid i fi sythu hwn cyn iddo whyddo neu fydd dim lle i'w symud e wedyn." Trodd at Alun. "Cwlffyn, cer i mofyn macyn ar gyfer y gwaed."

Gyda macyn dan ên Wil, cydiodd Gwyneth yn y trwyn

rhwng ei bys a'i bawd a rhoi plwc a hanner sgriw iddo. Clywsant glec yr asgwrn yn mynd yn ôl i'w le yn gynta a sgrech Wil wedyn.

"Paid â bod yn gyment o fabi! Na, erbyn meddwl, mae babi'n galler diodde mwy o boen na hynny. Wyddest ti fod pob asgwrn ym mhen babi'n symud wrth iddo fe ga'l 'i eni. Dew, dew – trueni na fydde dynion mor wydn â phan oedden nhw'n fabanod! Reit, wy'n mynd i hwpo darn o gotwm nawr lan y ddwy ffroen. Rhaid iti anadlu drwy dy geg am sbel. Gofala bod ti'n troi'r rhain bob awr, er mwyn cadw'r tylle'n agored neu fyddi di'n siarad drwy dy drwyn am weddill dy oes. Tyn nhw mas cyn mynd i dy wely ac fe ddylet ti fod yn iawn."

Cyn mynd drwy'r drws yn ôl am y llofft, trodd yn ei hôl.

"Pryd y'ch chi'n meddwl dechre ar y glanhau? A smo fi'n clywed gwynt swper yn dod o'r lle tân 'co chwaith."

Pennod 20

"Wy wedi dod â saith o blant i'r byd yn yr ystafell hon. Faint ohonyn nhw sydd wedi byw?" gofynnodd Gwyneth i Eira yn ôl yn y llofft.

"Pump ohonon ni. Ond mae Llew yn Sanitari Tyntyle ar hyn o bryd."

"Sdim rhyfedd fod y jwg yn wag, felly. Pump yn fyw mas o saith? Ddim yn ffôl. Mae hanner y rhai sy'n ca'l 'u geni yn y Rhondda yn marw cyn bod nhw wedi bennu bod yn blant. Dyma'r lle gwaetha ym Mhrydain gyfan i roi genedigaeth ynddo fe. Weda i hyn wrthot ti, dyw Prydain Fawr ddim fawr o help iti os mai un o blant y cwm wyt ti."

"Ma'n waeth yma nag yn unlle arall?" meddai Eira, gan synnu. "Ond shwd gall hynny fod?"

"Dishgwl ar y tŷ 'ma i ddechre arni. Ma fe mor fach ac ma cyment yn byw 'ma. Mae wedi'i adeiladu'n glou ac yn wael, yn damp a sdim awyr iach i'w ga'l ynddo fe. Ma'r strydoedd ar bennau'i gilydd. Mae stepen drws ffrynt un teras wedi'i godi ar ben to tŷ bach y teras oddi tani hi, bron â bod!"

Edrychodd Eira arni gan weld y cwm fel roedd e mewn gwirionedd am y tro cynta erioed.

"A phaid â sôn wrtho i am dai bach. Oes, mae peips i ga'l erbyn hyn a ma nhw'n mynd i rywle, ond ma'r creigiau 'ma i gyd yn dylle gan y gweithie. Ma'r tir yn llithro ac mae pwysau tips ar y peips. Ma'r rheiny'n byrstio i bob man a'r budreddi ym mhob ffos, nant ac afon. Dyw'r dŵr ddim ffit i'w yfed yma. Mae'n nefoedd i lygod a phob math o glefyde gwaetha'r ddynoliaeth yma."

"Ond mae pobol yn dal i heidio yma i fyw?"

"A shwd fyw yw e? Teulu miwn seler a'r tamprwydd yn y tir yn cerdded drwy'r waliau i'w hysgyfaint. Ma'r tai yma'n fwy peryglus na'r pylle."

"Y dyn'on sy'n ei cha'l hi waetha," meddai Eira'n bendant. "Do's dim wythnos yn mynd heibio nad oes un ohonyn nhw'n ca'l anaf drwg yn y gwaith rywle ar y strydoedd hyn."

"Gwir, ac mae dros hanner cant ohonyn nhw'n ca'l 'u lladd bob blwyddyn ym mhylle'r Rhondda. Un yr wythnos! Ond wy wedi gweld y gwir gyda fy llygaid fy hunain – mae mwy o wragedd tŷ yn marw yn ifanc na choliers yn y cwm."

"Ond mae bod yn löwr yn waith trwm."

"Gwaith trwm yw cario baban a'i eni fe, a neud popeth arall yn y tŷ 'fyd."

Trodd Eira i edrych ar ei mam.

"Ma ... ma Mam yn mynd i fod yn iawn, yw hi?" Roedd y tawelwch yn hir ac yn chwithig.

"Smo hi'n mynd i farw yw hi?" gofynnodd Eira wedyn.

Aeth Gwyneth at y ffenest yn ddiamynedd.

"Lle ma'r doctor yna? Dynion!" Trodd yn ôl at Eira'n sydyn. "Wedest ti fod un o'r rhai bach yn y Sanitari?"

"Llew."

"Faint yw oedran e, a shwd ma fe?"

"Pedair. Diptheria. Ma'r dwymyn wedi bod yn wael iawn. Mae'i wddw fe wedi whyddo ac ma'r grachen wen yn ymestyn ac yn dechre bloco'r bibell wynt."

"Dyna felltith arall yn y cwm 'ma. Ma fe i gyd yn tyfu o'r un gwreiddyn drwg."

"Beth y'ch chi'n ei feddwl?"

"Tlodi. Pwy sy'n edrych ar ôl y jwg yn y gegin."

"Mam."

"Pwy sy'n gwbod faint o arian sy ynddi hi? Yn cadw digon 'nôl ar gyfer y rhent, fel nad y'ch chi'n ca'l eich towlu mas ar y stryd? Pwy sy'n penderfynu faint o arian sydd i'w wario ar yr hyn y'ch chi'n ei roi yn y cawl? A phwy sy'n gad'el i'w dillad hi ei hunan fynd yn denau ac yn dylle fel bod ei phlant a'i gŵr hi'n ca'l dillad teidi?"

Ysgydwodd Eira ei phen i geisio atal ei dagrau.

"A phwy sy'n cadw corff ac enaid y tŷ 'ma gyda'i gilydd, yn eich tynnu chi at 'ych gilydd yn deulu pan mae'n llawer haws ichi fynd 'ych ffyrdd hunanol eich hunan?"

Gwasgodd Eira ei dwrn i'w cheg.

Ar hynny, clywsant guro ar y drws ffrynt.

Trodd Eira'n ddiolchgar am y grisiau a gadael y doctor i mewn i'r tŷ.

"Lan y stâr a'r drws ar y dde. Mae Gwyneth y ..."

"Gwyneth Mas o'r Ffordd?"

"Ie! Mae hi gyda Mam ..."

Taclusodd y doctor ei wallt a brwsiodd ei ddillad â'i ddwylo. Yna camodd i fyny'r grisiau, eu dringo ddwy ar y tro.

Roedd Eira ar fin cau y drws, ond ailfeddyliodd. Trodd a rhedeg i fyny'r grisiau i'w llofft hi a'r bechgyn. Ymbalfalodd o dan ei gwely. Cafodd hyd i'r pâr o sgidie newydd. Cydiodd yn y ddwy esgid â'i llaw chwith a brysiodd i lawr y grisiau drachefn. Caeodd y drws ffrynt ar ei hôl a cherddodd am

Stryd Dunraven.

* * *

"Shwd ar y ddaear mae gwneud cawl cennin?" gofynnodd
Moc. "Rho fandrel neu gaib yn 'y nwylo i, a wy'n gwbod beth
i'w wneud â hi. Ond rho di lwy bren yn 'y llaw i a do's dim
syniad 'da fi."

"Wel, mae'n siŵr y bydde'n well inni hwpo dipyn bach o
gennin ynddo fe?" awgrymodd Alun.

"Lle gawn ni rheiny? Odi Sianco Cabatsien yn tyfu cennin
'fyd?" holodd Moc.

"Odi," atebodd Guto. "Ond rhai bach y'n nhw. Smo nhw'n
barod 'to. Wy wedi gweld rhai yn y Co-op, pwy ddiwrnod –
ond beth am Wilkins."

"Geith e fynd i whare gyda bysedd 'i dra'd," meddai Alun.
"Af i lawr i'r Co-op. Nid fi sy'n ei boced e nac yn talu rhent
iddo fe. O's isie rhywbeth arall tra bod ni wrthi?"

"Beth arall sydd miwn cawl 'te?" gofynnodd Moc. "Tato,
falle? Oes, siŵr o fod. O's peth yn y gegin gefen, Wil?"

Tra oedd Wil yn tyrchu yn y cefen, cafodd Guto
weledigaeth.

"Weles i Mam yn berwi asgwrn yn y crochan unwaith,"
meddai. "Wy'n credu iddi ddweud mai gweitho cawl oedd hi."

"'Na fe, gofyn am asgwrn yn y Co-op 'fyd, Alun."

"A beth am 'chydig o bersli? Wy'n cofio mynd i mofyn
peth o'r gerddi. Ges i ddyrned gan Sianco."

"Rhy ddiweddar i bersli erbyn hyn," meddai Alun.

"Ond wy'n siŵr bod peth yn tyfu miwn potie y tu miwn i

silff ffenest cegin caffi Bertorelli," cofiodd Guto'n sydyn.

"Wel, cer di i mofyn peth gyda nhw tra bo fi'n mynd i'r Co-op," meddai Alun.

"Wy wedi dod o hyd i dair taten fawr," meddai Wil yn fuddugoliaethus, gan eu dal o'i flaen fel petaen nhw'n drysorau o aur pur.

"Reit, cyllell bob un inni ga'l pilo nhw a'u glanhau nhw," meddai Moc. "Well i ni roi dŵr i ferwi yn y crochan yn barod."

Estynnodd Moc gyllell fach o'r drôr. Eisteddodd wrth y bwrdd a dal un daten gyda'i law chwith rhag iddi rowlio. Gyda'r gyllell finiog yn ei law dde, ceisiodd naddu'r croen oddi arni, ei throi â'i law chwith a naddu darn arall yn lân. Edrychai'n fuan yn debycach i fricsen fach na thaten. Roedd bysedd ei law chwith ym mhobman ac yn sydyn digwyddodd yr anorfod.

"Gwas y Dic!" Roedd Moc wedi torri pen un bys gyda llafn y gyllell. Gyda'r gwaed yn eu lliwio, edrychai'r tatws yn debycach i frics nag oedden nhw cynt, hyd yn oed.

* * *

Pan gurodd Guto ar ddrws cefen y caffi, Nina ddaeth i'w ateb y tro hwn. Cafodd groeso cynnes gan ei gwên. Gwnaeth arwydd arno i'w dilyn i'r gegin.

"*Bueno sera, prego entra! Papa!*"

Daeth Pietro i'r golwg.

"A! Teulu'r *pugilatore*. Y dyn dewr gyda'r dyrnau harn. O, Guto, oedd hi'n ffeit a hanner!"

"Gawsoch chi ddim trafferth gyda'r plismyn?"

"*Polizia*? A! Na, na. Mynd â'r hen ddyn, Papa, am dro ar brynhawn Sadwrn i gael tipyn o awyr iach y mynydd oeddwn i, wrth gwrs! Ond ..." Rhoddodd ei law yn ei boced a'i hysgwyd nes bod sŵn arian yn tincian ynddi. "Prynhawn da o waith ar y mynydd, e? Ond, gwed. Shwd mae Wil? Odi fe'n iawn ...?"

Gafaelodd Pietro yn ei drwyn a'i siglo o'r naill ochr i'r llall.

"Mae trwyn Wil yn eitha reit nawr. Ym ... Mam sy'n wael."

"Yn wael?" Roedd gofid ar draws wyneb Pietro. "Y *bebè* ...? Odi fe ar y ffordd? Odyn nhw'n iawn? O, *Mamma mia*."

Daeth rhaeadr o frawddegau Eidaleg o'i enau wrth iddo droi at Emilia a Nina.

"Mae hi wedi cwmpo yn y gegin," eglurodd Guto. "Mae hi'n gorwedd yn y gwely nawr, ond dyw hi ddim wedi dod ati hi'i hun."

"A! *No-no. La caduta!*" llefodd Pietro.

"Ac mae hi wedi colli gwaed ..."

"Ooo! *Ematica! No-no-no!*" Roedd wyneb Pietro'n edrych yn llwyd fel lleuad lawn.

Camodd Emilia i ganol y llawr.

"Nina – *Il timo*," meddai gan estyn siswrn iddi.

Estynnodd Nina botyn o berlysiau oddi ar y silff ffenest a thorri tusw helaeth ohono â'r siswrn.

"Persli?" gofynnodd Guto.

"*No, no*," meddai Emilia. "*Il timo*."

"Teim yw e," esboniodd Pietro, yn dechrau dod ato'i hun. "Dail i ddeffro'r corff. Mae puro'r gwaed ac yn dda i'r perfedd. Torri fe'n fân a rhoi e ...

"Miwn cawl cennin?" cynigiodd Guto.

"*Bene, bene*! Cennin Cymru, teim yr Eidal, does dim byd gwell," meddai'r Eidalwr.

Pan gyrhaeddodd Eira yn ôl i'r cartref, aeth ar ei hunion i fyny'r grisiau i'r llofft. Roedd arogl cryf halenau clirio'r pen yn yr ystafell a chemegau cryfion eraill. Daliai'r doctor fraich ei mam ac roedd yn chwistrellu rhywbeth i mewn i'w gwythïen. Roedd Gwyneth yn brysur yn pinsio bochau ei mam ac yn dal y botel o dan ei ffroenau. Roedden nhw wedi'i chodi ar ei heistedd erbyn hyn, gyda dim ond un gynfas ysgafn drosti. Gallai Eira weld bod ei dwy goes ar led ar ben y gwely.

"Mae hi'n dechre dod 'nôl aton ni," meddai Gwyneth. "Rhaid peidio'i cholli hi nawr. Dere man hyn ac ishte wrth ochr y gwely a siarad gyda hi. Mae llais cyfarwydd yn gallu gwneud gwyrthie ar adeg fel hyn."

"Beth ma'r doctor yn ei roi iddi?" gofynnodd Eira wrth ufuddhau i gyfarwyddiadau Gwyneth.

"O rhyw hen bethe drud. Tabledi cryfhau'r cyhyre neu rywbeth, wedodd e. Mae'n rhaid iddi eni'r babi …"

"Ond dyw e ddim i fod am ryw bythefnos 'to, odi fe?"

"Do's yr un babi yn y Rhondda yn aros yng nghroth ei fam am y tymor llawn, groten," meddai Gwyneth. "Ma'r mamau'n gweitho'n rhy galed i hynny. Nawr dere ati a siarad gyda hi."

"Mam, Mam?" meddai Eira'n betrusgar. Yna, cafodd fwy o nerth. "Mam, shgwlwch be sy 'da fi fan hyn. Modrwy Mam-gu!"

Agorodd Eira ei dwrn a dal y fodrwy ar gledr ei llaw o flaen wyneb ei mam.

"Aeth hi ar goll, chi'n cofio? Wel, wy wedi'i cha'l hi'n ôl. A wy am ei rhoi hi ar eich bys chi nawr, yn gywir fel o'ch chi moyn. Na, dyw hi ddim yn ffito'r bys canol – mae hwnnw wedi whyddo. A'r ddou arall 'fyd. Ond, shgwlwch – mae'n ffito'n iawn ar y bys bach. Dyna ni, Mam. Modrwy 'ych mam 'ych hunan ar 'ych bys chi. Mi fydd yn rhoi gwres i'ch gwa'd chi, yn bydd hi? Dyna roe'ch chi'n arfer ei weud wrthon ni, wy'n cofio nawr. Chi'n gallu clywed gwres Mam-gu yn twymo'ch gwa'd chi'ch hunan wrth ichi wisgo hon ..."

Ar hynny, agorodd Beti ei llygaid. Llygaid cochion, syn. Edrychodd o amgylch yr ystafell yn llawn braw.

"Beth ... beth sy'n mynd mlân 'ma? Beth sy wedi digwydd i fi ...?"

"Da'r groten," meddai Gwyneth gan fwytho braich Eira. "Fe wna'th dy lais di'r tric."

"Falle fod y feddyginiaeth rois i iddi gynnau yn dechre gweitho nawr," meddai'r doctor.

"Py! Cybolfa cemist! Ers pryd mae pethe fel'ny yn deall pobol?"

Cadwodd y doctor ei nodwydd yn ei gês a thynnu'r corn clustiau ohono.

"Fe ddyle fe ddechre gweitho miwn rhyw awr neu ddwy ..."

"Fydda i gyda hi nawr," meddai Gwyneth.

"Mae'n bwysig ca'l y babi mas, glou. Mae hi'n rhy wan i wthio llawer. Mae peryg mawr i'r babi ac iddi hi ..."

Tynnodd y doctor y gynfas i lawr a chodi coban Beti, rhoi'r corn ar ei bol chwyddedig a gwrando. Symudodd y corn o gwmpas a dal i wrando. Yna cadwodd ei offer a chau'i gês.

"Gynted â phosib," meddai yn nrws y llofft. "A phob gofal iddi hi cyn ac wedi hynny."

Aeth i lawr y grisiau a mas.

"Beth glywodd e gyda'r corn 'na ar fola Mam nawr?" gofynnodd Eira.

"Mas o'r ffordd. Gymera i drosodd nawr. Bydd di'n barod i'w dala hi lan a phlygu'i choese hi'n ôl pan fydda i'n gweud. A dyma ni unwaith 'to, Beti. Wyt ti'n gallu 'nghlywed i?"

Trodd Beti ei hwyneb at y llais wrth ochr ei gwely. Roedd ei bochau mor wyn â'r gynfas, meddyliodd Eira.

Pennod 21

"Jiawch, bois, mae hwn yn ffein! 'Chydig mwy o halen falle."
Taflodd Alun binsied arall o halen i'r cawl oedd erbyn hyn yn
ffrwtian ar y tân. "Mae whant bwyd arna i wedi i fi fod yn
gweitho uwch ben y crochan 'fyd. Allen ni ga'l swper cynnar,
chi'n meddwl?"

"Fydd e'n well o sefyll dipyn ar y tân iddo fe fagu blas,"
meddai Moc. "Ddisgwylwn ni i weld shwd mae pethe lan
llofft, ife?"

"Allen i fynd â pheth i Mam nawr, chi'n meddwl?"
gofynnodd Guto. "Fydd hi'n well yn gynt o ga'l y teim yma,
medde Pietro."

"Na, dyw hi ddim moyn e nawr. Popeth yn 'i bryd,"
meddai Moc. "Ond falle y cymerith Dewi beth? Wyt ti isie
swper, Dewi?"

Cerddodd Dewi'n hyderus ato a chodi'i ddwylo iddo gael
ei godi i weld beth oedd yn y crochan.

"Wyt ti'n 'i weld e? Ffein, yn dyw e?"

"Goda i lond powlen iddo fe," meddai Wil. Estynnodd
lestr a defnyddio'r lletwad. "Dere di at y ford, Dewi. Ma fe'n
dwym, cofia – ond fe wna i chwythu arno fe iti."

"Bydde Llew yn falch o dipyn o hwn?" awgrymodd Guto.

"Ddo i gyda ti," meddai Alun. "Dere, rown ni beth miwn
jar jam, caead arno a mynd i weld shwd ma fe. Fydd dy fam
ddim yn mynd yno am sbel – rhaid i rai ohonon ni fynd bob
dydd."

Doedd dim llawer o fynd yn y stryd fawr, er ei bod hi'n nos Sadwrn. Fawr neb yn y siopau, neb yn casglu wrth ddrysau'r theatrau.

"Mae gwarchod y geiniog ar feddwl pawb, gyda'r streic yn dechre dydd Mawrth," meddai Alun.

"Fydd pawb ar streic y tro hwn?" gofynnodd Guto.

"Dyw Mabon ddim wedi llwyddo i ga'l gwell telere na 2 swllt 1.3 ceiniog y dunnell. Allwn ni ddim byw ar gyn lleied â hynny yn y cymoedd hyn. Mae glowyr y Naval yn yr Ely, Nant-gwyn a'r Pandy wedi'u cloi mas yn barod. Bydd gweddill glowyr cwmni'r Cambrian yn y Gilfach, Cwm Clydach a Llwynypia yn cerdded mas ar y cynta o Dachwedd – dydd Mawrth. Dyna iti un mil ar ddeg o lowyr ar streic. Ac mae sôn y bydd pylle'r cymoedd erill yn rhoi stop ar gynhyrchu 'fyd. Os gall y perchnogion uno gyda'i gilydd i geisio trechu'r streicwyr, fe all y gweithwyr wneud yr un peth yn gwmws."

Aethant ymlaen dan bont y rheilffordd ac i fyny am Lwynypia. Wrth fynedfeydd glofa'r Glamorgan safai rhai degau o heddlu yn gwisgo'u helmedau caled, pigfain a'u cotiau duon llaes.

"Jiw-jiw, ma'r heddlu wedi cyrraedd yn barod, on'd ydyn nhw?" sylwodd Alun.

"Nid plismyn Tonypandy a Llwynypia yw'r rhain i gyd, do's bosib?" gofynnodd Guto.

"Na, ma nhw'n 'u tynnu nhw miwn o lefydd fel Caerdydd ac Abertawe."

"Lle ma nhw'n aros?"

"Weli di'r goleuade yn y siediau ar wyneb y gwaith? Ma nhw'n barico miwn yn y rheiny, synnwn i ddim."

"Ond do's dim trwbwl 'ma."

"Na ... ddim 'to."

"Felly ma'r plismyn wedi dewis eu hochr yn barod?" gofynnodd Guto. "Beth bynnag fydd yn digwydd, byddan nhw yn erbyn y glowyr?"

"Felly mae hi wedi bod eriôd. Ac felly bydd hi, falle. Gan berchnogion y pylle ma'r geiniog a'r bleidlais, ac felly ganddyn nhw ma'r pŵer dros bawb yn yr ardal hon – a'r clowns yna yn y llywodraeth yn Llundain 'fyd."

"Ma traed mawr gyda nhw, yn do's e," sylwodd Guto.

"Pastyne mawr 'fyd," meddai Alun.

Aethant yn eu blaenau i'r ysbyty. Daliodd Guto'i wynt wrth gerdded i mewn drwy'r drysau. Roedd y gymysgedd o arogleuon a wnaeth ei daro yn ei aflonyddu – arogl meddyginiaeth a glanweithdra ond hefyd sawr clefydau a phydredd. Dywedodd Alun wrth un o'r nyrsys pwy roedden nhw'n galw i'w weld.

"Rhaid i'r ddou ohonoch chi wisgo masgiau. Dewch 'da fi."

Rhoddodd fasg gwyn ar strapyn dros ffroenau a chegau'r ddau ohonyn nhw.

"Ma'r grachen wen yn lledu ac mae'i geg e'n drewi," esboniodd y nyrs. "Mae hwn yn haint sy'n lledu o un i un yn rhwydd iawn. Ma'r bacteria yn mynd drwy'r awyr o'r claf i'r person nesa – felly bydd y masg yn eich arbed chi. Ond peidiwch mynd yn rhy agos ato fe."

"Alla i ddim rhoi cwtsh iddo fe?" gofynnodd Guto.

"Na."

"Ond ma fe'n rhannu gwely gyda fi gatre. Fi oedd yn ei

gadw fe'n dwym pan fydde fe'n oer yn y nos."

"Ti wedi bod yn rhannu gwely gydag e?" meddai'r nyrs yn ofidus.

"Ydw, dyna fel mae hi'n tŷ ni. Do's dim digon o welye ..."

"Fel'na mae hi drwy'r cwm i gyd. Dere i fi ga'l dy weld ti."

Gwasgodd y nyrs ei bysedd a'i bawd am wddw Guto a gwasgu'r chwarennau o dan ei ên. Yna teimlodd y tu ôl i'w glust.

"Dere dan y gole man hyn ac agor dy ben. Tafod mas. Dwed 'Aaa'!"

Craffodd i mewn i geg Guto. Yna nodiodd a chau ei ên yn dyner â'i llaw. Estynodd thermomedr a mesur ei dymheredd.

"Na, do's dim arwydd bod dim byd wedi gafel ynot ti. A do's dim gwres i'w weld arnat ti. Odi pawb arall yn iawn yn y cartre?"

"Wel, mae Mam ar ganol geni un bach ..."

"Dew, dew, dim un arall i'r cwm 'ma, do's bosib! Lle y'n ni'n mynd i'w rhoi nhw i gyd? A faint mwy o welye fydd isie yn y sbyty 'ma? Dewch, dilynwch fi."

Wrth nesu at ei wely, gallai Guto ac Alun weld yn glir fod gwddw Llew wedi chwyddo'n ofnadwy. Nid gwddw tost cyffredin oedd hwn.

"Shwd wyt ti, Llew?" gofynnodd Guto o bellter.

Pesychodd ei frawd yn gras ac yn galed ac ochneidio.

"Ma 'i wynt e'n fyr ac ma hynny'n codi pen tost arno fe," meddai'r nyrs. "Ma 'i bibell wynt e'n cau yn araf ac ma fe'n ca'l trafferth anadlu ac wedyn ma'r peswch cas yma arno fe. Ma cefen y llwnc yn wyn nawr ..."

Gan wasgu'i drwyn ac agor ei ên, agorodd y nyrs geg Llew.

"Peidiwch mynd yn agos at ei anadl e!"

O bellter, gallai Guto graffu a gweld cnawd gwyn trwchus fel afon dew o rew o gwmpas cloch y gwddw a'r bibell wynt. Nid oedd wedi gweld dim byd tebyg iddo o'r blaen.

"Oes dim modd crafu'r stwff gwyn 'na mas?" gofynnodd.

"Cnawd wedi pydru yw e," esboniodd y nyrs. "Bydd e'n gwella'i hunan neu bydd mwy o gnawd yn pydru ..."

"A bydd ei wddw e'n cau yn gyfangwbwl?"

"Ma fe'n afiechyd creulon," meddai'r nyrs yn dawel.

"Mae'i fam e wedi bod yn peintio'r grachen yna gyda'i ddŵr e," meddai Alun. "Dyw hi ddim yn gallu dod yma heno. Fe wna i ..."

"Siarad gwag hen wrachod," medde'r nyrs o dan ei hanadl.

"Mam-gu oedd yn gweud. Ro'dd hi wedi gwneud hynny ac fe wydde hi beth oedd hi'n ei wneud."

"Ma'r botel a'r brwsh bach yn y cwpwrdd yr ochr draw," meddai'r nyrs gan baratoi i adael. Yna pwyntiodd at Guto. "Ond dyw e ddim i afel yn y brwsh na'r botel na dod yn agos. Ma'r haint yn bwrw plant yn llawer gwa'th nag oedolion."

Trafferthus ac anodd oedd y gwaith i Alun. Roedd yn anghyfforddus i Llew a wnâi sŵn chwydu gwag rhwng pyliau o beswch.

"Ma fe fel ci yn cyfarth," meddai Guto, a'r rhychau dwfn ar ei dalcen yn mynegi'r hyn oedd yn ei galon.

Tawel oedd y ddau ar y ffordd gatre.

Roedd y plismyn yn dal yn heidiau wrth fynedfeydd Pwll y Glamorgan yn Llwynypia o hyd.

"Mae Llwynypia yn bwll llawer mwy na'r Pandy, on'd yw e?" meddai Guto.

"O, odi. Mae dros bedair mil tri chant o lowyr yma."

"Bydd isie dipyn mwy o'r Traed Mawr yma, felly?"

"Gawn ni weld shwd mae'n mynd. Yn Llwynypia ma'r pwerdy mawr sy'n cynhyrchu trydan. Ma nhw'n pwmpio pum mil o alwyni o ddŵr y funed o'r pwll – petai'r trydan yn torri, bydde'r pwll yn boddi ac mae'n fwy na thebyg na fydde fe byth yn agor wedyn. Bydd y perchnogion yn siŵr o fod isie dod â blaclegs miwn i weitho'r pympie a'r ffwrneisi yn y pwerdy, ac felly ma nhw'n dishgwl trafferthion man hyn."

"Does dim llawer gan y cwm i'w ddweud wrth y blaclegs, nag oes e?"

* * *

Yn y gegin fyw, roedd Moc a Wil yn clywed y sgrechfeydd o'r llofft. Rhoddodd Moc ei ddwylo dros glustiau Dewi pan oedden nhw ar eu gwaethaf.

"Dduw mawr, pa mor hir mae hyn yn gorfod bod!" ochneidiodd.

Cerddodd Alun a Guto i mewn ac adrodd sut oedd hi ar Llew.

"Beti ar y dibyn lan stâr, Llew ar y dibyn yn y Sanitari," meddai Moc a'i ben yn ei ddwylo.

Bu'n noson hir. Cysgodd Dewi ym mreichiau'i dad. Aeth yr un ohonyn nhw o'r gegin i'w gwelyau. Lled-orweddai Moc yn y gadair freichiau gyda'i ddwylo am Dewi pan ddaeth Eira i lawr yn yr oriau mân.

"Mae Mam yn gofyn amdanat ti, Dad," meddai hi gan ei ysgwyd yn ysgafn. "Mae Gwyneth yn dweud y galli di fynd ati nawr."

"Odi hi ... dyw hi ddim wedi ...?" Roedd y cwestiynau yn baglu dros ei gilydd o ben Moc.

"Ry'n ni wedi colli'r babi, Dad. Do'dd dim byd y gallen ni neud. Roedd wedi marw yn y groth ers orie, medde Gwyneth. Y colli gwaed, siŵr o fod."

"Ond mae hi ... mae Beti yn ..."

"Cer lan i'w gweld hi, Dad. Ddo' i â dishgled lan nawr."

Cyrhaeddodd Moc ddrws y llofft a'i gael yn gilagored. Gwelodd fod ei law yn crynu wrth iddo wthio'r drws a cherdded i mewn. Roedd Gwyneth yn brysur gyda'i basn a'i llieiniau ac aeth yn syth at y gwely.

Agorodd Beti ei llygaid.

"Moc ..."

Gafaelodd Moc yn ei llaw.

"Cha'th e ddim byw, Beti?"

"Merch o'dd hi, Moc."

"Croten fach! O! ..."

"Mae'n flin 'da fi, Moc."

"Hisht nawr, fenyw. Dim bai ... Shwd wyt ti erbyn hyn?"

Caeodd Beti ei llygaid gan ddangos ei phoen.

"Aros di man hyn. Does dim rhaid iti gyffro o'r gwely 'ma ..."

"Ond rhaid i fi fynd i'r gegin i ..."

"Geson ni gawl cennin. Ry'n ni wedi dysgu pilo tatws neithiwr. Ddysgwn ni rywbeth arall heddi, elli di fentro. O'dd y cawl yn ffein iawn. Mae peth ar ôl – allwn ni ei aildwymo fe iti ... Fyddwn ni ddim whincad ..."

"Yn y bore falle, Moc," meddai Gwyneth. "Ddim nawr."

"Alla i byth aros fan hyn ..." dechreuodd Beti.

"Gorffwysa nawr, ferch," mynnodd Gwyneth.

"Nid lle i orffwys yw tŷ i wraig," atebodd hithau. "Do's dim dianc rhag y gwaith. Dyna yw bywyd ..."

"Rhaid i ti ei adel e, neu fydd dim bywyd i'w ga'l gyda ti," meddai Gwyneth.

"Y'n ni'n gadel y gwaith dan ddaear," meddai Moc. "Ond do's dim dan ddaear i'w ga'l i ti. Mae gwaith o dy gwmpas rowndabowt. Mae digon o ddwylo rhydd 'ma nawr gyda'r streic a phopeth. A dyna pam fod y streic 'ma yn digwydd, yntefe, i ga'l bywyd gwell inni."

"Ond y babi, Moc," meddai Beti. "Ry'n ni'n gweud o hyd bod angen plant arnon ni ar gyfer yr amser pan awn ni'n rhy hen i blygu rhagor."

"Mae angen y plant arnon ni nawr, Beti. Ac ma nhw'n gwbod hynny."

"Llew ...?" meddai Beti. "Rhaid i fi fynd i'r sbyty i ..."

"Mae Alun a Guto'n mynd ato fe nos a bore. Paid â chyffroi nawr."

"A shwd mae Llew?"

"Dyw e ddim gwa'th."

Edrychodd Beti ar y fodrwy ar ei bys bach.

"O ble ddaeth hon? Wy ddim yn cofio ..."

Cyrhaeddodd Eira gyda'r te i'r pedwar ohonyn nhw.

"Odw, wy'n cofio nawr," meddai Beti.

Pennod 22

Camodd plismon o'r rheng drwchus oedd yn gwarchod un o'r pontydd i lofa Llwynypia. Sylwodd Guto fod ganddo dair streipen ar ei fraich. Wrth iddo gamu'n fras tuag atyn nhw, roedd ei fwstásh blewog a'i aeliau trwchus yn gwneud i'w wyneb edrych yn fwy blin a bygythiol gyda phob cam. Roedd yn gwneud i Alun edrych braidd yn fychan, hyd yn oed, meddyliodd Guto. Tynnodd ei bastwn o'i wain ledr wrth ei wregys pan oedd o fewn pum cam a'i chwifio at wyneb Alun. Safodd y ddau ohonyn nhw'n stond.

"Sbeis y Ffed y'ch chi?" meddai mewn llais dwfn, byddarol.

Ni ddywedodd Alun na Guto yr un gair.

"Pa bwll glo chi'n gweitho?" gofynnodd y sarjant wedyn.

"Mae streic mlân gyda ni," meddai Alun yn ysgafn. "Falle bo chi 'di clywed am hynny?"

"Paid ti treial bod yn glefer gyda fi, colier! Pa bwll?"

"Y Pandy."

"Tonypandy ife? Nyth cacwn pob trwbwl yn y Rhondda, medden nhw! Beth y'ch chi'n ei neud lan wrth bwll y Glamorgan yn Llwynypia 'te?"

"Ma 'mrawd ..." meddai Guto.

"Whilo cyfle i greu trwbwl, ife? Wy wedi sylwi arnoch chi'ch dou. Ry'ch chi 'nôl a mlân ddwywaith y dydd ac yn llygaid i gyd. Ai sbeis y'ch chi? Chi'n plano i ga'l atac ar y

Glamorgan, yn dy'ch chi?"

"Shgwlwch ..." meddai Alun.

"Na, shgwl di ar hwn, y tincer!" Gwthiodd y sarjant ei bastwn o dan drwyn Alun. "Wyt ti isie teimlo pwyse hwn ar dy gefen? Ti'n gwybod faint o'r pastyne hyn sy 'da ni? Tunelli. Mae trên arbennig wedi dod lan o Gaerdydd a'i lond e o bastyne. Felly dim o'ch nonsens chi. Chi'n dyall? Neu ..."

Cododd y sarjant ei fraich i fyny yn sydyn fel petai am roi blas o'r pastwn ar ben Alun. Agorodd Alun ei ddwylo a'u dal o flaen ei wyneb.

"Ni ddim yma i ymladd," meddai mewn llais tawel. "Wyt ti'n gweld y jac dŵr sy gan y crwt ifanc 'ma? Cawl yw e i'w frawd sy lan yn yr ysbyty ar Hewl Tyntyla."

Gostyngodd y sarjant ei arf. Llaciodd y rhychau ar ei wyneb.

"Ma fe'n dost, yw e?"

Nodiodd Guto.

"Yn y Sanitari?" meddai'r sarjant wedyn. "Mae e'n dost iawn, felly. Ro'dd un o'r llefydd 'na i'w ca'l heb fod ymhell o'n cartre pan o'n i'n blentyn."

"O ble ti'n dod 'te?" gofynnodd Alun.

"Wrth ymyl Abertawe. Golles i whâr fach yn y Sanitari yno flynydde maith yn ôl. Be sy'n bod ar dy frawd?"

"Diptheria."

Llyncodd y sarjant ei boer.

"Cer ato fe cyn i'r cawl 'na oeri. A phob lwc iddo fe!"

Trodd y swyddog ar ei sawdl a cherdded yn ôl at y rheng o gotiau tywyll.

Wrth gerdded ymlaen am Ysbyty Tyntyle, edrychodd Guto

ar y mwg yn codi o simnai'r pwerdy ar ben glofa'r Glamorgan.

"Ma'r tanau'n dal i fflamio ar ben y pwll," meddai wrth Alun.

"Odyn. Ma'r tyrbeins yn dal i gynhyrchu trydan i redeg pympiau'r pwll."

"Ond pwy sy'n llwytho'r glo ar y tân? Mae dros bedair mil o weithwyr ar streic yn y pwll hwn hefyd erbyn hyn, yn do's e?"

Arhosodd Alun ac edrych yn hir ar safle'r Glamorgan wrth groesi pont y rheilffordd. Roedd yn anferth. Codai wyth o simneiau brics tal ar wyneb y gwaith. Roedd dau bâr o olwynion weindio uwch y ddwy siafft i'r gwaelodion. Safai cannoedd o wageni ar y cledrau – rhai'n wag, rhai'n llawn glo a rhai'n llawn o wastraff wedi'i godi o'r ddaear. Gwelodd oleuadau yn y pwerdy anferth a pholion trydan yn cario'r ynni i weithdai a swyddfeydd. Dyna beth oedd dinas diwydiant. Codai tip o wastraff y lofa fel mynydd ar lawr y cwm. Roedd dwst a lludw ym mhobman ac roedd dyfroedd afon Rhondda a redai rhwng y pwll a'r ffordd yn ddu.

"Mae dros ugain mil ar streic erbyn hyn," meddai Alun. "Mae hon yn frwydr dros hawliau'r bobol sydd yn y cymoedd hyn i ga'l bywyd gwell i'w teuluoedd. Mae'n rhaid ca'l cyflog sydd uwchlaw y tlodi ry'n ni'n ei weld yma bob dydd. Ac mae coliers Aberdâr, Cwmtyleri, Merthyr ac Abergwynfi wedi mynd â'u harfe gatre. Fe fydd hyn yn siŵr o ddechre gwasgu ar berchnogion y gweithie."

"Ond ma nhw'n dal i wrthod cyfarfod y Ffed i drafod y cyflog?"

"Dyna glywson ni ddoe – ma nhw wedi rhoi eu cynnig ola ar y ford, medden nhw. Dy'n nhw ddim yn mynd i ildio rhagor."

"Y jawled! Ond ma'r glowyr yn benderfynol 'fyd."

"Ti wedi gweld shwd mae pawb yn siarad yn Nhonypandy. Do's dim llawer o angylion hyd y lle, alla i weud wrthot ti, Guto."

"Ond mae rhywun yn gweitho yn y Glamorgan gyda'r tanau hyn i gyd wedi'u cynnau."

"Y si sydd ar led yw bod y perchnogion yn dod â llafur lan 'ma o ddocie Caerdydd a'r Barri. Mae digon miwn tlodi fan'ny 'fyd. Y stori yw bod nhw'n gorwedd ar lawr y wageni glo gwag sy'n dod i bwll y Glamorgan ac yn ca'l eu sleifio i miwn i'r gwaith ar hyd y rheilffordd."

"Ma'r blaclegs wedi cyrraedd, felly!" synnodd Guto.

"Ac ma'r plismyn yn wal o iwnifforms rhwng y glowyr a'r hyn sy'n digwydd."

"Ac os oes digon ohonyn nhw i redeg y pwerdy, falle eu bod nhw dan ddaear yn torri glo 'fyd?"

"Mae'n anodd dweud beth sy'n digwydd. Ti'n gweld y ffens bren uchel yma ar hyd ochr y ffordd, Guto? Mae hon siŵr o fod yn cwato rhywbeth rhag 'yn llyged ni."

"Ond welson ni ddim glowyr yn picedu'r fynedfa i'r Glamorgan y bore 'ma, Alun."

"Daeth hynny i ben bore ddoe – fe wedodd y plismyn wrth y chwech oedd yn cerdded lan sha'r pwll i bicedu am droi yn ôl a mynd sha thre. Do'dd dim hawl i bicedu rhagor, medden nhw."

"Ac fe wnaethon nhw wrando arnyn nhw?"

"Naddo ddim! Do's dim calonne cwningod yn y cymoedd hyn, Guto! 'Ni'n mynd mlân i bicedu'n heddychlon,' medden nhw. A dyma'r plismyn yn tynnu'u pastyne a bwrw pob pen a braich oedd o fewn cyrraedd a'u gorfodi nhw'n ôl."

"Felly ma'r plismyn yn helpu'r perchnogion, yn cadw'r glowyr draw ac yn gadel y blaclegs miwn drwy ddrws y cefen?"

"Ti wedi'i deall hi, Guto!"

Aethant ymlaen yn dawel at yr ysbyty. Pan ddaethant drwy'r drws i'r ward a mynd at y ddesg i ofyn am eu masgiau, daeth y nyrs oedd yn trin Llew at y ddau.

"Cysgu ma fe ar hyn o bryd. Ma fe wedi bod ar ddihun drwy'r nos, yn ymladd am ei anadl ac yn peswch. Ma'r peswch yna'n dreth arno fe. Gewch chi ddod i'w weld e, ond alla i mo'i ddeffro fe ichi. Ma angen ei gwsg arno fe i ga'l tipyn bach o'i nerth yn ôl."

Wrth wely Llew, gallent weld fod y salwch yn bwyta'i wyneb bach. Yn lle bochau braf bachgen o'i oedran e, roedd cafnau yn ei wyneb a'r rheiny yn llwyd ac yn ddwfn.

Er i Alun a Guto aros yno am dros awr, doedd dim golwg ei fod am ddihuno. Gadael y cawl gyda'r nyrs oedd yr unig ddewis a'i chychwyn hi'n ôl am Donypandy.

Wrth groesi'r rheilffordd yn ôl am Lwynypia, roedd yn amlwg i'r ddau fod rhyw newid wedi digwydd yn y sefyllfa wrth y lofa. Clywent sŵn gweiddi nerthol wrth fynd rownd y tro mawr am Ffordd Llwynypia, a gweld tyrfa fawr o lowyr – a'u gwragedd – yn llenwi ac yn cau'r ffordd.

"O's rhywbeth wedi digwydd?" gofynnodd Alun i wraig oedd yn rhan o'r dyrfa.

"Y polîs – ma nhw wedi stopo ni rhag piceto!" gwaeddodd hithau uwch ben sŵn y dyrfa. "Ry'n ni'n gwbod bod blaclegs wedi mynd miwn i weitho dan ddaear. Mae rhai sy'n byw yn 'yn mysg ni'n torri'r streic 'fyd. Ond ma'r polîs yn eu carco nhw fel taen nhw'n blant bach diniwed. Fe fydd y shifft yn bennu cyn bo hir ac os na chawn ni biceto nhw ar y ffordd i lawr, gawn ni weud wrthyn nhw beth y'n ni'n feddwl ohonyn nhw ar y ffordd mas."

"Mae pob un pwll arall yn y cwmni ar stop," meddai hen löwr oedd yn sefyll gerllaw. "Wy wedi dod lawr o Glydach. Do's dim angen fi lan ym mhwll y Cambrian. Mae pawb yn parchu'r picets yno. Ond mae rhyw gynllwyn ar droed gan feistri'r pylle yn y Glamorgan man hyn. Mae isie cadw llygad arnyn nhw."

Cododd gwaedd uwch na'r cyffredin o berfedd y dyrfa. O'u blaen, roedd y ffordd yn dew gan brotestwyr a phicedwyr – plant, gwragedd, glowyr – a phawb yn sefyll gyda'i gilydd.

"Mae miloedd yma!" meddai Guto'n syfrdan.

"Ac mae tymer pawb yn gwaethygu," ychwanegodd Alun. "Mae rhyw wthio a symud go eger lawr y ffordd o'n blân ni."

"Diwedd shifft," meddai'r hen löwr. "Croeso cynnes i'r blaclegs yw hyn."

"Mae dwy res o blismyn yn gwthio drwy'r dyrfa," meddai Guto, oedd wedi dringo i ben wal isel ar ochr y pentref o'r ffordd. Uwch eu pennau ar y dde, roedd terasau tai'r gweithwyr yn Llwynypia yn edrych i lawr ar y ffordd, yr afon a'r pwll. "Ac ma'r rhai sy wedi bod dan ddaear yn cerdded rhyngddyn nhw!"

"Polîs esgort i'r rhai sy'n torri'r streic!" sgrechiodd y wraig. "Bobis y rhai sy'n byw fel brenhinoedd yn barod yw'n plismyn ni!"

Cytunai llawer yn y dyrfa â hi. Roedd pethau'n twymo,

meddyliodd Guto. Gwelodd fod y ddwy res o blismyn yn dod i fyny'r ffordd i'w cyfeiriad.

"Ma'n nhw'n ca'l eu gollwng lan y ffordd hyn," sylweddolodd Alun. "Ma gormod o lowyr lawr i gyfeiriad Tonypandy a Chwm Clydach. Bydd hi'n ffradach petai'r blaclegs 'ma am fynd sha thre y ffordd honno. Ma'n nhw'n sleifio nhw gro's yr afon a lawr y ffyrdd cefen."

"Ond ma'n rhaid iddyn nhw basio heibo ni yn gynta!" llefodd y wraig. "Cerwch i'r diawl, y blaclegs!"

Wrth i'r orymdaith ddod yn nes, roedd y gwthio a'r gweiddi yn codi'n fwy gwyllt a chroch. Bellach roedd rhyw hanner cant o blismyn a'u pastynau o'u blaenau yn torri llwybr drwy'r protestwyr. Rhyw ugain o'r blaclegs oedd yn cael eu gwarchod yn eu canol.

O ben y wal, gwelodd Guto ryw hanner dwsin o lowyr ifanc yn rhuthro yn erbyn y plismyn yn sydyn gan daflu dyrnau i wynebau'r blaclegs. Gwelodd y pastynau'n codi ac yn chwifio'n wyllt cyn disgyn yn ergydion ar bennau'r glowyr. Er gwaetha'r gweiddi, gallai Guto glywed sŵn drymio gwag wrth i'r pastynau daro cyrff. Roedd hi'n amlwg bod glowyr yn disgyn o dan draed. Troai eraill i ffwrdd a'r gwaed yn llifo o'u talcenni i lawr eu hwynebau. Ond camai eraill i'r frwydr, ac araf iawn oedd yr orymdaith yn gweithio'i ffordd i gyfeiriad pont y rheilffordd.

Pan ddaethant drwy'r dyrfa drwchus i'r lle roedden nhw'n sefyll yn y diwedd, gwelodd Guto yr hen löwr yn cynhyrfu.

"Smo chi'n cadw'r heddwch drwy wneud hyn!" gwaeddodd i wyneb plismon oedd newydd daro protestiwr gyda'i bastwn. "Byddin breifet y pylle glo y'ch chi! Cywilydd arnoch chi!"

Ar hynny dyma'r plismon yn codi'i bastwn drachefn a rhoi ergyd i'r hen ddyn. Disgynnodd fel sach o dato.

"Bwystfil!" gwaeddodd y wraig, gan daflu'i hun yn erbyn y plismon i geisio crafu'i lygaid.

Gwthiodd yntau hi i ffwrdd a'i tharo gyda'i bastwn cyn troi'n ddall yn ei dymer a chodi'i bastwn eto i daro'r agosaf ato.

Alun oedd hwnnw. Roedd wedi dal y wraig wrth iddi ddisgyn yn ôl, ond roedd ar fin cael pastwn ar ochr ei ben am ei drafferth.

"Na!" Roedd braich wedi gafael ym mraich y plismon o'r tu ôl. Braich swyddogol. Braich mewn llawes lliw cot plismon. Gwelodd Guto fod tair streipen ar y llawes. Y sarjant a welsant ar y ffordd i'r ysbyty oedd perchen y llawes.

Mae'n rhaid ei fod wedi cael gair yng nghlust y plismon oherwydd aeth hwnnw yn ei flaen i dorri llwybr drwy weddill y dyrfa ac arwain y blaclegs at bont y rheilffordd.

Nodiodd y sarjant i gyfeiriad y tai teras, gystal â gorchymyn i Alun a Guto gilio o'r dyrfa. Roedd modd iddynt fynd ar hyd y strydoedd hynny a gweu eu ffordd yn ôl i Donypandy heb orfod ceisio gwthio drwy ganol y dyrfa derfysglyd oedd o flaen y lofa.

Wrth ddringo'r rhiw at y tai, gallai Guto glywed y bloeddiadau a'r galw enwau yn parhau'n ffyrnig ar lawr y cwm oddi tanynt. Gwyddai fod wyneb un o'r blaclegs yn gyfarwydd, a cheisiodd ei ddychmygu heb faw'r lofa yn ddu dros ei wyneb. Yna, cofiodd. George y Pandy oedd e.

Pennod 23

Clywodd Guto ddrws eu llofft yn agor a chau yn gynnar bore drannoeth. Clywodd draed distaw ar y grisiau. Gorweddodd yn ei wely. Gallai ymestyn ei gorff i'w lawn hyd i bob cyfeiriad. Nid oedd Llew yno yn rhannu'r gwely gydag ef.

Roedd pethau'n wahanol yn y tŷ. Rhyfeddodd at yr hyn oedd wedi digwydd, a bod pawb wedi derbyn y drefn honno yn gwbl naturiol. Doedd dim tramp sgidie mawr ar y stryd, ond roedd y glowyr yn dal i godi'n gynnar i fynd ar ddyletswyddau picedu a chynorthwyo'r streic. Doedd dim hwteri i'w clywed o'r pyllau ond roedd gan y streicwyr eu corn eu hunain – cerddai'r glowyr o'r band ar hyd y strydoedd o bedwar o'r gloch y bore ymlaen, yn canu cyrn i alw'r picedwyr ynghyd. Gwyddai fod ei dad, Wil ac Alun yn cael eu galw yn hwyrach y bore hwnnw a gwyddai mai at giatiau'r Glamorgan yn Llwynypia roedden nhw'n mynd.

Roedd Dicw wedi galw heibio gyda'r newyddion diweddaraf yn hwyr y noson cynt. Aeth pethau yn anniben iawn wrth y Glamorgan am naw y nos pan oedd blaclegs y shifft nos yn ceisio mynd i'r lofa.

"Ma cannoedd mwy o blismyn yno erbyn hyn," meddai Dicw. "Ma rhai ar gefen ceffyle. Ma nhw'n hwpo'r glowyr yn ôl. Wedyn fe aeth criw o'r bois ifanca ar y llechwedd garw sy rhwng y tai a'r fynedfa. Towlu cerrig a brics at y bobis oedd hi wedyn. Ond dyma'r plismyn yn taro 'nôl a rhedeg ar eu hole

yn trasho batons i bob cyfeiriad. Aeth hi'n ffeit 'nôl a mlân –
ma nhw'n dal wrthi. Mae cyrff rhai wedi'u hanafu yn gorwedd
ar y strydoedd. Ambell blismon yn eu canol 'fyd. Wedyn dyma
griw arall yn tynnu'r palis pren o'r ffens sy'n cuddio'r gwaith
o'r ffordd. Ro'dd y swyddfa talu cyfloge o fewn golwg wedyn –
ac fe gath honno gawodydd o gerrig a'i rhacso."

"Ma'n troi yn gas iawn," meddai Moc wrth glywed yr
hanes. "Beth fydd ei diwedd hi? Ma miloedd ar filoedd o
lowyr a'u teuluoedd wedi ca'l llond bola. Faint o blismyn fydd
rhaid iddyn nhw'u ca'l i nyrsio dyrned o flaclegs?"

O'i wely, gallai Guto glywed sŵn paratoi'r tân yn y gegin, y
cario glo a pharatoi'r bwyd. Ond nid oedd canu i'w glywed yn
y bore bellach. Nid ei fam oedd y cynta i godi yn Rhif 17 erbyn
hyn. Eira oedd hi.

Cyrhaeddodd Gwyneth Mas o'r Ffordd am hanner awr
wedi wyth i barhau â'i gofal am Beti. Roedd y tri glöwr wedi
gadael y tŷ erbyn hynny. Gwyddai Guto fod y fydwraig yn
hoffi cael y lle iddi'i hun felly gofynnodd i'w chwaer oedd
angen rhywbeth o'r siop y bore hwnnw.

"Cer i mofyn torth gan Wilkins. Gwed wrtho am ei roi ar
'yn bil ni."

Doedd dim llawer o groeso i bobl y tai teras yn y siop –
gallai Guto deimlo hynny ym mêr ei esgyrn wrth gerdded at y
cownter sgleiniog.

"Torth, os gwelwch chi'n dda. Ar gyfri Rhif 17, Stryd
Eleanor."

Estynnodd y ferch oedd yn serfio dorth oddi ar y silff y tu
ôl iddi. Ond daeth Wilkins draw a'i wyneb fel pe bai newydd
fwyta lemon.

"Rhif 17 ife? Ar streic y'ch chi? Rhedeg dyledion 'to. Dere weld y dorth yna, Gwen."

Cydiodd yn y dorth a mynd â hi at y bwrdd torri. Gyda'r gyllell fara, torrodd y dorth yn ei hanner.

"Ma hanner torth yn ddigon da i lowyr ar streic," meddai, gan roi un darn yn ôl i Gwen. Trodd ar ei sawdl a cherdded yn llawn hyder at wraig oedd yn cael ei serfio wrth gownter arall. Gwelodd Guto Wilkins yn gwthio hanner y neges roedd wedi'i gasglu yn ôl i ochr y staff o'r cownter.

"Gormod o ddyled – llai o neges. Dyna'r ffordd ry'n ni'n gweitho yn y siop hon!"

Cerddodd Guto mas i'r stryd a'r hanner torth o dan ei gesail.

Ychydig lathenni yn ddiweddarach, safodd o flaen siop Isaacs y Pônbrocer. Syllodd ar bâr o sgidie duon sgleiniog yn y ffenest. Roedd wedi gweld y rheiny o'r blaen, meddyliodd. Yna, clywodd lais cyfarwydd y tu ôl iddo, o ochr arall y stryd.

"*Buon giorno*, dyn mawr! Dere miwn, mae 'da fi rywbeth man hyn ..."

Dilynodd Guto Pietro i mewn i'r caffi. Dim ond pedwar cwsmer oedd yn y caffi, pob un wrth fwrdd ar ei ben ei hun fel arfer. Fel arfer hefyd, un sgwrs oedd drwy'r caffi i gyd – a phawb yn siarad gyda phawb arall.

"Mae rhagor o'r plismyn ar eu ffordd, mae'n ffaith ichi! Glywes i bod fe, Lionel Lindsay, fe sy gyda'r mwya o streips yn yr heddlu – ei fod e wedi gofyn i Churchill anfon y fyddin a'r cafalri yma."

"Hy! Churchill. Ma fe'n gwbod shwd rai sy'n y fyddin – fuodd e mas yn Affrica gyda nhw. Ma nhw'n gweud ei fod e'n llefen yno oherwydd beth welodd e'r British Army yn ei wneud yno."

"Eto, mae'n fo'lon eu hanfon nhw 'ma yn erbyn y glowyr! Y pwdryn salw!" meddai un arall.

"Fydd hi fel y Bloody Sunday hwnnw yn Sgwâr Trafalgar. Y'ch chi'n cofio'r hanes? Milwyr yn gosod beionets ac yn rhedeg i miwn i'r dyrfa oedd yn protestio ar y pryd, a gwthio'r llafne hir yna i miwn i'w cyrff nhw. Smo nhw'n meddwl 'yn bod ni'n bobol o gig a gwaed fel nhw."

"Mae cyfarfod mawr o'r glowyr yn yr Athletic pnawn 'ma, medde Dai Mincid. Glywes i fe'n gweud bod Churchill yn dala'r cafalri 'nôl yng Nghaerdydd ond ei fod e'n gyrru'r Metropolitan Polîs i miwn i Donypandy yn gynta. Ma'r rheiny'n dod o Lunden y pnawn 'ma."

"O, y reiot polîs o Lunden! Ma'r rheiny'n waeth na'r beionets, yn ôl y sôn!"

"Weda i hyn, mae'n dawel ar y stryd heddi – gyda'r tafarne i gyd wedi cau!"

"Elias Davies y siop ddillad sydd y tu ôl i hynny. Ma fe ar y fainc, yn dyw e, ac ma 'da nhw'r hawl i gau tafarne."

"Odi e'n meddwl mai cwrw sy'n creu trafferthion yn Llwynypia? Smo fe'n gwbod ei hanner hi!"

"Ma nhw'n dweud ei fod e a'r ynadon erill wedi crefu ers dyddie am i'r fyddin ga'l ei hala i strydoedd Tonypandy i warchod eu siope nhw. A do'dd dim trafferthion bryd hynny!"

Arweiniodd Pietro Guto tua chefen y caffi.

"Does neb yn yfed pop coch y dyddie hyn, Guto," meddai gan ymestyn am botel oddi ar y cownter wrth basio. "Does neb yn yfed fawr o ddim, a dweud y gwir. Dyddie caled ar bawb, Guto. Dere i'r *cucina* man hyn. Dere i'r gegin."

Yn y cefen roedd Amadeo, y tad, yn eistedd wrth y bwrdd mawr yn darllen llyfr. Yno hefyd roedd Emilia.

"*Buon giorno*, Guto," meddai'n hawddgar. Ond roedd hi'n amlwg nad oedd hithau mor brysur ag arfer chwaith.

Ciledrychodd Guto o'i gwmpas ond ni welodd olwg fod Nina yno.

Arllwysodd Pietro weddill y pop coch i wydryn a'i gyflwyno i Guto.

"Dyma ti, Guto. Gwell i ti gael y ddiod *frizzante* cyn i'r bybls ei adel e i gyd. Mae'r botel wedi'i hagor ers wythnos ond does dim arian gan y plant heddiw. *Saluti.*"

"Iechyd da!" meddai Guto. "A diolch yn fowr." Er nad oedd fawr o ddim swigod yn y ddiod, roedd yn gwerthfawrogi'r blas – a'r gymwynas.

"Af fi mas y bac ffordd hyn," meddai Guto wrth adael y gegin.

Cerddodd yn ôl am Stryd Eleanor. Oddi yno, gallai edrych i lawr ar gefnau swyddfa'r heddlu a siopau'r stryd fawr. Roedd yn meddwl efallai y byddai'n gweld Nina yn mynd â'r te a'r bisgedi i swyddfa'r heddlu.

Roedd llawer mwy o blismyn yng nghefen y swyddfa nag arfer, meddyliodd Guto. Safai heidiau ohonyn nhw y tu fas yn yfed te. Yna gwelodd Nina. Roedd un o'r plismyn â'i fraich dros ei hysgwyddau ac yn chwerthin yn uchel wrth helpu'i hun i fisgeden oddi ar ei phlât. Gwenai hithau arno.

Teimlodd Guto ei waed yn corddi. Roedd pawb eisiau gwneud ei geiniog – deallai hynny. Ond braich amdani ... gwenu ... Trodd yn ôl at ddrws du Rhif 17.

Aeth â'r hanner torth i'r gegin. Roedd Eira yno'n ceisio rhoi pryd o fwyd at ei gilydd yn y crochan.

"Dim ond hanner torth?"

"Dyna i gyd roedd y Wilkins yna'n fodlon i ni ei cha'l."

"Shwd oedd hi ar y stryd?"

"Hwylie gwael ar bawb. Y siope'n wag o bobol ond yn llawn o nwydde ac yn pallu gadel i neb ga'l dim. Ma'r stryd fawr i gyd yn cefnogi perchnogion y pylle."

"O, dim pawb, do's bosib?"

"Wel, mae Isaacs y Pônbrocer yn falch 'yn bod ni'n dlawd. Dyna un. A weles i dy fod ti wedi mynd â dy sgidie newydd iddo fe i ga'l mwy o arian ..."

"Isie modrwy Mam yn ôl o'n i ..."

"Ond pa synnwyr sydd yn y peth? Talu arian amdanyn nhw o dy gyflog, a wedyn pônio nhw a thalu rhagor 'to ar ben hynny pan ti moyn y sgidie yn ôl!"

"Sda fi ddim cyflog rhagor."

"Be ti'n ei feddwl?"

"Wy wedi rhoi gore i'r gwaith. Mae'n angen i fan hyn. Ar Mam. A ta p'un, smo i moyn yr hen sgidie hyll 'na 'nôl rhagor."

Ar hynny, daeth Gwyneth i mewn i'r gegin.

"Shwd mae Mam nawr?" gofynnodd Guto.

"Shwd wyt ti'n feddwl? Mae'n meddwl am bawb ond 'i hunan. Mae'n gofidio am y babi bach gollodd hi. Mae'n gofidio am y crwt bach yn y Sanitori ac mae'n gofidio am bawb yn y tŷ. Ac mae'n gofidio nad yw'r tŷ yn lân ac yn deidi, na'r dillad wedi'u golchi a'u cadw'n daclus ar ben hynny. Mae hi'n ca'l ei naddu gan ofidie. Shwd ar y ddaear all hi wella yn y twll du ry'n ni ynddo fe?"

Ar hynny, ffrwydrodd drws Rhif 17 yn agored a daeth pen Dicw i'r golwg heibio drws y gegin. Roedd wedi colli'i wynt, wedi rhedeg yno gyda'i neges o Lwynypia.

"Neges o Ysbyty Tyntyla ... Ddaeth rhywun o hyd i mi ... yng nghanol y dyrfa ... Wy ddim yn gwbod shwd ... Mae miloedd ar filoedd yna ... Mae Moc wedi ca'l baton ar ei ben ac yn gwaedu'n dost ond mae Alun gyda fe. Y neges yw – rhywun i fynd at Llew, glou. Ma fe'n gofyn amdanoch chi ... falle mai dyma'r cyfle ola ..."

"Mas!" gwaeddodd Gwyneth. "Paid â gweiddi hynny dros y tŷ. Guto – cer di mas 'fyd. Cer lan i'r Sanitori a dere 'nôl i weud shwd ma fe, ond sibrwd dy neges. Mae pethe'n dishgwl yn ddu iawn ... Smo i moyn hi lan stâr i glywed dim newydd drwg nes ei bod hi'n gryfach. Fe hala i dy dad lan ar dy ôl di pan ddaw e gatre."

Dilynodd Guto Dicw mas o'r tŷ. Aethant cyn belled â gwaelod Ffordd Llwynypia. Cymerodd Guto'r ffordd am y terasau i rowndio at yr ysbyty. Aeth Dicw i ble'r oedd y frwydr yn twymo.

* * *

Roedd hi'n naw o'r gloch y nos ar Guto'n dod gatre drwy strydoedd uchaf Llwynypia. Bu'n eistedd am ddwyawr wrth wely Llew. Gallai glywed brwydr ei frawd bach wrth iddo ymladd am ei anadl. Gan na wyddai beth arall i'w wneud, dechreuodd adrodd straeon wrtho – ei atgoffa am droeon i ben y bryniau uwch ben y cwm a hel mwyar yn y pantiau.

Ymhen dwyawr, daeth y nyrs at y gwely.

"Ma fe'n anadlu'n rhwyddach nag oedd e'r bore 'ma," meddai hi.

Ar hynny, cyrhaeddodd ei dad ac Alun gydag e. Cafodd ei yrru gartref ganddyn nhw i ddweud bod y newyddion yn well na'r disgwyl.

Erbyn i Guto gyrraedd Llwynypia, roedd maes y frwydr wedi symud i lawr o'r lofa. O waelod Tonypandy i gyfeiriad y pwll gallai Guto weld styllod ffens a lympiau o gerrig a brics ar yr hewl. Yn eu canol, gorweddai degau o lowyr gwaedlyd. Yn eu mysg hefyd roedd plismyn wedi colli'u helmedau a'r gwaed yn llifo ar hyd eu hwynebau.

Ochr Tonypandy, roedd llond y stryd ac roedd y gweiddi'n fyddarol. Byddin o goesau cadeiriau ac ambell far metel oedd gan y glowyr. Roedd rhai â'u dillad yn rhacs a'u pennau'n waed. Ond gwaeddent yn wallgof ar y rhes o blismyn oedd yn uwch i fyny'r rhiw i gyfeiriad pwll y Glamorgan.

Gwelodd Guto fod y plismyn yn paratoi i ymosod ar y glowyr eto. Yn dynn yn ei gilydd, yn wal dywyll o gotiau ac yn chwifio'u pastynau, daethant ar ruthr. Ond nid oedd y glowyr am ildio rhagor o dir. Gyda bloedd enfawr yn rhwygo'r cwm, chwifiodd y glowyr eu harfau a rhedeg i ymladd â'r plismyn. Gwelodd Guto gerrig a brics yn yr awyr a phastynau a ffyn yn taro. Clywodd regfeydd ac ochneidio a llefen uchel.

Wrth i'r miloedd redeg i wynebu'r plismyn, roedd y dyrfa wedi teneuo digon yn y stryd iddo allu cael mynediad i Stryd Dunraven. Cerddodd ar hyd honno a gweld y golygfeydd rhyfeddaf.

Siop gig – roedd y drws wedi'i dorri a'i falu a'i daflu ar y stryd, a gwelodd Guto ryw hanner dwsin o wragedd y tu mewn yn rhannu cig gyda phwy bynnag oedd yn pasio.

"Ti ddim wedi ca'l swper 'to, nagwyt, byti! 'Co ti – 'chydig o tsiops oen. A stecen fawr i dy fam."

Gwelodd Dicw yn cerdded tuag ato. Roedd yn cario hanner oen cyfan ar ei ysgwydd o'r cigydd ym mhen pellaf y stryd.

"Rhywbeth i roi lympie yn y cawl," meddai, "yn lle 'yn bod ni'n ca'l dŵr cabej o hyd. Wy ddim ond yn mynd lan i ga'l tusw o garots i'w rhoi yn y crochan gyda hwn."

Ac i ffwrdd ag ef fel dyn wrthi'n gwneud diwrnod da o waith.

Cyrhaeddodd Guto siop Wilkins ar ôl pasio hanner dwsin o siopau eraill, a phob ffenest wedi malu. Roedd y bwyd i gyd yn prysur cael ei lwytho i focsys a'i rannu i griw o blant llwyd eu gwedd. Roedd plant y teulu a gafodd eu troi mas gan y beilis yn Stryd Eleanor yn eu canol.

Siop Elias Davies. Pwy oedd hon? Gwelodd wraig wedi'i gwisgo mewn du i gyd. Dillad newydd o'r siop oedd amdani, roedd hynny'n amlwg. Ffrog hir ddu, siôl ddu, het ddu a fêl ddu fain yn gorchuddio'i hwyneb. Yna, clywodd ei llais ac roedd yn ei hadnabod.

"Galla i fforddio galaru yn iawn nawr, shgwlwch. Smo chi wedi ca'l colled wirioneddol nes bo chi'n gwisgo du o'ch pen i'ch sowdl. A wy'n gallu fforddio galaru nawr, chi'n gweld ..."

Roedd hi fel pe bai hi'n actio mewn pantomeim yn yr Empire. Dilys Mainwaring oedd hi.

Ymlaen ac i ragor o lanast. Roedd mwy o gryts ifanc gyda choesau byrddau a darnau o ffens yn cyrraedd y stryd fawr ac yn chwalu rhagor o ffenestri. Ar hyd y palmentydd ac ar ganol yr hewl roedd tuniau bwyd, hetiau crand, ffrwythau a sgidie ...

Meddyliodd am sgidie Eira yn ffenest Isaacs y Pônbrocer ...

Ni fedrai gael y darlun o Llew bach yn ymladd am ei anadl yn y gwely yn yr ysbyty o'i ben ...

Na'r jwg oedd bron yn wag uwch y lle tân ...

Na'r plant oedd yn disgwyl am y cawl yng nghegin festri'r capel ...

Ond erbyn cyrraedd siop y Pônbrocer gyda thair bricsen yn ei gôl, gwelodd Guto fod yr hen gadno wedi tynnu'r bleind-dur i lawr i amddiffyn ei stoc.

Trodd ar ei sawdl. Gwelodd gaffi Bertorelli ar draws y ffordd gyda'i ddrws gwydr. Ni allai weld dim ond braich y plismon am ysgwyddau Nina yn y gwydr. Taflodd y fricsen ...

Pennod 24

Lledaenodd y crac ar hyd paen y drws gwydr. Drwyddo, roedd tu mewn y siop yn edrych fel jig-so wedi'i roi at ei gilydd. Ond gallai Guto weld y llun yn glir. Gallai weld wyneb y tu mewn yn edrych ar y stryd. Gallai weld llygaid Pietro yn rhythu arno.

Rhedodd at y drws.

"Pietro! Pietro! Mae'n flin 'da fi!"

Ond ni wnâi'r llygaid ond parhau i rythu'n oer arno. Clywodd lais y tu ôl iddo.

"Pop o'r Welsh Hills sydd i'w ga'l man hyn, ife? Mae whant pop arna i ar ôl shwd ddiwrnod â hwn. Orffennwn ni racso'r drws, ife?"

"Na!" Trodd Guto i wynebu'r llais.

Dau fachgen tua deg oed oedd yno yn cario coes mandrel bob un. Cydiodd Guto mewn un goes mandrel a'i thynnu'n rhydd o ddwylo'r crwtyn. Gyda'r goes yn arf yn ei ddwylo, rhoddodd ergyd i'r goes mandrel o ddwylo'r bachgen arall.

"Dere, Bryn – ewn ni lawr y stryd. Mae llefydd haws na man hyn. Beth am siop swîts Evans Sarrug?"

Diflannodd y bechgyn i'r dorf. Deuai rhagor o deuluoedd i lawr o'r tai teras. Roedd rhai'n bwriadu mynd ati o ddifrif ac wedi dod â whilber gyda nhw – y fam yn ei gwthio ar hyd y stryd fawr a phlantos yn mynd i mewn a mas o ffenestri yn cario llond eu côl o fwydydd, diodydd a dillad. Edrychai siopau crand a drud Tonypandy fel stondinau ffair wedi cael eu taro gan y storm waethaf erioed.

Daliodd Guto ei dir o flaen caffi Bertorelli. Os deuai unrhyw un yn rhy agos gan fygwth taflu carreg drwy'r ffenest neu ei chwalu gyda throsol haearn, âi atynt gyda'i goes mandrel a'u rhybuddio.

"Wyt ti moyn blas y pren 'ma ar dy ben? Teulu sy wedi gadael tlodi tebyg i'n tlodi ni yw'r Bertorellis. Ma nhw'n gweitho'n galed ac yn dod â thipyn o gynhesrwydd i'n stryd fawr ni. Gawn ni aros yno drwy'r nos dim ond gydag un gwpanaid. Cofiwch pwy yw'ch ffrindiau chi. Fyddwn ni eu hangen nhw 'to ..."

Ciliai rhai draw mewn cywilydd. Roedd eraill yn gweld eu hunain yn gwastraffu amser gan fod dros drigain o siopau eraill yn y stryd, ac yn symud ymlaen.

Wedi hanner awr o hyn, clywodd Guto gri o gyfeiriad Ffordd Llwynypia.

"Ewch adre i gyd – ma'r Mets yn dod! Ma'r Mets yn dod!"

Cododd sgrech uchel i'w glustiau. Y dyrfa ym mhen uchaf Stryd Dunraven oedd wrthi yn gyntaf ac fel tonnau'r môr, roedd y sgrech yn cael ei chario'n nes ac yn nes. Gwelai Guto wragedd a phlant a glowyr yn troi ac yn rhedeg. Gadawyd llwythi o nwyddau'r siopau ar wasgar ar draws y stryd. Rhedodd y dyrfa fel llygod mawr am eu llochesi i fyny'r rhiwiau am y tai teras.

Gallai Guto weld lifrai heddlu'r Metropolitan yn nesáu. Nid ymladd fel wal ar draws y stryd fel yr heddlu wrth lofa'r Glamorgan wnâi'r rhain. Ffurfio dwy res drefnus a rhedeg i lawr canol y stryd roedd plismyn Llundain, eu pastynau'n fflachio i bob cyfeiriad. Gwthient y dyrfa o'u blaenau. Os oedd rhai'n ddigon ffôl neu'n rhy araf ac yn symud i ochr y stryd, mi gaent eu curo'n dost gan blismyn o ganol y rhes. Roedden nhw'n symud yn glou, yn gadael degau o gyrff gwaedlyd y tu ôl iddyn nhw.

Roedden nhw'n dod yn nes, meddyliodd Guto. Cuddiodd y goes mandrel y tu ôl i'w gefen fel nad oedd yn edrych mor fygythiol. Pan oedd y ddwy res yn mynd heibio iddo, camodd dau o'r Mets tuag ato a chododd un ei bastwn i anelu at ei wyneb.

"Got you, you little Welsh brat! Say goodbye to your good teeth ..."

Clywodd ddrws y caffi yn agor y tu ôl iddo. Teimlodd law ar draws ei ysgwydd yn ei dynnu i ddiogelwch y porth. Clywodd lais Pietro.

"Na na! *No, no signori!* This brave lad was *protegsere* my property. *Capisci?* Defend – not attack!"

Tynnodd Pietro Guto i mewn i'r caffi a chaeodd y drws o flaen wynebau syn y plismyn Llundain. Yna, aethant yn eu blaenau i ymlid y trigolion eraill oedd ar y stryd.

"Pietro," meddai Guto yn y lled dywyllwch wrth i'r sŵn bellhau y tu fas. "Mae'n ddrwg 'da fi. Mae'n wir ddrwg 'da fi ..."

Llithrodd Guto i lawr ac eistedd ar y gadair agosaf, rhoi'i benelinau ar y ford a'i wyneb yn ei ddwylo ac wylo'n hidl. Ymhen ychydig, clywodd law Pietro ar ei ben.

"Y dyrfa wyllt, Guto ... mae'r galon yn glou ... mae gwres yn y pen ... neb yn meddwl ... ond pawb mor dlawd ... mae hi mor galed yma ... dwyt ti ddim yn gweld lle rwyt ti ond rwyt ti'n towlu ... Camgymeriad miwn tymer, Guto. Dim arall ..."

Ar hynny, daeth Emilia a Nina i mewn o gefen y caffi.

"*Non male*. Dim rhy ddrwg!" meddai Pietro. "*Grazie molte a Guto! Signore coraggioso!* Fe'n sefyll o flaen y caffi ac amddiffyn. Dim ond un crac miwn un gwydr. Dim byd! Diod i ddathlu! Dyn dewr!"

Arllwysodd bop coch i Nina a Guto ac agorodd botel oedd o dan y cownter i roi mymryn mewn gwydryn i Emilia ac yntau.

"*Saluté*, a diolch Guto," meddai Nina.

"Bydd y Polizia Metropolitan yn Nhonypandy am wythnosau, Guto. Digon o arian i brynu tsips, e? Gawn ni'r cart mas, ife? Glywes i fod mil ar eu ffordd yma. A milwyr. A cafalri. Fydd y lle yn llawn cwsmeriaid ..."

"A bydd y streic yn para'n hir," meddai Guto.

"Bydd hir, a llawn poen," meddai Pietro. "Beth ti'n gweud, Guto? Gwerthu tsips drud i'r Polizia a'r Carbinieri a rhoi tsips am ddim yn y capel i'r plant!"

"Allwn ni ddim ennill os bydd mil o'r Mets yn helpu'r blaclegs i gadw'r pyllau yn agored."

"Ddim heddiw, falle," meddai Pietro. "Ond rhyw ddydd, falle. Calon fawr, Guto! Mae calon fawr yn y cwm a pobl *coraggioso*. Rhyw ddydd bydd pobl y cwm yn ennill."

Cerddodd at y drws i'r stryd, ei agor a thaflu cip i fyny ac i lawr Stryd Dunraven.

"*Mamma mia*, mae fel rhyfel yma!"

"Rhyfel yw hi, Pietro. Rhyfel y ni a nhw ..."

"Mae'n saff iti nawr, Guto. Adre, glou."

Roedd rhai o'r perchnogion eisoes yn hoelio darnau mawr o sinc ar ffenestri eu siopau gweigion wrth i Guto groesi'r stryd a dringo'r allt am Stryd Eleanor.

Wrth agor drws ffrynt Rhif 17, gallai synhwyro'r newid yn y tŷ. Aeth yn ei flaen a mynd i mewn i'r gegin. Yno, yn y gadair freichiau roedd ei fam, ei thraed i fyny ar stôl a charthen drosti, a Dewi'n cysgu yn ei siôl. Roedd Eira wrth y lle tân yn codi powlen o gawl cynnes iddi. Eisteddai Gwyneth wrth y bwrdd yn mesur pwysau gwaed Beti.

"Mam!" Aeth Guto ati a gafael yn ei llaw.

"Wy'n gryfach, Guto. Ro'dd hi'n hen bryd i fi godi," meddai a'i gwên yn wan o hyd. "Lle buest ti, grwt?"

"Lan yn yr ysbyty. Wedodd y nyrs fod ana'l Llew yn gwella. Mae Dad ac Alun 'da fe nawr."

"Wyt ti'n iawn 'te?"

"Odw, Mam – ond mae'n wyllt ar y stryd."

"Y siope wedi'u rhacso, wy'n deall?"

"Do's dim siope ar ôl – ma'r nwyddau mas ar ganol y stryd neu dan y gwelye lan yn y tai ar hyd terase'r cwm."

"Fydd hi'n ddrwg yma ar ôl hyn."

Clywsant sŵn sgidie hoelion yn rhedeg yn wyllt ar gerrig y lôn yng nghefen y tŷ.

"Mae rhywun yn dod lan y gwli mas y bac," meddai Beti. "Mae hast arno fe 'fyd."

"Os yw'r polîs ar ei ôl e, rhaid inni agor drws y bac iddo fe," meddai Guto a cherdded drwodd i'r cefen.

Arafodd y rhedeg gwyllt wrth nesáu. Agorodd Guto'r drws cefen a'r drws o'r iard i'r gwli a ffrwydrodd Wil i mewn.

"Glou, bollta'r drws 'na a miwn i'r tŷ," meddai.

Caeodd Guto ddrws y cefen ar eu holau.

Yna, clywsant ragor o sŵn traed yn rhedeg i fyny'r gwli. Pump neu chwech ohonyn nhw y tro hwn. Arafodd eu camau.

Yna aethant heibio. Ni symudodd Wil nes i sŵn y traed mawr gilio o'r gwli.

"Y Mets," esboniodd wrth ei frawd.

"Pam?" gofynnodd Guto.

"Pam ti'n feddwl?" meddai Wil a mynd drwodd i'r gegin i groeso a chwestiynau ei fam a'i chwaer.

Pum munud arall a dyma ergyd ar ddrws y ffrynt. Chwalodd rhan o ffrâm y drws wrth i rywun falu ei ffordd i mewn.

Cododd Gwyneth oddi wrth y bwrdd a mynd o'r gegin i'r cyntedd i'w cyfarfod. Safodd Guto y tu ôl iddi. Roedd tri o heddlu'r Met yn y drws ffrynt, gydag un yn cario gordd.

"Wil the Boxer – e' lives 'ere, missus, that's what we believe?" meddai'r plismon ar y blaen gan hanner troi yn y drws i ddangos ffynhonnell ei wybodaeth.

Y tu ôl iddo, i lawr y grisiau yn y stryd safai George y Pandy.

"We're rounding all the Tonypandy Boxers, see. They're all troublemakers and ..."

"Out of here!" bloeddiodd Gwyneth mewn llais a wnaeth i'r plismon neidio, hyd yn oed. "They have just lost a child in this house and if you don't want to loose that block you have on your shoulders – get out of here! Mas o'r ffordd!"

Tasgodd y geiriau i wyneb yr heddwas o Lundain. Gan mor annisgwyl oedd yr ymosodiad, cymerodd hwnnw gam yn ei ôl. Roedd y ddau arall eisoes wedi camu i lawr y grisiau. Rhoddodd Gwyneth wthiad i'r olaf ar eu holau.

"A wy'n dy gofio dithe'n ca'l dy eni, George y Pandy," gwaeddodd ar y clepgi yn y stryd. "Ci rhech oeddet ti bryd hynny a chi rhech wyt ti byth! Cer â dy wyneb salw o 'ngolwg i!"

Caeodd y drws, ond heb ei glepian gan fod darn o'r ffrâm wedi torri.

Prin fod Gwyneth wedi dychwelyd i'r gegin nad agorodd drws y ffrynt eto.

"Jiw-jiw!" meddai Alun ar ei ffordd i mewn i'r tŷ. "Pwy ddaeth i miwn heb gnocio? Oes isie gofyn? Ma nhw'n whalu dryse fel matsys ar hyd y terasau 'ma. Lwcus fod y tŵls 'da fi o'r gwaith. Gaiff hwnna sylw 'da fi fory."

Dilynodd Moc y lojer i'r gegin.

"Shwd oedd e?" oedd unig gwestiwn Beti, ei llygaid taer yn holi'i gŵr.

"Llew bach," meddai Moc gan ollwng ei hun ar gadair bren. "Ma fe'n dod drwyddi."

"O! Diolch i'r drefen!" Neidiodd dagrau i lygaid Beti. "Allen i byth godde colli un arall."

Gwasgodd Dewi'n dynnach yn ei breichiau.

"Ma'r grachen wen yn sychu a disgyn bant fesul darn."

"Wedes i beth wedodd Mam-gu, yn do fe?" meddai Alun.

"Ry'n ni'n lwcus o'n lojer," meddai Beti.

"Wel," meddai Gwyneth gan godi ar ei thraed. "Wy yn eich ffordd chi nawr. Wy'n mynd gatre."

"Arhoswch, Gwyneth!" galwodd Beti. "Dy'n ni ddim wedi setlo'ch cyfri chi. Estyn y jwg, Guto ..."

"Na, dim ots am hynny nawr," meddai Gwyneth. "Mae digon o bwyse ar 'ych sgwydde chi fel teulu. Fe wna i hala llythyr i'r Fed. Ry'ch chi ar streic man hyn. Mae gofidie iechyd difrifol arnoch chi. Fe wna' i 'ngore i ga'l arian o gronfa'r streic i'ch helpu chi."

"O, Gwyneth ..." Doedd Beti ddim yn gallu dweud dim mwy.

Anfonodd Alun hi at y drws. Bodiodd y difrod ar y ffrâm wrth ei agor i'r fydwraig.

"Smo fe'n rhy wael," meddai Gwyneth.

"Nagyw. Pishyn bach o bren a chot o baent iddo fe, fydd e fel newydd." Edrychodd Alun ar ddrws Rhif 17. "Falle fod digon ar ôl yn y pot i roi cot newydd i'r drws i gyd. Cawn weld fory."

* * *

Gorweddai Guto yn ei wely'r noson honno. Bob hyn a hyn, gallai glywed chwiban un o heddlu Llundain ... Gwaedd, rhedeg ... Weithiau gallai glywed sŵn pastynau ... neu ffenest yn chwalu ...

Caeodd ei lygaid a gwelodd wyneb Nina. Gwelodd ei gwên ...

Tonypandy, meddyliodd Guto, dyna le. Ond ni, y glowyr, sydd wedi gwneud y cwm a ni fydd berchen arno fe yn y diwedd ...

Gwelodd ei hun yn tynnu'i grys gwaith o flaen y tân, ei wyneb yn ddu gan lwch y glo ac ambell graith las wedi ymddangos ar ei gefn ... Gwelodd fod ei ddwylo yn arw a brwnt ac yn friwiau gwaed ...

Gwelodd dyrfa yn yr Empire ac areithiwr ar y llwyfan yn rhoi addewid bod yr hyn oedd i ddod yn well na'r hyn oedd wedi bod ... Gwelodd olau'r lleuad ar y tipiau wast ... Gwelodd filwyr ar geffylau a blaenau eu cleddyfau yn brathu'r awyr i gyfeiriad tyrfa o streicwyr ... Clywodd rywun yn gweiddi, "Ni'n haeddu gwell na hyn ac yn ei haeddu fe heddi!" ... Ac yna, yn sydyn, gwelodd ei hun yn y llyfrgell yn y Stiwt, o bobman, yn darllen hanes y streic yn y papurau newydd, cyn troi at y silffoedd i chwilio am lyfr ...

... sŵn traed yn rhedeg ar hyd y gwli yng nghefen Rhif 17 oedd y peth olaf a glywodd Guto cyn syrthio i gysgu.

Nodyn gan yr awdur

Yn Awst 1911, aeth streicwyr y Cambrian Combine yn ôl i weithio yn y pyllau glo, gan dderbyn cynnig y perchnogion fis Hydref cynt – 2 swllt ac 1.3 ceiniog y dunnell. Roedd rhai wedi bod ar streic ers blwyddyn, bron. Gadawodd yr anghydfod rwygiadau a thlodi enbyd yn Nhonypandy, Pen-y-graig, Cwm Clydach a Llwynypia yng nghanol Cwm Rhondda.

Yn 1851, roedd llai na 2,000 o bobl yn byw yng Nghwm Rhondda – sy'n cynnwys cymoedd Rhondda Fawr a'r Rhondda Fach. Erbyn 1911, roedd y nifer wedi codi i 152,000 – a hynny mewn dau gwm cul, serth. Hon oedd yr ardal fwyaf poblog yng ngwledydd Prydain.

Glo oedd yr unig reswm am y twf anhygoel hwn. Erbyn 1913, roedd pyllau'r Rhondda yn codi 9.5 miliwn tunnell o lo y flwyddyn – chwarter holl gynnyrch sir Forgannwg. Cyn dyddiau olaf y diwydiant, byddai 750 milltir o dwneli tanddaearol yn y 30 milltir sydd yn y ddau gwm.

Roedd y diwydiant yn un peryglus. Câi dros 50 o lowyr eu lladd bob blwyddyn yng Nghwm Rhondda rhwng 1900–1910. Oherwydd yr haenau daearegol yn yr ardal, roedd y cloddio yn waith anodd a chostus. Gan fod perchnogion y pyllau'n ceisio gwasgu arian o'r graig, roedd glowyr de Cymru'n cael cyflog is na glowyr yn Lloegr a'r Alban, ac yn aml yn gweithio oriau hirach amdano.

Er mor arw a pheryglus oedd y gwaith dan ddaear, mae'n ffaith syfrdanol fod mwy o wragedd ifanc a phlant na glowyr yn marw yn y Rhondda. O'r 2,410 marwolaeth fu yng Nghwm

Pwll y Glamorgan, Llwynypia

Rhondda yn 1914, roedd eu hanner dan 15 oed. Roedd cyfradd plant yn marw ar enedigaeth yn y Rhondda yr uchaf yng ngwledydd Prydain. Roedd ansawdd a maint y tai, diffyg dŵr glân a charthffosiaeth, gorboblogi a bwyd gwael yn peri bod clefydau heintus yn lledaenu'n gyson ac yn glou drwy'r terasau.

Er bod cyfoeth enfawr yn cael ei greu yn ne Cymru wrth godi glo a'i allforio drwy borthladdoedd Caerdydd, Penarth a'r Barri a'u tebyg, anwadal iawn oedd cyflogau'r miloedd o weithwyr a heidiodd i'r pyllau glo. Trobwynt mawr oedd sefydlu undeb i lowyr y de – Ffederasiwn Glowyr De Cymru, 'Y Ffed' – yn 1898. Gweithredwyd diwrnod gwaith wyth awr yn 1907. Y frwydr nesaf oedd un am isafswm cyflog, gan fod cynifer o deuluoedd yn byw mewn tlodi yn y cymoedd. Hynny oedd asgwrn y gynnen yn streic fawr y Cambrian Combine yn ardal

Tonypandy yn 1910 pan aeth cymaint â 30,000 o lowyr ar streic. Parhaodd y streic am flwyddyn, gan achosi newyn a thlodi truenus i filoedd o deuluoedd.

Colli fu hanes y glowyr yn Streic y Cambrian, ond cyhoeddodd yr arweinwyr ddogfen bwysig o'r enw *The Miners' Next Step* yn Nhonypandy yn 1912. Nod y glowyr oedd rheoli'r pyllau a chael cyfran deg o'r elw gan godi'r lleiafswm cyflog. Galwyd am streic gyffredinol yn 1912 ac arweiniodd hynny at ennill isafswm cyflog.

Mae streic 1910 yn cael ei chofio'n arbennig oherwydd Terfysg Tonypandy ar nos Fawrth, 8 Tachwedd. Oherwydd bod cannoedd o blismyn wedi'u galw i amddiffyn y pyllau glo, roedd y glowyr yn gweld bod cyfraith a threfn yn ochri gyda'r perchnogion cyfoethog ac yn erbyn y gweithwyr tlawd.

Tyrfa o lowyr yn disgwyl mynediad i'w cyfarfod yn yr Empire, Tonypandy, Tachwedd 1910.

Ymestyniad ar ddosbarth perchnogion y glofeydd oedd y bobl fusnes a'u siopau llewyrchus yn Nhonypandy. Y nhw oedd yr ynadon heddwch, y blaenoriaid a'r diaconiaid, a pherchnogion rhai o'r strydoedd, a'u siopau'n denu teuluoedd i fynd i ddyledion. Dyma pam yr ymosododd teuluoedd y glowyr ar y siopau hynny.

Erbyn hynny, roedd Winston Churchill, y Gweinidog Cartref yn Llundain, wedi anfon 200 o gwnstabliaid arbennig, Plismyn Metropolitan Llundain a 70 arall a'u ceffylau ar drên arbennig i Donypandy. Aeth yn frwydr agored ar y strydoedd rhwng y cwnstabliaid â'u pastynau a'r glowyr. Lladdwyd un glöwr wedi iddo gael ergyd ar ei ben ac anafwyd 500 o lowyr eraill. Derbyniodd 80 o'r heddlu anafiadau yn ogystal.

Anfonodd Churchill 200 arall o gwnstabliaid i'r Rhondda drannoeth ac erbyn canol dydd ar ddydd Mercher, 9 Tachwedd, gweithredwyd ar ei orchymyn: "Move all the cavalry into the district without delay". Ymddangosodd rhai o gatrawd yr Hussars, gyda'u gynnau cleddyfog, yn yr ardal. Anfonodd Churchill gyfanswm o bron i fil o Gwnstabliaid Metropolitan i'r cymoedd, ynghyd â milwyr o sawl catrawd. Bu llawer yno tan ddechrau haf 1911. Defnyddiwyd milwyr a'u bidogau i fygwth ac i 'symud' protestiadau torfol y streicwyr, a does dim dwywaith bod y gweithwyr wedi'u trechu gan fod Churchill a'i lywodraeth wedi gyrru grym y wladwriaeth yn erbyn pobl Cymru.

Yn ddiweddarach, ar ôl y terfysg, ceisiodd Churchill wadu ei fod wedi anfon milwyr yn erbyn y gweithwyr a'u teuluoedd yn y Rhondda. Mae'r ffeithiau'n blaen, serch hynny – anfonodd, pan oedd yn Weinidog Cartref, fil o'r Heddlu Metropolitan (sef plismyn reiot y Wladwriaeth), deuddeg sgwadron o filwyr meirch a phum catrawd o filwyr eraill i gymoedd y glo i wasgu streic y glowyr yn 1910–11. Cafodd hynny effaith ar y grym oedd gan y glowyr yn eu brwydr am gyflog teg. Roedd gweithred Churchill yn dilyn traddodiad hir o ddefnyddio'r fyddin i wasgu ar y werin: Merthyr, 1831 (lladdwyd 60 gan fyddin y llywodraeth); Casnewydd, 1839 (lladdwyd 20 o brotestwyr); Yr Wyddgrug, 1869 (lladdwyd 4 adeg streic y glowyr); a Llanelli, 1911 (lladdwyd dau adeg streic y rheilffyrdd pan anfonodd Churchill 600 o filwyr i'r dref). Bydd cefnogwyr streic y glowyr 1984–85 yn cofio bod yr heddlu'n gwawdio'r streicwyr gyda chrysau-T "Maggie pays my Mortgage". (Margaret Thatcher oedd y prif weinidog ar y pryd.)

Mae'r ffaith fod canran uwch o blant Cymru'n cael eu magu mewn tlodi heddiw nag yn unrhyw ran arall o wledydd Prydain yn awgrymu nad oes diweddglo i'r stori hon ... hyd yn hyn.

Llyfryddiaeth

Edwards, Huw T., *Tros y Tresi*, Gwasg Gee, 1956.

Egan, David (cyf. Rhiannon Ifan), *Y Gymdeithas Lofaol, Hanes Cymoedd Glofaol De Cymru 1840-1980*, Gwasg Gomer, 1988.

Evans, G. & Maddox, D., *The Tonypandy Riots*, Adran Addysg Cyngor Sir Morgannwg Ganol, 1992.

Francis, Hywel & Smith, Dai, *The Fed, a History of the South Wales Miners in the Twentieth Century*, Lawrence & Wishart, 1980.

Hughes, Colin, *Lime, Lemon & Sarsaparilla – The Italian Community in South Wales 1881-1945*, Seren, 1991.

Hughes, Vaughan, *Cymru Fawr, Pan oedd Gwlad Fach yn Arwain y Byd*, Gwasg Carreg Gwalch, 2014.

Jones, Lewis, *Cwmardy* (nofel), Lawrence & Wishart, 1937.

Jones, Lewis, *We Live* (nofel), Lawrence & Wishart, 1939.

Smith, Dai, *In the Frame, Memory in Society 1910 to 2010*, Parthian Books, 2010.

White, Carol & Wiliams, Sian Rhiannon, *Struggle or Starve, Women's Lives in the South Wales Valleys between the two World Wars*, Honno, 1998.

Wiliams, D.J., *Yn Chwech ar Hugain Oed*, Gwasg Gomer, 1959.

Nofelau â blas Hanes Cymru arnyn nhw

Straeon cyffrous a theimladwy wedi'u seilio ar ddigwyddiadau allweddol

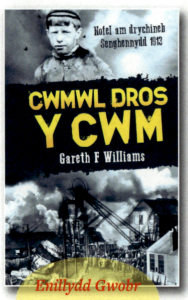

Enillydd Gwobr Tir na-nOg 2014

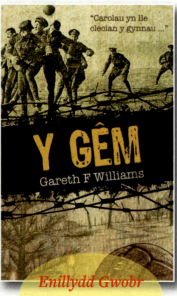

Enillydd Gwobr Tir na-nOg 2015

CWMWL DROS Y CWM
Gareth F. Williams

Nofel am drychineb Senghennydd 1913.

£5.99

Y GÊM
Gareth F. Williams

Dydd Nadolig 1914, yn ystod y Rhyfel Mawr.

£5.99

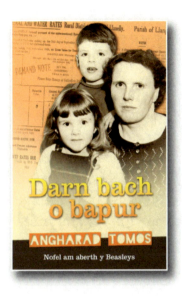

DARN BACH O BAPUR
Angharad Tomos

Nofel am frwydr teulu'r Beasleys dros y Gymraeg 1952-1960.

Gwasg Carreg Gwalch

£5.99

Rhestr fer Gwobr Tir na-nOg 2015

PAENT!
Angharad Tomos

Cymru 1969 – Cymraeg ar arwyddion ffyrdd a'r Arwisgo yng Nghaernarfon.

£5.99

Rhestr fer Gwobr Tir na-nOg 2016

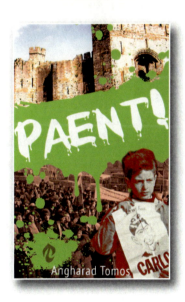

HENRIÉT Y SYFFRAGÉT
Angharad Tomos

"Dydw i ddim eisiau dweud y stori ..." Dyna eiriau annisgwyl Henriét, prif gymeriad y nofel hon am yr ymgyrch i ennill pleidlais i ferched ychydig dros gan mlynedd yn ôl.

Gwasg Carreg Gwalch
£6.99

GWENWYN A GWASGOD FELEN
Haf Llewelyn

Mae'n edrych yn dywyll ar yr efeilliaid Daniel a Dorothy a'r ddau wedi'u gadael yn amddifad. Ai'r Wyrcws yn y Bala fydd hi?
Ond caiff Daniel waith yn siop yr Apothecari ...

Gwasg Carreg Gwalch
£6.99

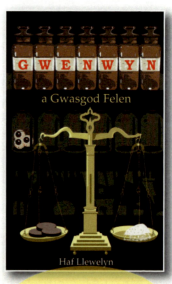

Rhestr fer Gwobr Tir na-nOg 2019

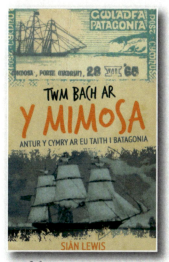

Nofel am antur y
Cymry ar eu taith i
Batagonia yn 1865.

£5.99

Caradog, ac un llanc yn
dilyn ei arwr o frwydr i
frwydr nes cyrraedd
Rhufain ei hun.   £5.99

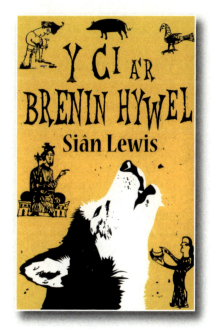

Y CI
A'R BRENIN
HYWEL
Siân Lewis

Teithiwch yn ôl i oes
Hywel Dda, sy'n
cyhoeddi ei gyfreithiau
ar gyfer Cymru. Mae
Gar y ci mewn helynt.
A fydd yn dianc heb
gosb o lys y brenin?

£6.50

GETHIN NYTH BRÂN
Gareth Evans

Yn dilyn parti Calan Gaeaf, mae bywyd Gethin (13 oed) yn troi ben i waered. Mae'n deffro mewn byd arall. A'r dyddiad: 1713.

Yno mae'n cyfarfod Guto, llanc o'r un oed, ac mae'n cael lloches ar ei fferm, Nyth Brân. Gall Guto redeg fel milgi, mae'n ddewr ac yn bopeth nad yw Gethin...

£5.99

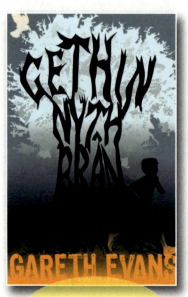

Rhestr fer Gwobr Tir na-nOg 2018

Y PIBGORN HUD
Gareth Evans

Mae Ina yn ferch anghyffredin iawn. Mae hi wedi goroesi'r pla, mae hi'n gallu trin cleddyf a siarad Lladin, ac mae ganddi'r gallu rhyfeddol i ganu'r pibgorn! Ond beth fydd ei hanes hi, a Bleiddyn y ci, wedi i Frythoniaid o'r gogledd a Saeson o'r gorllewin fygwth ei ffordd o fyw?

£6.99

YR ARGAE HAEARN
Myrddin ap Dafydd

*Dewrder teulu yng Nghwm
Gwendraeth Fach wrth
frwydro i achub y cwm
rhag cael ei foddi.*

Gwasg Carreg Gwalch
£5.99

*Rhestr fer Gwobr
Tir na-nOg 2017*

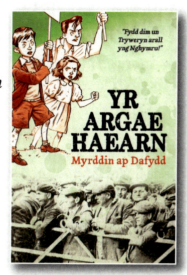

MAE'R LLEUAD YN GOCH
Myrddin ap Dafydd

*Tân yn yr Ysgol Fomio yn
Llŷn a bomiau'n disgyn ar
ddinas Gernika yng
ngwlad y Basg – mae un
teulu yng nghanol y cyfan.*

Gwasg Carreg Gwalch
£5.99

*Enillydd Gwobr
Tir na-nOg 2018*

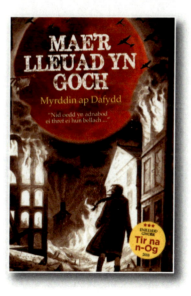

PREN A CHANSEN
Myrddin ap Dafydd

"y gansen gei di am ddweud gair yn Gymraeg ..."

Mae Bob yn dechrau yn Ysgol y Llan, ond tydi oes y Welsh Not ddim ar ben yn yr ysgol honno.

Gwasg Carreg Gwalch
£6.99

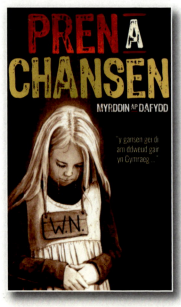

Y GORON YN Y CHWAREL
Myrddin ap Dafydd

Diamwnt mwya'r byd mewn chwarel ym Mlaenau Ffestiniog

Nofel am ifaciwîs a symud trysorau o Lundain i ddiogelwch y chwareli adeg yr Ail Ryfel Byd.

Gwasg Carreg Gwalch
£6.99

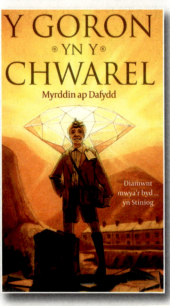